Amor ou algo assim

MARIANA CHAZANAS

Amor ou algo assim

ROCCO

Copyright © 2023 *by* Mariana Chazanas

Imagens de abertura de capítulo: Freepik/Kotkoa

Direitos desta edição reservados à
EDITORA ROCCO LTDA.
Rua Evaristo da Veiga, 65 – 11° andar
Passeio Corporate – Torre 1
20031-040 – Rio de Janeiro - RJ
tel.: (21) 3525-2000 – Fax: (21) 3525-2001
rocco@rocco.com.br | www.rocco.com.br

Printed in Brazil/Impresso no Brasil

Preparação de originais
RODRIGO AUSTREGÉSILO

CIP-BRASIL. CATALOGAÇÃO NA PUBLICAÇÃO
SINDICATO NACIONAL DOS EDITORES DE LIVROS, RJ

C439a

Chazanas, Mariana
  Amor ou algo assim / Mariana Chazanas. - 1. ed. - Rio de Janeiro : Rocco, 2023.

  ISBN 978-65-5532-368-9
  ISBN 978-65-5595-211-7 (recurso eletrônico)

  1. Romance brasileiro. I. Título.

23-84580
  CDD: 869.3
  CDU: 82-31(81)

Meri Gleice Rodrigues de Souza - Bibliotecária - CRB-7/6439

O texto deste livro obedece às normas do novo
Acordo Ortográfico da Língua Portuguesa

Para Débora, que está em todos
os começos, meios e finais.

E para todo mundo que leu a novela que
gerou essa história e disse que queria uma
versão mais longa, com amor e gratidão.

Nota da autora

Este livro contém flashbacks de bullying e abuso familiar, além de referências a homofobia. Há também menções a automutilação, ideação e tentativa de suicídio e, especificamente no capítulo 19, um personagem descreve essa situação com mais detalhes. Não chega a ser gráfico, mas pode ser perturbador.

1.

Quando as luzes se acenderam na ampla sala de TV, o único som além da música era o de soluços abafados. Fim do último capítulo da novela, créditos subindo sobre fotografias dos personagens envelhecidos, o tema instrumental — um som delicado de piano e violino — crescendo, ecoando e então, finalmente, sumindo numa explosão de aplausos.

Uma coisa gloriosa, assobios e risadas e alguns palavrões impressionados e palmas, palmas, palmas. Só então Raffael Monteiro, o protagonista da história e maior nome no elenco, responsável por noventa por cento da audiência, jovem prodígio do teatro e da TV, dono do rostinho bonito na última foto dos créditos — a que congelou e esmaeceu até a tela escurecer —, endireitou as costas, ergueu o rosto e sorriu para seus colegas.

Ele odiava se assistir.

Tinha fechado os olhos no começo da sessão e só os abriria para conferir com quem ia terminar, porque o triângulo amoroso que vinha se arrastando pelos últimos meses podia pender para qualquer lado. Para manter o segredo sobre a versão final, ele gravara uma cena com Júlia Costa, seu par romântico oficial, outra com Berlioz, seu melhor amigo e rival pelo coração dela, e uma terceira, na qual via de longe o casamento dos dois e se afastava com dignidade e um coração partido.

A última era a sua preferida. Seu personagem tinha mudado de ideia tantas vezes que não merecia ficar com ninguém. Ou, mais exatamente, ninguém merecia o carma que seria ficar com ele, e Raffa gostava da ideia de terminar sozinho.

Não terminou. Tanto Satya Menezes, a diretora, como Ana Raquel, a autora da trama, eram românticas demais para isso. Ele se casara com Júlia, Berlioz achara outra garota, do nada, em vez de se assumir — além de românticas, elas eram meio covardes —, e todo mundo viveu feliz para sempre. A grande escolha e a foto do desfecho eram as únicas cenas que Raffa tinha visto. Olhos fechados o tempo inteiro e, quando se ouvira chorar na tela, ainda nos primeiros minutos, tinha dobrado o corpo para esconder o rosto nos joelhos, sacrificando a lombar para não morrer de vergonha.

Júlia Costa, sentada ao seu lado no sofá de couro branco, vinha fazendo um carinho meio condescendente em seu cabelo desde então. Ela o puxou num abraço apertado, jogando-se em seu colo e lhe dando um selinho.

— Vencemos, bebê!

Era o jeito como sua personagem o chamava, e que virara domínio público nos últimos meses. Raffa riu, segurando-a, aceitando a avalanche do elenco central todo se amontoando no sofá e, por conseguinte, em cima dele, numa mistura barulhenta de beijos e abraços e elogios e cumprimentos. Alguém enfiou uma taça de champanhe em sua mão e, com esforço, ele conseguiu erguer o braço quando Satya propôs o brinde, derramando mais da metade na saia de Júlia e em suas próprias calças. Tudo era festa.

A ideia do encontro era só assistir ao último episódio com a equipe, mas ninguém iria para casa ainda. Raffa estava preparado para isso. Podia garantir pelo menos umas cinco horas sendo carismático e sociável antes de se enfiar num táxi e fugir.

Nem era um sacrifício. Não muito. Raquel invariavelmente o escalava em suas histórias — sempre para o mesmo papel, mas um papel divertido — e Satya era uma das melhores diretoras com quem já trabalhara. Ninguém tinha culpa se ele era a pessoa mais introvertida do universo, e pelo menos todos os seus amigos estavam ali.

"Amigos", modo de dizer. Trabalhar junto por mais de dezesseis horas por dia tinha esse efeito de aproximação, mas, quando o projeto da vez terminava, a intensidade amenizava, as saídas ficavam mais e mais espaçadas, até que o contato entrasse na categoria costumeira de "relações de trabalho". Até a próxima série, a próxima novela, o próximo filme, os próximos melhores amigos. Até começar tudo de novo.

Mesmo assim, pensou ele, o sorriso firme no rosto, não era sacrifício. Apenas uma questão de se deixar levar e receber o carinho de todo mundo. Beber um pouco e relaxar.

Nada de que não desse conta.

Blanca Regina, sua agente, foi cumprimentá-lo quando Raffa escapou do amontoado no sofá. Ela já era alta e, com os saltos que usava, chegava a emparelhar com ele. Ergueu sua taça para um brinde e em seguida segurou-o em um de seus abraços de urso, quase levando um banho do resto do champanhe.

Em seu ouvido, ela falou:

— Alguém está te ligando desesperadamente, não avisei pra não interromper.

Raffa tinha deixado o celular com Blanca. Se ficasse em sua mão, ele checaria os comentários na internet enquanto assistia e piraria de ansiedade antes mesmo de a novela acabar. Era um combinado antigo que, assim que terminava algum trabalho, Blanca filtrava e enviava só o que fosse essencial, ou coisas tão elogiosas que nem mesmo Raffa conseguia achar críticas nas entrelinhas.

Nos casos mais extremos, quando os dois sabiam que ele não ia se conter, Raffa entregava o celular.

Quanto às ligações, não estava preocupado. A única pessoa que ele atendia imediatamente era a própria Blanca.

— Você reparou no nome?

— Era da sua família — respondeu ela. E, observando seu rosto: — Quer que eu atenda?

— Não — disse Raffa após um momento. — Não, vejo depois. O que mais? O pessoal gostou? Você gostou?

Ela tinha chorado também, a julgar pela maquiagem um pouco manchada sob os olhos. Sim, tinha gostado, e estava disposta a elogiá-lo do jeito que Raffa estava praticamente pedindo que fizesse. Ele estava excelente, perfeito, seu melhor trabalho até ali.

Ossos do ofício.

E então ela o encarou, pensativa.

— Na verdade — acrescentou devagar, e continuou como se não tivesse feito o coração dele parar —, nem tem problema se você der uma olhada on-line. As únicas críticas que estou vendo é do pessoal que queria o seu final com o Berlioz, o que teria mesmo sido apoteótico.

— Meu Deus do céu, não faz isso — reclamou ele. — Achei que ia dizer que na verdade ficou péssimo!

Ela riu.

— Larga de ser besta, seu besta. Fica descansado que você foi um espetáculo, como sempre.

Mesmo assim, ele guardou o celular no bolso em vez de conferir. Os comentários podiam esperar, e era melhor mesmo ignorar as ligações. Família só podia significar que eram seus tios, que Raffa não bloqueara para ter a satisfação de não atender. Decisão da qual se arrependia sempre que via o nome deles na tela, mas podia lidar com isso outra hora.

O resto do pessoal tinha deixado os sofás e conversava em pequenos grupos, ou procurava pequenos grupos para conversar. Além do elenco e da produção, tinha um pessoal da mídia também, pelo menos duas pessoas fotografando, influenciadores, um pouco de tudo.

Raffa foi até a mesa, ganhando tempo até conversar com alguém. Largou a taça de champanhe vazia no primeiro espaço aberto que encontrou, analisou as tábuas de frios e queijos.

E as garrafas de vinho, mesmo sem querer. Anos de treino impossíveis de ignorar.

Havia uma lógica na organização da mesa, o que significava que sua diretora tinha contratado alguém. Ela mesma nunca teria se dado ao trabalho. Um tinto leve para acompanhar o pastrami, Pinot Noir para os presuntos finos. Fatias de brie com geleia de damasco, cubos de queijo trufado com tomates-cereja, Lambrusco perto dos salames.

Raffa pegou uma fatia da tábua e enfiou na boca enquanto pensava. Impossível que Satya... bom, que a pessoa que ela contratara não oferecesse também pelo menos uma garrafa de Dorateia — capital do vinho em São Paulo! Polo de enoturismo! E o mais importante, sua microscópica cidade natal — e algum exemplar da vinícola Monteiro. Nem que fosse para puxar seu saco. Costumava surtir efeito. Raffa sempre notava.

As duas coisas que ele sempre conferia, mesmo sem querer. *Especialmente* sem querer. Se tinha algum vinho de sua família e se tinha algum dos Fratelli, rivais de mais de meio século. Como se pôr os dois na mesa significasse alguma coisa. Um choque de lealdade, um insulto velado.

Não tinha nenhum Fratelli, mas havia um Monteiro, um dos brancos da última safra. Premiado, se ele estivesse certo. Raffa chegou a estender a mão para a garrafa, mas mudou de ideia antes de tocar o vidro. Podia tomar outra coisa. Qualquer outra coisa. Podia...

Antes que decidisse, alguém abraçou sua cintura com força e descansou o queixo em seu ombro. Um cheiro intenso de colônia o envolveu.

— Essa merda aí tem um nome, não tem? Você lembra qual é? Estou com charuto na cabeça, mas não é isso.

Berlioz. É claro. Um garoto bonito, com seus olhos azuis e ar de bom-moço.

— *Charcuterie* — disse Raffa, carregando no sotaque para que Berlioz tivesse o prazer de rir da cara dele. Que foi exatamente o que aconteceu. A risada encheu seu ouvido e Raffa ganhou um beijo estalado no rosto. Cheiro de álcool se misturando ao perfume caro.

— Isso, charutaria. Porra, cara, eu estava torcendo mesmo pra pegarem a nossa cena. Não acredito que passei um dia te beijando pra nada.

— Pra nada o caralho, foi o melhor momento da sua vida e você sabe disso. Quem sabe na próxima.

— Hmm — fez ele, e não soltou o abraço nem afastou o rosto.

— Não, sua oportunidade era essa, *bebê*. Agora, azar.

Raffa sorriu. Alguém estava tirando fotos, e ele aproveitou o momento. Pegou uma fatia de presunto de parma, virou o rosto como se fosse mesmo roubar um beijo.

— Aqui, come e fecha a boca — disse, segurando o presunto.

Berlioz, que tinha um excelente timing para certas coisas, sorriu de volta e abriu os lábios, aceitando a oferta, e o flash bateu com os dedos de Raffa tocando a boca dele. Eles riram, a fotógrafa também.

— Idiotas — disse ela, e tirou mais algumas fotos, sem esperar pose. — Juju, vem separar essas crianças.

Júlia estava mesmo se aproximando. Ela entrou no meio, obrigando-os a desmanchar aquele abraço, e envolveu a cintura dos dois.

— Meus namoradinhos do coração me traindo na cara dura.

Mais fotos. Ia ficar bonito, uma imagem toda alegre. Bons amigos, talvez algo mais, compartilhando um momento juntos.

Quando a fotógrafa se afastou, Raffa pegou a garrafa de vinho — sim, o seu, foda-se, tinha esquecido se decidira tomar ou não — e serviu três taças.

O telefone vibrou no bolso da calça.

Bom, Blanca tinha garantido que era seguro. Raffa deu uma olhada.

— Viram as reações? — perguntou Júlia. Ela pegou um pedaço de brie com geleia e enfiou na boca, ainda falando. — Nunca me senti tão odiada na minha vida. O pessoal queria mesmo vocês dois.

— Só uma minoria barulhenta — respondeu Berlioz amargamente. — Foi o que me disseram.

— Se é verdade, então é uma minoria *bem* barulhenta. Vocês devem estar recebendo um milhão de mensagens por minuto.

— Como sempre — disse Raffa.

Seu tio de novo, querendo fingir que eram amigos. Sua tia também ligara. Duas vezes cada um, e mais uma enquanto ele olhava, o que quase o fez derrubar o celular no chão quando a foto apareceu.

— O que deviam fazer — continuou ele — era vazar o beijo, pro pessoal ficar feliz.

O que mais? Alguns colegas antigos também tinham telefonado, mas a maioria das notificações era de mensagens de parabéns elogiando suas cenas, suas falas, seu cabelo, seus músculos na parte em que tirara a camisa, até a cena de choro que ele se recusara a ver. Chamadas mesmo eram poucas, e nenhuma que quisesse atender, até ver o nome de Amanda.

Por um segundo, Raffa mal registrou a informação. Ele conhecia outras Amandas, e a foto era de uma borboleta. Estava tentando lembrar qual poderia ser quando viu o código de área do telefone indicando Dorateia, e a sala toda silenciou, como se um vácuo sugasse o som.

Abriu o contato e, sim, ali estava o registro da última ligação meses atrás, quando ele ligara para desejar feliz aniversário. E antes disso outro intervalo de anos, quando ela o chamou para assinar a documentação da herança. *Anos.* E agora sua Amanda tinha ligado.

Sua boca ficou seca. Com cuidado, Raffa tomou um gole do vinho.

— Ou fazer um final alternativo — disse Berlioz —, tipo edição de colecionador.

— Isso — murmurou ele —, e leiloar por alguns milhões. Funciona também.

Talvez fosse para dar parabéns pelo fim da novela? Era o que ele fazia quando ela ou a vinícola ganhavam prêmios. Era o que *ela* fazia antigamente, quando ele ganhava algum. Antes. Na época em que ela o assistia, em que invadia o camarim e pulava em seu colo e se apresentava como sua maior fã.

Era muita covardia mandar uma mensagem, em vez de retornar? Amanda ia se ofender ou ficar aliviada?

Satya estava se aproximando com a fotógrafa ao lado.

— Uma foto com meus bebês — anunciou ela, exuberante. — Venham aqui, vocês três, cadê minha taça?

Raffa serviu uma para ela, erguendo a sua taça, depois, no brinde. Sorriu para a foto. Era melhor retornar, podia ser urgente. Ou não, devia ser mesmo para cumprimentar, mas ela ligara por impulso, não devia nem estar esperando uma resposta. Ou, vai saber, tinha esbarrado o dedo em seu número sem querer... melhor mandar mensagem perguntando? E ligar só se ela confirmasse?

— Meninos, vocês conseguem levantar a Sá?

— Não, não conseguem — disse a mulher, alarmada, mas riu quando Berlioz passou o braço em sua cintura, já chamando Raffa para fazerem uma cadeira. Certo, a sua festa. Seus amigos. Sua comemoração de meses de trabalho.

Ele enfiou o celular no bolso da calça e levantou sua diretora, quase sendo estrangulado no processo, quando ela o agarrou pelo pescoço.

— Olha aqui, se vocês me derrubarem, eu mato os dois na próxima, e não vai nem ser bonito. Vai ser indigno. Vexatório. Vocês dois vão virar meme, será uma morte *infame*.

— Se cair, do chão não passa — respondeu Berlioz alegremente.

— Raffa! Me proteja desse monstro!

— É da boca pra fora — garantiu Raffa, ajeitando melhor os braços para que ela se sentisse mais segura. — Ele é o bonzinho, lembra? Eu que sou malvado.

— Júlia! Me proteja desses dois monstros!

Júlia estava rindo demais para ajudar, e claro que Raffa e Berlioz não derrubaram Satya. Mais fotos, mais brindes, lindas imagens de todo mundo brincando, e ele tentou manter o sorriso no lugar. Se deixasse o celular na mão de Blanca, ela nem pediria explicações, e ele poderia aproveitar o resto da noite. Concentração. Só mais algumas horas.

O telefone vibrou de novo e Raffa quase o derrubou quando tirou do bolso.

Não era Amanda. Dessa vez, não era nem mesmo um número conhecido.

Não tinha a menor chance de aproveitar a festa.

— Um segundo — pediu, o sorriso brilhante no rosto. — Tenho que resolver uma situação.

Júlia fez uma careta.

— A gente está celebrando, avisa que todas as situações foram canceladas.

Agora tinham ligado uma playlist na TV de plasma, e toda aquela parte do salão estava virando uma pista de dança.

— É — acrescentou Berlioz. — Ai, estão tocando nossa música! O que pode ser mais importante do que sua última chance de dançar comigo?

— Nada — respondeu Raffa. — Tirando a minha conta de celular, a mensagem automática do meu aplicativo pra me lembrar de beber água, a minha contagem de passos por dia...

— Não adianta negar, bebê, eu vejo o desejo em seus olhos.

— ... E no caso, uma ligação da minha irmãzinha, que não posso deixar de atender.

Bom, de retornar. Era para ter soado tão irônico quanto todo o resto, mas alguma coisa falhou em sua voz, ou em sua expressão. Berlioz, que já estava com alguma resposta na ponta da língua, analisou seu rosto, intrigado. Então sorriu.

– Não demora. Ou chama ela pra cá também.

Raffa tentou imaginar a cara de Amanda ouvindo isso. Não conseguiu. Sua criatividade não chegava a tanto.

– Cinco minutos – disse então. – Não tirem fotos boas até eu voltar.

2.

Raffa saiu para o corredor, deixando a porta encostada, e foi como fechar uma caixa de música. A casa estava tão silenciosa, que a festa parecia imaginária.

Ele respirou fundo, buscou o nome dela na lista de chamadas não atendidas. Encarou a borboleta na imagem.

Costumava ser tão fácil. Raffa se lembrava ainda da alegria estranha, muito nova, de quando Amanda viera estudar em São Paulo – uma moça agora, em vez da garotinha que ele deixara! – e os dois podiam se ver toda semana. A sensação de que, finalmente, tudo estava dando certo, cada peça de sua vida se encaixando.

Nenhum dos dois tinha muito tempo, Amanda com os estudos, ele com o teatro e as gravações pegando embalo, seu trabalho começando a render. Mesmo assim sempre achavam hora para jantarem juntos, ou nos restaurantes renomados que ela escolhia ou nos barzinhos pretensiosos que ele gostava, e ainda que tivessem mil assuntos proibidos, sempre havia do que falar. Ele ria do jeito brusco dela, encorajava suas aventuras no mundo empresarial, até chegara a dar algum conselho, revirando a memória para escavar lembranças de seus tempos de príncipe herdeiro. O pai era tabu, a infância dos dois também, sua partida mais ainda e ele não falava de Dorateia, mas a vinícola era aceitável. Raffa podia discorrer por horas sobre a fabricação de vinho, e Amanda ouvia com os olhos brilhando, assimilando o conhecimento como uma esponja, em bem menos tempo do que ele levara para aprender.

Por aqueles anos, seu sucesso estava começando a virar essa onda que ia elevar seu nome além do que ele sonhara, mas nada, nenhum aplauso, nenhum encontro com admiradores, nenhum zero a mais na conta iluminava tanto seu dia quanto receber as mensagens absurdas da menina dizendo *te pago um hot dog prensado com salsicha gourmet e o caralho pra vc me explicar desembaraço aduaneiro.*

Ainda se lembrava da alegria, do carinho, da delícia que era vê-la decifrar os labirintos do império. Lembrava-se também do silêncio na linha quando informou que não ia voltar. *Você devia ter vergonha de me perguntar,* ele tinha dito, no tom mais ríspido que já usara com ela. *Não me ligue mais pra isso.*

Amanda tinha chorado naquela noite. Disso Raffa também se lembrava. E depois, só uma reunião fria para as últimas assinaturas, que acontecera em São Paulo. Amanda realmente não ligara mais.

E agora Raffa estava ali sozinho no corredor, segurando o celular, tentando criar coragem para clicar no botão. Talvez devesse voltar para a festa, tentar de novo depois de...

Amanda ligou outra vez.

Foi tão inesperado que ele levou um susto, pensando que tinha iniciado a chamada sem querer. Então atendeu e, antes que dissesse qualquer coisa, a voz dela encheu seu ouvido, acelerada como sempre, abafada no meio de um burburinho.

— Oi, só um minuto, está tudo acontecendo ao mesmo tempo e perdi o fio das coisas, não, eu não quero o lacinho bege, eu falei marfim! Qual é a dificuldade?

O resto da frase ficou distante demais para que ele ouvisse. Raffa se recostou na parede, fechou os olhos. Típico. Tão dolorosamente *típico.*

Depois de alguns segundos, ela voltou para a linha, agora sem o barulho.

— Pronto, mil desculpas, mas você entenderia se visse a situação da minha sala. Oi, Raffa, boa noite. Como vai sua pessoa?

— Minha pessoa vai bem — respondeu ele, sem abrir os olhos.
— Marfim e bege são a mesma cor.
— Não, não são, e eu acho *inacreditável* que alguém... Quer saber, não vou ter essa discussão de novo, não é minha culpa se ninguém aceita os fatos. Raffa. Preciso falar com você.

Ela sempre fazia isso, não importava quantas vezes ele dissesse que aquela abertura era aterrorizante. Raffa podia imaginá-la dando círculos numa sala vazia, ou onde ela tivesse se enfiado para conversar sem plateia, brincando com a ponta do cabelo
— Amanda ainda tinha cabelo comprido? Ainda era incapaz de falar no celular sentada?
— Pois fale. Em que posso ajudar?
— Não seja desagradável — disse ela, um tanto injusta. — Olha. Eu vou fazer uma pergunta. Um convite. Um pedido.
— Os três?
— E você vai responder sim ou não. Sem discurso. E eu também não vou fazer nenhum, prometo. Só essa simples e humilde perguntinha que é o convite e o pedido, como você entendeu, então vê se para de graça, e a gente não vai ter nenhuma... Enfim, só isso, uma pequena escolha binária que estou te pedindo pra fazer sem apresentar justificativas. Certo?

Ele estava sorrindo, um pouco sem querer. Teve que apertar os olhos, um ardor inesperado atrás das pálpebras.
— De acordo. Só me diz uma coisa antes: aquele seu curso de comunicação não violenta, você ainda tem o material? Seria legal dar uma relembrada.
— É exatamente isso que você não vai fazer. E aquele curso era pura enganação, eu nunca... Não, cai fora daqui, eu vejo o laço depois! Resolve lá, Amore, ainda estou no...

Ela afastou o celular da boca, e dessa vez Raffa ouviu uma risada masculina. Voltou em seguida.
— Desculpa de novo. Então, a pergunta. Só sim ou não. Eu vou me casar.

Isso o fez abrir os olhos. E, por um momento, encarar o corredor vazio, tentando lembrar onde estava.

Com cuidado, Raffa disse:

— Sim?

— Calma, essa não foi a pergunta. Estou respirando.

— Desculpa. Parabéns. Quando? Aliás, com quem?

E obrigado por me avisar, pensou ele, mas não teve coragem de dizer.

— Com o Rick — respondeu ela, um pouco mais de calor na voz. — Lembra dele?

— Com o Rick. Certo. Parabéns, Rick. Não, não lembro. Quem é Rick?

Ela riu, um timbre tenso, muito ansioso, na risada.

— Lembra, sim, o Ricardo Bevilacqua. Do restaurante. Não sei se vocês já conversaram, mas...

— Pode deixar. Já lembrei.

Sua voz era bem amena, levando tudo em conta. Sim, Raffa lembrava. Não que estivesse imaginando certo. A imagem em sua cabeça era do menino uns anos mais novo que via nos corredores da escola. E, claro, a testemunha de um dos piores momentos de sua vida.

O cara devia estar completamente diferente agora.

Antes que se acostumasse com a ideia, Amanda soltou a bomba.

— Sobre *quando*, em duas semanas.

Sua voz ainda acelerada, ainda presa na agitação ansiosa, mas agora a subcorrente rígida, quase agressiva, ficou mais evidente. *Sim, estou avisando em cima, não, não te contei nada, sim, você é o último que estou chamando, não, não faz a menor falta.*

Basicamente: não, não somos amigos.

— Parabéns — repetiu ele, por pura falta do que dizer. — Eu não... Que surpresa. Espero que você seja feliz, Manda, eu...

— Sim ou não — interrompeu ela, e dessa vez nem tentou disfarçar a brusquidão na voz. — Eu queria... quero, digo, estou te chamando pra ser meu padrinho. Essa ligação, eu quis te convidar, estou convidando, é o que eu quero dizer. Você aceita?

Era surpresa demais para uma conversa só, e por um segundo o sim esteve na ponta da língua, um alívio forte a ponto de ser insuportável. A gratidão quase fazendo seus joelhos dobrarem. Por um segundo.

— Deixa ver se eu entendi — murmurou ele, esfregando os olhos, depois o rosto todo. — Vamos recapitular. Duas semanas, certo? Onde é isso? Você vai casar em Dorateia?

Ela ficou quieta por tanto tempo que ele afastou o celular para ver se não tinha desligado.

— Amanda?

— Sim — respondeu ela então. Diferente. Toda a ansiedade tinha evaporado. — A gente mora aqui. Portanto, vou casar aqui. Eu pensei... estamos planejando umas coisas. Eventos, sabe, pra comemorar. Imaginei que... seriam poucos dias, ou só no civil, se você preferir, e...

A voz dela foi sumindo, como se tivesse gastado toda a energia para chegar ali e não sobrasse o suficiente para completar a frase. Silêncio na linha.

De novo.

E então Amanda puxou o ar com força, um som tão trêmulo que Raffa falou:

— Calma, estou só pensando. Me dá um minuto. Isso é bem repentino, eu só... tem umas implicações, isso aí. Umas coisas que tenho que ver. Que dia exatamente?

— Não, Raffa. Não me fala que não tem agenda. Não fala nada. Só diz logo que não vem, pra eu desligar.

Agenda era o menor dos problemas agora, mas ele não a corrigiu. Estava considerando a ideia de puxar os próprios cabelos até se sentir melhor. Ou arrancar. O que acontecesse primeiro. Ou socar a parede. Talvez ajudasse.

— Um minuto — pediu ele de novo. — Por favor. Não desliga. Só me dá um minuto.

Ela hesitou, mas então ficou quieta. E não desligou.

Raffa olhou para o teto, encarou a moldura delicada de gesso. Como explicar que o problema era a cidade toda? Como fazê-la compreender que cada pedra no calçamento de cada rua, cada metro quadrado de jardim, enchia suas costas de um suor gelado e revirava seu estômago?

Dorateia. Amanda queria que ele fosse a Dorateia.

Raffa tentou barrar as lembranças, mas era conter uma avalanche, cada imagem nítida como se tivesse saído de lá ontem. Uma piscina, um braço em torno de seu pescoço, cabelo loiro molhado. Um fantasma mais presente que a mansão onde estava, sons de água mais altos que a música da festa. Carlos Henrique Fratelli. O punho dele acertando a parte mais macia da cintura vezes e vezes e vezes.

Não.

De jeito nenhum, Raffa não ia pensar nele. Não agora. Nem nele, nem em seu pai. Endireitou-se com esforço, correu a mão pelo cabelo, respirou fundo bem devagar.

Um minuto.

— Vai ser em casa? Só diz isso.

A resposta demorou, mas então ela falou com cuidado, escolhendo as palavras. Um pouco como se tivesse medo de dizer a coisa errada e fazê-lo recusar.

— Mais ou menos? Nós pensamos assim: vai ter uma tarde com uns amigos, depois o civil com o almoço, depois a despedida do Rick, e a minha, claro, mas você iria na dele, e daí a festa de casamento em si, mas seria só um almoço simples também. E só essa parte vai ser lá, o resto todo vai ser na casa do Rick. E se você estiver comigo no civil, eu já vou... O convite é pra tudo, mas eu entendo se não quiser ir no resto, até porque as portas do inferno estarão abertas. É só ir no cartório e fingir que se importa.

Ela estava fazendo um esforço bem louvável, mas um pouco de amargura pesou na voz assim mesmo, e isso doeu. Raffa se obrigou a não reagir.

— Portas do inferno, é? Como assim? Quem vocês chamaram?

— Todo mundo. Esse é o dia diplomático. Vêm todos que iam se ofender se não recebessem convite e que ia ser desagradável ofender. Pessoal do trabalho. Uma galera. Até os tios estarão. Daí você só deixa meu presente e vai embora à francesa. Ou traz um acompanhante. Traz vinte acompanhantes. Pra tudo. A gente paga.

— Para de falar bobagem. Tenho mais dinheiro que você.

— Tem, é? Manda seu extrato pra eu ver uma coisa.

— E você faz questão só do civil?

Não foi a melhor escolha de palavras, e deu para sentir no jeito como ela puxou o ar, contendo alguma reação. Amanda devia ter imaginado que a conversa seria diferente. Que seu irmão ia se sentir honrado, pular de alegria, vai saber, em vez de fazer esse drama todo para aceitar um convite simples, e Raffa bem que gostaria de ser capaz. De verdade. Mas para isso teria que apagar da memória a imagem de uma piscina no vestiário vazio da escola. Do sangue no chão da sala depois, e de uma viagem de seis horas em silêncio.

E para *isso* ele teria que ser outra pessoa.

— Sim — respondeu Amanda. — Sim, só o civil, mas olha, a primeira tarde vai ser tão tranquila... Se você vier no domingo e ficar até quarta ou quinta, dá pra fazer as duas coisas, e eu ia ficar tão... Até te salvo um bem-casado com lacinho marfim e não bege. Não vai te dar trabalho nenhum.

— Não é questão de trabalho — começou ele, irritado, mas ela interrompeu.

— Pensa que é só mais um recital de balé. Você vai, dá umas risadas e pronto. Questão de algumas horas e está paga a sua boa ação do dia.

Isso ela tinha que saber que ia magoar também, e Raffa fechou os olhos de novo, tentando ignorar aquela saudade fina como agulha.

— Eu não dava risada. Você sabe disso, eu era...

— Não sei de nada — interrompeu Amanda, antes que ele completasse. — Por favor, Raffa. Juro que te deixo em paz depois.

Eu era seu maior fã, era o que ele teria dito, uma brincadeirinha antiga, que ela mesma replicara em São Paulo devolvendo as palavras para ele. Só um carinho entre irmãos, que, no momento, ela não queria ouvir. Não quando estava sendo obrigada a quase implorar por sua presença. Quem ia querer?

— Sim. Eu vou. No civil e nessa tarde.

Ela ficou tão espantada que a voz subiu uma oitava.

— Nossa. Mesmo? Se eu soubesse, tinha jurado antes. Você está falando sério?

— Não pelo seu juramento, larga de ser maluca. Sim, estou falando sério, esses eu garanto. O resto depois te confirmo. Pode ser?

— Mas você vem *mesmo*? De verdade? Eu prefiro... Olha, pode culpar a agenda, mas se você for mudar de ideia é melhor falar agora. Você realmente vem?

Bom, isso ele tinha merecido.

— Não vou mudar de ideia. E não se preocupa com a minha agenda. Estarei aí.

Ela soltou o ar com força.

— Certo. Obrigada. De verdade, Raffa, eu... vou avisar o pessoal que você confirmou.

Ainda tinha jeito de pergunta, a voz dela. Ele respirou fundo e forçou alegria na voz.

— Pode confirmar. Me manda os detalhes depois? Eu meio que tenho que voltar pra uma coisa aqui.

— Sim. Claro. Desculpa. Até depois. Mando, sim. Eu só... — E desligou, a doida.

Não era bem o que Raffa tinha esperado, mas era bem típico de Amanda.

Ele deixou a mão pender, o braço caído ao lado do corpo. Teve que fazer um esforço para não afrouxar os dedos e soltar o celular no chão.

O pesadelo voltou naquela noite.

Raffa não ficou surpreso.

Da casa de Satya, seus amigos tinham ido para algum bar exclusivo. Raffa perguntara onde era, jurara que descansaria um pouco e, caso animasse, iria se encontrar com eles, e foi se refugiar em casa.

Até podia ter convidado alguém. Ninguém teria recusado, se chamasse, e pelo menos não ficaria sozinho com um monte de lembranças.

E no dia seguinte a notícia estaria circulando, os boatos, as histórias. Melhor não. Uma coisa era espalhar fotos sugestivas, que podiam passar por brincadeira de amigos. Outra bem diferente seria dar a prova assim de graça e criar uma tempestade sobre a própria cabeça a troco de nada.

De qualquer modo, ele não gostava de companhia quando estava com o humor daquele jeito. Até piores do que boatos sobre sua vida amorosa seriam as fofocas de que Raffael Monteiro, na verdade, não era o cara legal que mostrava ao público, só um babaca famoso que se abalava por qualquer besteira. Antes ser recluso do que ter sua ansiedade agressiva descrita em detalhes para o mundo inteiro ler.

O que ele fez foi tomar um calmante leve e se enfiar debaixo das cobertas para tentar dormir.

Como sempre, sua cabeça repassou os momentos da noite como se fosse um filme, procurando erros, falhas, deslizes para corrigir.

Dessa vez, não tinha quase nada, fora um dia glorioso. O discurso de Satya antes de ligar a TV, agradecendo e elogiando a todos, seu nome em destaque. Júlia ao seu lado pegando sua mão, Blanca sorrindo, Amanda e suas pausas magoadas, o tremor na voz que ela não conseguiu disfarçar.

Não. Ainda não. Tanta coisa para se pensar antes disso. Os aplausos, o desejo mal disfarçado de Berlioz, o silêncio no telefone. Voltar para casa depois de tanto tempo, um soco pegando bem no meio da cara e afrouxando um dente.

Não. Por favor. O vinho sobre a mesa e as tábuas de presunto cru e as taças de cristal, os olhos vermelhos de Caê Fratelli naquela última noite, o rosto ensopado de lágrimas.

Não.

A verdade era que Raffa não dormia bem havia anos. Cochilava em intervalos curtos, e mesmo isso era com a ajuda de calmante de farmácia. Remédios para dormir o deixavam grogue ou com dor de cabeça o dia inteiro. Era isso ou passar as noites em claro.

Dava para lidar. Três xícaras de café bem forte ao acordar resolviam, talvez alguma soneca no meio da tarde, se tivesse tempo e relaxasse o suficiente. E assim ele tocava a vida.

Já o pesadelo era diferente.

Nos primeiros meses depois de chegar em São Paulo, o mesmo sonho vinha o tempo todo e ele acordava suando, com medo de dormir de novo. Depois de um tempo, dera uma folga. Ia, voltava, irregular e infrequente, ressurgindo quando baixava a guarda. Quando estava começando a esquecer. Ou quando pensava em casa.

O começo muitas vezes era como um filme a que assistia de fora, em outras era a experiência em primeira pessoa. Ou o sonho se distorcia, as paredes sumiam, a piscina virava um oceano, mas o sentido era sempre igual. Raffa sempre tinha quinze anos e estava dentro d'água treinando depois de uma derrota injusta para o noivo de sua irmã.

Essa parte era real. Ele fazia natação na época, participava de campeonatos. Ganhava medalhas de vez em quando, troféus que seu pai deixava expostos em uma estante com porta de vidro. A competição também acontecera. Ele perdera mesmo. E fora mesmo injusto, o pai do moleque conversara com os juízes antes, como se um campeonato imbecil de escola justificasse a interferência. Escândalo e corrupção no submundo do interclasses do ensino médio.

Mas o sonho não era com Ricardo Bevilacqua, muito menos com o pai dele. Nem era tanto assim sobre seu pai.

O sonho era sobre Caê.

Todo mundo o chamava assim. Mesmo os professores. Mesmo Raffa, que o odiava. Carlos Henrique Fratelli, o filho da puta sádico que passara anos atormentando-o e que, naquela tarde, tinha dado o primeiro sinal de ter uma consciência.

Não tinha durado muito.

No começo, Raffa estava nadando, e o que vinha depois variava. Misturava casos antigos. Em algumas noites, Caê o segurava debaixo d'água e Raffa acordava sem ar, o coração disparado, o rosto enfiado no travesseiro. Em outras, ele o tirava da piscina e os dois lutavam no piso molhado. Às vezes — raro isso, muito raro —, Raffa se sentava na beira com os pés dentro d'água, e era Caê quem estava treinando e se interrompia para conversar. Na vida real, Caê nem sabia nadar, mas no sonho vinha cruzar os braços sobre suas pernas, um sorriso no rosto erguido. Os olhos verdes brilhando, cabelo loiro-sujo escorrido na testa.

E, às vezes, era exatamente como tinha sido na realidade.

Raffa não gostava de treinar sozinho, menos ainda de noite. A escola ficava estranha, silenciosa demais, sua respiração ecoava no vestiário vazio. Ele não sabia explicar, mas tinha a sensação de que havia um assassino à espreita, um filme de terror prestes a começar. Mas medo também era energia, igual à derrota latejando dentro dele, e Raffa estava dando tudo de si nas braçadas, indo e voltando de uma ponta à outra de novo e de novo e de novo. Só parou quando não aguentava mais, deixando o corpo boiar solto e livre.

Foi quando viu Caê na beira da piscina, assistindo a seu esforço. Tinha se endireitado, inquieto, os pés chutando sem ruído sob a água para não afundar. Ansioso, inseguro, porque horas antes Caê fora gentil com ele pela primeira vez na vida, e talvez fosse de novo.

Não foi.

Ali, na beira da piscina, Raffa viu o sorrisinho superior aumentando lentamente sob olhos duros, e seu medo de fantasmas se desmanchou em algo muito mais concreto.

— Isso aqui é seu? — perguntou Caê.

Suas roupas numa trouxa improvisada na mão dele, a camiseta servindo de embrulho. Raffa olhando-o da piscina, incrédulo.

Caê insistindo, uma preocupação falsa na voz:

— Achei por aí, será que esqueceram? Vou levar comigo então. Amanhã procuro o dono.

O coração disparado, o medo. O peso sufocante de nunca ter uma resposta, aquela bola entalada na garganta e uma decepção dolorida, insuportável, porque Raffa tinha pensado, idiota que era, moleque estúpido, que alguma coisa mudara naquela tarde. A raiva.

Sempre a raiva.

Ele devia ter ignorado. Já sabia como o filme terminava, Caê faria o que bem entendesse. Em vez disso, saiu da piscina quando ele mandou, içando-se para fora sem se incomodar com a escada. Precisava de força para isso, ele pensou. Não tinha como pegar impulso do chão, eram dois metros de profundidade. Seus braços eram fortes. Devia usá-los.

Devia.

Mas obedeceu como sempre. Caê estava segurando suas roupas sobre a água, rindo da cara dele. Vem cá, e ele obedeceu. Pede por favor, e ele obedeceu, sua voz vacilando. Tira essa merda, você parece um inseto assim.

Raffa tirou a touca e o óculos, a boca começando a tremer.

— Mas você entrou na escola comigo — ele disse, quase implorando. Caê riu alto.

— E você se apaixonou? Então tira a sunga. Tira e dá pra mim.

Raffa obedeceu de novo. Relutante, uma ameaça de lágrimas nos olhos. Tirou a sunga. Entregou na mão dele.

Caê jogou as roupas na piscina do mesmo jeito, como Raffa sabia que faria, e então...

Foi quando sua raiva explodiu.

Mas aquele "foi quando" nem sempre fazia parte do sonho, e naquela noite seu subconsciente foi compassivo. Raffa acordou em seu quarto, sua cama, seus travesseiros, sua vida. Doze anos separando-o daquela noite no ginásio.

Ele levantou. Foi até a janela, sem se dar ao trabalho de acender a luz.

Não precisava. O preço de sua vista panorâmica de São Paulo era nunca estar na escuridão. A parede envidraçada revelava todo o bairro de Moema, as lâmpadas dos prédios, carros, postes, helicópteros cortando a noite da cidade. Alto como estava, a cidade era um fio emaranhado de luzes lá embaixo.

Caê não importava. A escola também não. Seu rompante violento, menos ainda. Se ia sonhar com alguma coisa, devia ser com brindes de champanhe e os aplausos ecoando ao seu redor, cada um que duvidara puxando seu saco sem a menor vergonha.

Sua foto nas capas de revistas, seu nome na boca do país inteiro, anos-luz entre o menino trêmulo na beira da piscina e o homem olhando a cidade de cima. Raffa construíra seu mundo sozinho, não se importava com a primeira parte de sua vida e teria até se esquecido dela, não fosse aquele maldito pesadelo e aquela porra de casamento.

Ele se afastou da janela.

Seu apartamento era quase todo em conceito aberto, poucas paredes e divisórias. Um balcão de madeira com tampo de granito separava a sala da cozinha.

Raffa foi para lá, pegou uma taça no armário. Contemplou suas prateleiras de bebida. Deixou a mão passear, querendo escolher sem pensar. Champanhe, talvez, ou algo mais forte. Tinha uma garrafa de Hennessy em algum lugar.

Não conseguiu. Um vago senso de ironia o conduziu, e ele pegou um Merlot chileno.

Caê costumava se orgulhar de não saber nada sobre vinhos. Raffa sempre fizera questão de saber tudo. No fim das contas, Caê estava em Dorateia, presumivelmente dirigindo a vinícola da família, e Raffa não usara seu conhecimento para quase nada. Impressionar em encontros, basicamente. Montar sua adega pessoal.

Tudo tão vazio.

Ele serviu meia taça e bebeu devagar, olhos fechados. Prendendo o vinho na boca, tentando mergulhar no sabor antes de engolir. Taninos suaves, notas de amora e chocolate, acidez leve, a porra toda, será que Caê também acordava coberto de suor gelado, sonhando com água fria? Será que se lembrava daquela noite?

Raffa queria muito acreditar que sim.

Estava apertando demais a taça e se obrigou a parar.

Duas da manhã, informou seu celular. Muita gente tinha enviado mensagens desde a última vez em que olhara. Um áudio enorme de Berlioz, outro de Júlia, e outro de Blanca, perguntando se estava tudo bem.

Amanda não teria convidado Caê para o casamento. Ela não seria desleal a esse ponto. Ou seria? A maior parte da tortura ficara entre ele e Caê. Quem sabia eram seus colegas de sala, os poucos professores para quem tentara pedir ajuda. Seu pai.

Amanda, não. Tudo que ela sabia era que Raffa não gostava daquele cara, e da briga espantosa naquela última noite, na qual seu irmão enlouquecera sem explicação. Ela tinha falado sobre abrir as portas do inferno, no que isso implicava? Talvez receber um rival de negócios fosse parte do esforço diplomático.

Não, impossível. Ela teria avisado. Pelo menos um comentário de passagem, como fizera pra avisá-lo da presença dos tios. Além disso, se fosse para fazer uma oferta de paz, ela chamaria a mãe de Caê, certo? E não tinha política de negócios que valesse o contato com aquela megera.

Raffa tinha quase certeza.

Mas ainda que não fosse na festa, e se os dois se encontrassem?

Ele voltou para a sala com sua taça, acomodou-se no sofá. Almofadas de um branco perolado, tão macias que o corpo afundava. Exatamente como queria, e caro de doer, só mais uma prova de como ele estava ótimo. Uma mão em seu cabelo segurando com muita força. O cheiro de cloro e o gosto de sangue.

Mais um gole de vinho para tirar o amargo da garganta.

Dorateia era pequena, o centro era o quê, quatro ruas? Talvez visse Caê por acaso. E se isso acontecesse... se fosse inevitável, se ficassem frente a frente, talvez pudesse fazer uma pergunta. Cobrar uma explicação, o porquê da crueldade, tantas vezes e por tanto tempo. Poderia contar a ele que, ainda hoje, tantos anos depois, as feridas doíam como na primeira vez.

Caê ia gostar de saber.

E então talvez pudessem retomar as coisas, exatamente daquele ponto. Terminar a briga interrompida, encerrar de uma vez aquela história.

Talvez.

E daí, se isso acontecesse, talvez parasse de sonhar com o momento em que a boca daquele imbecil tocara a sua.

Alguns dias depois, Raffa fez o check-in no Palazzo di Dorateia.

Costumava ser uma pousadinha, mas tinha sido reformado em algum momento de seu longo exílio. Hoje em dia, tinha um saguão amplo e elegante, decorado com jarros de espadas-de-são--jorge, piso de porcelanato e balcão de mármore. Quatro estrelas na entrada. Disso Raffa duvidava um pouco, mas tudo bem.

Ele foi até a recepção, apresentou o papel-cartão creme com laço de cetim no canto, e a notinha presa por um grampo prateado.

Era um voucher de desconto. Amanda e Ricardo tinham feito um acordo com o dono do hotel, que se comprometera a dar um desconto para os convidados do casal.

Raffa não precisava de desconto. Nem do hotel. Podia se hospedar com os Bevilacqua, Amanda dissera quando ele confirmou — de novo — que iria. Tinham espaço para ele.

O que não tinha era motivo para ele passar por isso, de modo que reservara o hotel por toda sua estadia na cidade. Era melhor para todos os envolvidos, até porque Amanda ia receber os trocentos parentes de Ricardo que viriam para o casamento.

Mesmo assim, a resposta de sua irmã, com uma leveza forçada, foi *você quem sabe, Raffa, o que for mais conveniente*.

Preocupante, mas não o suficiente para fazê-lo mudar de ideia, porque depois de tantas noites sem dormir, da expectativa, da ansiedade, de todo o planejamento que a viagem envolvera,

Raffa não ia se sacrificar além do necessário. Estava ali, não estava? Então. Amanda também podia fazer o mínimo de esforço.

Ele concluiu o check-in, agradeceu o atendimento com um sorriso e deu uma gorjeta para o rapaz que levou sua mala para o quarto. Confirmou sua chegada numa mensagem simples e devolveu o coraçãozinho azul que Amanda enviou em resposta com um coraçãozinho amarelo. Sentou na cama e ajeitou o cabelo, jogando as mechas de lado, e tirou uma foto.

Blanca tinha exigido. Ouvira sobre a viagem com aquele ar de quem estava dedicando trinta por cento da atenção às palavras dele e os outros setenta criando estratégias para que a ideia da vez beneficiasse sua carreira e sua imagem, ou que pelo menos não acabasse com nenhuma das duas. Parte disso envolvia documentar seus passeios.

— Voltar faz sentido — dissera ela. — Você está no auge da carreira, a menina vai casar. Tem todo esse tempo fora e blá-blá-blá, e agora lá vai você para uma jornada de reflexão onde tudo começou.

— As coisas não começaram lá. E não vou refletir sobre nada.

— Ótimo, pensar demais dá dor de cabeça. É um lugar bonito, mande umas fotos de você lindo na estrada, depois lindo na vinícola, depois lindo olhando o pôr do sol, e Camis posta e escreve alguma coisa poética. E não fale muita merda para as pessoas, que está tudo certo.

Camis era Camila, responsável por suas redes sociais e por impedi-lo de passar vergonha na internet. Ela era mesmo capaz de escrever qualquer coisa e fazê-lo parecer uma pessoa profunda.

Raffa mandou a foto. Blanca recebeu, visualizou na mesma hora, e respondeu: *lindo no hotel*. E pronto. Não havia mais o que fazer. Amanda estava ocupada demais com os preparativos, seus compromissos começavam na tarde seguinte e, até lá, Raffa estava por conta própria.

Domingo à noite, Dorateia era uma cidade-fantasma. Só ficaria interessante no próximo sábado, quando montassem a feirinha da praça, e mesmo esse *interessante* era bem relativo.

Até podia jantar no hotel e ir dormir, mas Raffa descartou a ideia. Não eram nem nove horas ainda, ficaria agoniado se não saísse para dar uma volta. Esticar um pouco as pernas. Enfiar na cabeça que não estava num campo minado.

Ele tomou um banho rápido e se arrumou para sair.

Uma sensação curiosa, aquela. Jeans e camiseta, tênis nos pés, como se tivesse quinze anos de novo. Deu vontade de contar quanto tinha pagado em cada peça, nem que fosse para o próprio reflexo. Ou tirar outra foto. Raffa Monteiro lindo no espelho.

Ridículo. Não era mais adolescente, não tinha razão para se sentir assim, desarmado e sem escudo.

E, de qualquer modo, não precisava de arma nenhuma. Ergueu o queixo e firmou os ombros. Essa cidade fizera o possível para acabar com ele e não conseguira. Raffa tinha ganhado.

Estava exalando arrogância, ele sabia, mas paciência. Quem não gostasse podia mudar de canal quando o visse na TV.

Seu hotel ficava no final de uma avenida, com vista para terrenos cultivados e montanhas azuis no horizonte. O que significava que precisaria caminhar três quadras até achar a civilização, passando por uma ou outra loja fechada, e até por um majestoso prédio de três andares, olha só, antigamente era uma casa térrea. Farmácia aberta e vazia numa das esquinas. Silêncio na cidade.

Em São Paulo, uma rua assim seria apavorante. Ali, estranho seria se houvesse barulho, e Raffa tentou aproveitar. Tinha amado aquele lugar, antes. Um pouco. Mais ou menos. Tentou achar alguma centelha daquele amor.

Engraçado ver que não se lembrava dessa parte da cidade tão bem quanto tinha esperado. O centro parecia mais longe, a rua, um pouco maior, cortada por travessas e vielas que ou eram novas ou ele apagara completamente da memória. Ao mesmo tempo, era tão familiar que chegava a ser enervante, como um sonho em que estivesse em casa, mas com as paredes nos lugares errados.

Foi um alívio chegar ao centro.

Que era basicamente uma praça, mas uma praça bem grande. Essa não tinha mudado em vinte anos. Tinha sido rota de bandeirantes, muito antes que viessem as vinícolas e as fazendas, e um resto da estrutura inicial sobrevivia num pequeno centro histórico. Em volta, havia o passeio público e um jardim com trilhas de pedra, além de um coreto caiado de branco.

No sábado, o passeio seria ocupado pela feira, com barracas de comida e artesanato, queijos e salames, vidros de azeite e caixas de chocolate. E, como não podia deixar de ser, vinho, tanto os dos Monteiro e dos Fratelli como os de pequenos produtores.

Nada que não encontrasse na capital, pensou Raffa. Certamente nada que valesse seis horas dirigindo.

Ali tinha gente. Dois ou três casais passeando, um grupo de adolescentes fumando numa parte mais escura, algumas moças conversando alto. Famílias esperando para entrar nas cantinas abertas. Raffa atravessou a rua e foi até a esquina, onde havia um restaurante.

Não. Havia o restaurante. Uma construção imponente com entrada em dois arcos e paredes de tijolo exposto chamada La Fontana del Vino, porque Dorateia girava em torno de um tema só, que era propriedade de seu futuro cunhado. Os Bevilacqua nunca tinham chegado nem perto da aristocracia da cidade, mas sabiam cozinhar.

Raffa entrou na recepção, ignorando a fila de espera. Uma moça de terno escuro e cabelo preso foi recebê-lo, segurando uma prancheta com a lista em ordem de chegada, abriu a boca para perguntar seu nome. E então arregalou os olhos, puxando o ar com força.

Raffa sorriu.

— Não tenho reserva. Será que tem lugar para um?

Não, estava cheio, mas para ele sim-com-certeza-por-favor-me-acompanhe, gaguejou a moça. Estava com um interfone discreto, deu alguma instrução para alguém e, no tempo que levou para conduzi-lo pelo salão, o pessoal do restaurante tinha tirado uma mesa do chapéu e arrumado um lugar perto da janela, com vista para a praça.

Ela trouxe o cardápio em seguida, um pouco trêmula, os dentes cravados no lábio.

— O garçom já vem atender, num minuto. Desculpa, não quero incomodar, mas será que eu poderia, se você não se importa...

— Não me importo — respondeu ele, com um sorriso. Essa era uma das coisas que, por mais que acontecessem, não perdiam a magia.

A moça puxou o celular do bolso. Raffa se levantou gentilmente, tirou uma foto ao seu lado. E, depois que ela fugiu, acomodou-se de novo para ler o cardápio.

A primeira página era uma apresentação. Um parágrafo com a história da cidade, que não rendia mesmo mais do que isso. O nome dos Monteiro aparecia como um dos fundadores, o que era meio forçado, porque sua família chegara na virada do século XX. Talvez uma tentativa de agradar Amanda? Ou todo mundo concordava que não tinha nada ali antes das vinícolas?

O resto era sobre os Bevilacqua, com a cantina onde tudo começara. Abria com a narrativa meio romantizada do italiano que criara o restaurante na década de 1970, que devia ser, vejamos, o avô de Ricardo? Depois um pouco sobre o pai dele, que ampliara os negócios. Um pioneiro, exemplo de empreendedorismo etc., nada sobre como o velho corrompia competições escolares para ver se o filho ganhava alguma coisa. O casamento com a herdeira de uma empresa de importação em São Paulo, a foto do rapaz branco e a moça negra abraçados. Ela sorria para a câmera, ele sorria para ela. Como se não pudesse desviar os olhos nem um por um segundo. Engraçado pensar naquele homem verdadeiramente apaixonado por alguém.

Depois vinham os anos de glória do Fontana, e daí ia para avanços recentes. Tinham entrado também para o negócio dos vinhos, o que era uma surpresa, e alguns anos atrás haviam comprado a Fratelli.

Raffa franziu a testa. Leu de novo.

A frase continuou ali.

Ele ainda encarava o cardápio quando o garçom interrompeu, simpatia ensaiada na voz:

— Boa noite, o senhor quer pedir agora?

Raffa ergueu os olhos, puxando um sorriso.

E não conseguiu responder.

Olhos verde-água e cabelo cor de areia, uma boca tão perfeita que parecia desenhada. O rosto cansado e envelhecido, olheiras de quem não tinha dormido e uma década de distância, mas não fazia a menor diferença.

Raffa o reconheceria em qualquer lugar.

Viu o momento em que Caê também lembrou. Os olhos se arregalando.

— Raffael? — disse ele, incrédulo.

A camisa de mangas compridas, o colete riscado de preto que era o uniforme do restaurante. Bloco de notas e uma caneta na mesma mão. E a camiseta amarela ensopada, o piso molhado sob seus joelhos e os dedos dele agarrando seu cabelo, gosto de cloro e sal e sangue enchendo sua boca.

Raffa sabia que se encontrariam, tinha certeza. Não tão cedo. Não agora. Não assim.

— Não. — Ele se ouviu dizer. — De jeito nenhum. O que você está fazendo aqui?

Caê hesitou, e sua mente também devia estar em meio à mesma turbulência, água espirrando por toda parte. Ele ergueu as sobrancelhas, forçou um sorriso.

— Trabalhando? Eu é que pergunto. Decidiu voltar às origens?

E, quando Raffa apenas o encarou, ele acrescentou:

— O pessoal vai ficar feliz, todo mundo aqui acompanha sua novela. Sua casa é parte do circuito turístico.

Amigável. Sem qualquer cinismo. Dois ex-colegas de escola conversando.

— Trabalhando — repetiu Raffa, ignorando o resto. — Você.

— Contas pra pagar, como todo mundo. Quer pedir agora ou volto depois?

Raffa se levantou.

— Não. Não, eu não quero pedir agora.

Teve o prazer de ver o sorriso de Caê vacilar.

— Tudo bem, não tem problema. Eu passo a mesa pra uma das meninas, você pode...

— Meu Deus. Fodam-se as meninas. Não sei o que acontece nessa cozinha, mas você não vai pôr a mão na minha comida.

Não estava gritando, mas também não estava se esforçando para ser discreto, e já tinha gente olhando. Tentando ouvir. Tentando filmar também, aquele murmúrio que sempre o acompanhava começando, crescendo.

Caê percebeu, e seu olhar mudou. Perdeu a calma forçada, endureceu. Fez Raffa pensar nas pupilas de um gato se afinando, fez um arrepio correr sua espinha, e por um momento tinha mesmo quinze anos, calculando quanto pagaria por dizer a coisa errada. O braço dele em seu pescoço, prendendo-o de costas contra o peito, segurando o copo do refeitório contra sua boca, rindo em seu ouvido, vai beber sim. Vai beber tudo.

Perfeito. Era tudo que ele queria, vendo Caê baixar a mão, os dedos apertando o caderninho e a caneta. Um soco na cara naquele minuto, que prazer seria se o filho da puta o atacasse agora que podia reagir.

— Vai — sussurrou Raffa, com uma alegria feroz, o coração disparando —, tenta me bater, só *tenta*. Vamos resolver isso de uma vez.

Caê recuou como se as palavras fossem um empurrão. Lambeu os lábios num gesto nervoso e baixou a voz.

— Certo, o que você prefere? Não precisa se preocupar, eu nem entro na cozinha, só pego os pratos na...

— Fodam-se os pratos, do que você está falando? Está fingindo que esqueceu?

— Cara, eu só quero fazer meu trabalho...

— E foda-se o seu trabalho também. Como te deixam pisar aqui dentro? Essa gente não sabe quem é você?

Agora os dois eram o centro das atenções. Se gravassem mesmo a cena, seria um inferno explicar por que tinha batido boca com um garçom sem parecer uma estrelinha mimada, mas não era importante, problema para depois, o que importava agora era o absurdo inimaginável que estava acontecendo, porque, em vez de ir para cima, Caê pediu num murmúrio:

— Não faz isso aqui. Por favor.

Melhor ainda, seus olhos estavam avermelhando.

— Já passaram doze anos. Não estou fazendo nada, só vivendo a minha vida. Tudo que eu quero é trabalhar em paz.

— Que coincidência — devolveu Raffa, sua voz venenosa. — Também era tudo que eu queria e cansei de te pedir. Como era mesmo que você reagia?

Caê forçou um sorriso trêmulo. Lutou para firmar a voz.

— Está bem, seguinte, eu troco com alguém, outra pessoa te atende e você janta por conta da casa, certo? Eu te encontro lá fora quando fechar. E a gente acerta nossas contas. Por favor. Você esperou até agora, espera mais um pouco.

— Você está me ameaçando? — perguntou Raffa, incrédulo.

— Não, claro que não, mas eu te escuto, tudo que você tiver pra me falar. Depois. Não aqui dentro. Por favor.

Não era real. Não podia ser, era ridículo, até. Inimaginável que ele o olhasse daquele jeito, travando à força um tremor no queixo, os olhos cheios de água.

Talvez fosse um sonho. Uma nova variante em seu eterno pesadelo.

— Certo — disse Raffa devagar, pingando ceticismo. — E se eu não tiver nada pra te dizer? Se quiser meter um soco na tua cara, tudo bem? Não, se eu bater sua cabeça na parede até você ver dobrado, vai calar a boca e aguentar?

Ele continuaria. Tinha uma lista inteira para desfiar ali mesmo, mas então o gerente apareceu, atraído pela estranheza daquela cena. Um sorriso contrafeito, já se preparando para o pior.

— Boa noite, está tudo bem por aqui?

Era um senhor de meia-idade, com um leve sotaque italiano. Talvez fosse um dos Bevilacqua também, e nesse caso logo seria seu parente, e nesse caso Caê estava muito mais fodido do que tinha imaginado, e ele mesmo percebeu. Ou não, vai saber se o filho da puta sabia do casamento, se não estava só com muita vontade de manter seu emprego, e quão maravilhoso era isso? Pura mágica, o menino que nunca tinha respeitado ninguém se encolher assim com medo do chefe.

— É uma honra imensa ter o senhor aqui — disse o homem num tom sedoso. — Uma alegria mesmo. Está sendo bem atendido?

E, enquanto perguntava, colocou a mão no ombro de seu garçom. Caê mordeu o canto da boca e baixou o rosto, e Raffa teve… não uma lembrança, mais uma impressão. Um eco de muito longe.

E não tinha nada a ver com nada, ele sabia. Semelhança nenhuma. Mas pensou num menino com os olhos colados no chão e a mão do pai no cangote, na sombra de um braço erguido. A surra doendo antes de começar.

Uma besteira alucinante, imaginar qualquer paralelo. A não ser que os direitos trabalhistas na cidade tivessem mudado bastante. Ele quase riu só de pensar.

Talvez estivesse perdendo um pouco o controle.

O italiano adivinhou qualquer coisa em seu rosto. Os olhos esfriaram, o sorriso aumentou. Ele cerrou os dedos no ombro de Caê.

— O senhor sente-se, *per favore*, eu mesmo vou atender sua mesa. Esse não é nosso padrão de qualidade, acredite, o senhor vai ver. E você, Carlos, pode juntar suas coisas, antes que...

— Não — interrompeu Raffa, com um sorriso. — Não, mil perdões. Foi um mal-entendido. Recebi uma ligação urgente da minha irmã. Mas já se resolveu.

Caê ergueu os olhos, espantado. O italiano franziu a testa. E Raffa seguiu falando, com sua simpatia praticada.

— Ela está organizando os últimos detalhes do casamento, e cada hora é uma emergência diferente. Espero que o Ricardo esteja mais tranquilo.

O nome teve o efeito mágico que pretendia. Dessa vez, o sorriso do gerente foi sincero.

— Uma noiva tem direito de se preocupar um pouco, certamente, mas esteja descansado, que nosso Ricardo resolve o que precisar. Achei que meu garoto aqui tinha feito outra bobagem.

— Pelo contrário. Faço questão de ser atendido por ele.

Mordaz, sem qualquer disfarce. O italiano nem notou. Ou, se notou, não ficou preocupado.

— Mas certamente. Com todo prazer, não é, Carlos?

— Com todo prazer — ecoou ele, obediente, numa voz pequena, seu rosto muito branco.

As lágrimas tinham secado, deixando um vermelho na linha d'água. Os olhos dos dois se encontraram, e aquilo, aquela comunicação elétrica e silenciosa, não tinha mudado. A conexão imediata, o jeito como Raffa sempre sabia se apanharia logo de cara, se o dia seria ruim, péssimo ou insuportável pelo timbre da risada. O jeito como Caê calculava o tanto que podia torturá-lo de acordo com algum sinal só seu.

Os dois se entendiam.

E, por isso, Caê sabia exatamente o que Raffa queria ouvir.

— Estou à disposição — disse ele, forçando um sorriso, e a fraqueza na voz passou por respeito, para sua sorte —, quando o senhor quiser.

5.

Deveria ter sido divertido. Um triunfo.

Aquela noite inteira, o perdedor patético servindo sua mesa com voz obediente e olhos furiosos e o rubor humilhado nas bochechas. *Deveria.* E era, de certa forma, em certo nível. Havia um nó de alegria inegável no centro do novelo emaranhado que Raffa estava sentindo, mas o resto todo na verdade era uma adrenalina perversa, a energia do prenúncio de uma briga, dos insultos afiados antes de um soco na barriga.

Ele tentou ler o cardápio. Não conseguiu. Sua mão tremia demais.

Foda-se. O carro-chefe da casa era pizza margherita, e foi isso que ele pediu, observando com olhos de cobra enquanto Caê anotava. Sua intenção não era conversar, mas não conseguiu controlar a pergunta:

— Há quanto tempo você trabalha aqui?

Caê manteve os olhos no papel.

— Alguns anos.
— Quantos?
— Não se preocupe. Tenho experiência o bastante pra te atender.
— Quantos? — insistiu ele. — Dois? Cinco? Dez?
— Raffa — começou Caê, e ele ergueu a mão, um gesto automático.
— Não.

Pausa. Aquele vermelho violento no rosto.

— Senhor Monteiro, o que o senhor quer saber?

Dessa vez nem era isso. Só não queria ouvir o apelido, o nome que seus fãs usavam, o nome que saía em revistas, o nome que era *dele*, na boca daquele desgraçado.

Ele não se deu ao trabalho de corrigir.

E podia muito bem falar que era só curiosidade, mas tinha uma resposta tão na ponta da língua, afiada como vidro quebrado, que não havia razão para não dizer.

— Quero saber se foi logo depois da escola, se você desperdiçou sua vida inteira, ou se fracassou em alguma coisa antes. Como um funcionário de anos chega nesse ponto de quase ser demitido na frente de um cliente?

Caê ainda estava olhando para sua anotação, como se o pedido precisasse ser conferido mil vezes. Seus dedos apertaram a caneta com força suficiente para quebrá-la, mas a voz continuou leve, amigável.

— É que já trabalhei aqui várias vezes. Saí, voltei, saí de novo, voltei de novo... essa é a última chance. No fim das contas, desperdicei minha vida e fracassei em tudo. Mais alguma coisa?

Raffa não esperava uma resposta honesta. Encarou-o, estreitando os olhos, mas Caê não retribuiu. O foco inteiro em seu caderno, as mãos se crispando.

— Traz a carta de vinhos.

E observou-o enquanto ele se afastava.

Dava para imaginar mil formas de preencher os buracos daquela história. Se tinham vendido a vinícola, como informado no cardápio, qualquer que fosse o plano para depois não dera certo.

E todo mundo na cidade sabia.

E, trabalhando ali, Caê teria sido obrigado a atender a todos. Os colegas que maltratara, os professores que ignorara, ex-namoradas com seus maridos e filhos. A cidade inteira. Teria sido obrigado a obedecer, o italiano jamais o colocaria em posição de chefia. Teria cometido erros, levado broncas, sido obrigado a aprender como um ser humano normal, não como o herdeiro de uma dinastia, e cada um daqueles momentos devia ter sido um embate, uma demissão intempestiva e um retorno semanas depois, talvez até menos. Questão de dias, vai saber, para pedir o emprego de volta com o rabo entre as pernas.

Ótimo. Ótimo. Uma vida inteira de humilhação, era o que Raffa tinha desejado para ele, até chegar naquele ponto de engolir os insultos e forçar um sorriso, e abrir a carta de vinhos na sua frente.

Tinha que ter sido divertido. Raffa merecia se divertir.

Não foi.

Estava consciente demais de cada detalhe. A forma como a camisa escorregava nos ombros quando Caê se movia, larga demais para o corpo. Raffa usava roupas sob medida havia tanto tempo que não sabia mais dizer se isso era normal em peças mais baratas, ou se Caê tinha emagrecido de repente. Ou talvez o problema fosse a postura. Os ombros curvados e o ar de derrota, o cansaço desbotando a cor mágica dos olhos.

Ou então era sua própria raiva procurando defeito, amplificando tudo, sempre, o tempo todo, uma raiva incandescente e, junto dela, as ideias rebeldes de antes. O rosto de Caê continuava bonito, sua boca ainda cheia e convidativa, mesmo apertada numa linha fina. Ainda havia o calor insuportável quando ele se aproximou para servir, erguendo destramente o pedaço de pizza na espátula. O que aconteceria se acertassem cada conta em aberto, se Raffa enfiasse a mão entre as pernas dele e apertasse sua coxa, o que ele faria? Se o empurrasse sobre a mesa e...

E nada. Ele fechou a carta de vinhos com descaso, pediu um tinto seco. Rápido. Não queria que sua pizza esfriasse antes de beber.

Caê assentiu sem protesto. Quando voltou, Raffa deixou que enchesse o fundo da taça, provou um gole pequeno e mandou a garrafa de volta para a cozinha sem explicações.

— Que safra é essa? — perguntou em seguida, quando Caê trouxe a opção seguinte. — Qual foi o tempo de maturação? Os dois sabiam que seu garçom nunca tinha se preocupado com isso. Às vezes parecia um ponto de honra, uma forma meio imbecil de desafiar sua família. Raffa, que sempre se esforçara, lembrava a inveja admirada de ver aquela rebelião.

Que, no fim das contas, só serviu para obrigá-lo a perguntar na cozinha e voltar com a resposta murmurada, meio engolida.

— E passou por madeira? — perguntou Raffa serenamente. — Foi enriquecido em barris de carvalho?

Caê fez uma pausa, mas respondeu com calma imperturbável:

— Só um momento. Vou verificar.

— Faça o favor. E estude um pouco. Você precisa se preparar melhor, se não sabe nem o básico.

— Isso é tão importante assim?

Raffa ergueu as sobrancelhas. Caê recuou.

— Nove meses em barris de carvalho, mais cinco em garrafas — informou ele, quando voltou, e Raffa fez questão de sorrir.

— Pode servir. E mais um pedaço de pizza.

Caê mordeu a boca e obedeceu. Ainda esperou ser dispensado antes de se afastar, e tinha que ter sido tão divertido, como era possível não ser? Raffa mal conseguiu comer, deixou a taça pela metade. Não conseguia se distrair, não conseguia aproveitar.

Não conseguia deixar de segui-lo com os olhos.

Essa parte ele tinha esquecido. Mais ou menos. Tirando as noites em que o sonho se distorcia completamente, e ele acordava excitado e furioso, preso na humilhação confusa de desejar a pior pessoa em sua vida. Seu corpo implorando por contato.

Tão estranho o jeito dele, tão diferente. Era impossível trabalhar num restaurante em Dorateia sem atender amigos ou família, tinha o quê, vinte moradores na cidade? Todos os outros garçons paravam para cumprimentar algum conhecido, brincavam com os clientes, mas Caê não interagia com ninguém. Atendia suas mesas com um sorriso cordial e olhos sem vida. A única pessoa que falou com ele foi o gerente, provavelmente querendo saber se estava tudo certo.

O homem veio confirmar com Raffa duas vezes.

— O rapaz é meio atrapalhado — disse em tom de desculpas —, mas é *buona gente*.

— Eu sei — respondeu com um sorriso. — Nós estudamos juntos.

— Ah! Amigos de infância?

— Algo assim.

Por fim, quando o salão estava quase vazio, Raffa acenou. E, como não tinha ninguém para considerá-lo uma diva mal-educada, estalou os dedos para chamá-lo. Caê foi, seu rosto mais vermelho do que nunca. Pegou a espátula para servir outro pedaço, mas Raffa o interrompeu.

— Pode fechar a conta.

— Já? Não quer mais um vinho?

Raffa não se deu ao trabalho de responder. Caê começou a recolher os guardanapos sujos.

— Temos sobremesas também, se quiser dar uma olhada.

— Diz uma coisa: com quem eu falo pra reclamar do seu serviço?

Isso o fez interromper o gesto, a mão se fechando no papel amassado.

— Pode me falar. Eu conserto, vou ter todo prazer em...

— Responde o que perguntei.

— Seria com o gerente. O senhor falou com ele. Quer que eu chame?

Excelente postura profissional.

— Não precisa. Perguntei por curiosidade, você está de parabéns. Acho que nasceu pra isso.

Dessa vez, achou que Caê ia chorar de verdade. Mas não, ele sufocou essa raiva também, engoliu o desaforo, cerrou os dentes e segurou seu prato, para terminar de tirar a mesa.

Raffa o impediu.
— Faz isso depois. Quero a conta.
— Não quer que embrulhe a pizza?
— Não costumo carregar sobras. — E, num impulso maldoso, acrescentou: — Leva pra você. Fica de presente.
— Muito obrigado. Vou sair daqui a pouco também, me espera na praça?
Raffa levou alguns segundos para entender, de tão inesperada a pergunta. Então esfriou, uma adrenalina gelada como metal enchendo as veias.
Te pego lá fora, eu sei que você volta sozinho, sei que treina sozinho, não foge, vai ser pior pra você. É impossível fugir de mim. Não mais.
— Nem tenta — respondeu Raffa, friamente. — Se você fizer qualquer coisa, juro que te ponho na cadeia.
Caê ficou surpreso de verdade. Por um momento, a diversão no sorriso foi quase genuína, antes de sumir de novo na expressão cansada. Ele retomou seu trabalho colocando a mesa em ordem, recolhendo os talheres numa mão, os guardanapos que soltara na outra.
— Depois disso tudo, você ainda tem medo de mim?
— Eu nunca... — começou Raffa, o rosto queimando, mas Caê se antecipou, interrompeu:
— Só para conversar. Eu disse que ia ouvir, se você não...
— Não te fizesse perder o emprego?
— Isso.
Os dois se encararam. Caê brandamente, sem agressividade no rosto, e Raffa... vai saber. Ele não tinha ideia de que impressão estava passando.
— Vou pensar. A conta?
— Pois não. O café é cortesia da casa, se...
— Foda-se, só fecha de uma vez. Rápido, quero ir embora.
— Sim, senhor.

Dessa vez foi reflexo, e fez Caê pausar de novo, guardanapos sujos amassados na mão. Os olhos na mesa.

Quem é que tinha medo agora?

— A gente se acostuma com tudo — murmurou Raffa, venenoso. — Não é mesmo?

Ele fez que sim. Sem erguer o rosto.

Então se endireitou e foi buscar a conta.

6.

Quem veio cobrar foi o gerente, que fez questão de se despedir pessoalmente e perguntou — mais uma vez — se Raffa estava satisfeito com o atendimento. Ele garantiu que sim, recusou a oferta do jantar por conta da casa, pagou no crédito e acrescentou uma gorjeta generosa. Tinha pensado em não dar nada, mas deixar o valor máximo parecia ser ainda mais ofensivo.

E então saiu.

Um contraste curioso entre o calor sufocante e amarelado do restaurante e a noite tranquila lá fora. Um friozinho agradável.

Agora não tinha mais ninguém por ali. Ele atravessou a rua deserta. Parou no meio da faixa de pedestres só pela graça de ficar no centro da avenida, o semáforo verde brilhando sobre sua cabeça. Quando teria uma chance assim em São Paulo? Puxou o ar até encher o peito, tentou sentir a diferença, limpar o pulmão da fumaça.

Não era, de jeito nenhum, uma tentativa de acalmar o coração acelerado.

Irritado, ele seguiu em frente.

A praça tinha bancos de madeira, uns envernizados, outros pintados de branco. Raffa ficou um bom tempo ali de pé antes de se animar a sentar.

Uma conversa. Um acerto de contas.

Talvez nem precisasse. Devia ir para o hotel descansar, fingir que estava alegre. Talvez ficasse, depois de um tempo. Quando digerisse tudo, lembraria o rosto vermelho e os olhos opacos, riria sozinho do tanto de orgulho que Caê tivera que engolir.

A venda da vinícola teria sido anunciada, nem que fosse em jornal local. Raffa chegou a pegar o celular, quase pesquisou o nome dele.

Então mudou de ideia. Não era da sua conta, e não era problema seu.

E, nos cinco minutos seguintes, percorreu o mesmo círculo tantas vezes que perdeu a paciência. Queria saber, não se importava, estava curioso, não, não estava porra nenhuma, e por fim desistiu e, num impulso, mandou a pergunta para Amanda. O noivo dela era o dono atual daquela merda, certo? E, ainda que não fosse, ela certamente saberia o que tinha acontecido com os maiores rivais.

De fato, sua irmã respondeu em menos de dez segundos.

Estou ocupada, sabe, sabe pensando no MEU CASAMENTO.

Ele revirou os olhos.

Amanda era uma das pessoas menos fofoqueiras que ele conhecia, esse era o problema. Mesmo considerando que, se ela tivesse tentado comentar alguma coisa sobre o assunto, não teria passado da segunda palavra, porque Raffa ia barrar qualquer conversa sobre os Fratelli. Mas, porra, se tinha um caso que valia o esforço, era esse.

Conta logo, antes q eu morra de curiosidade.

Dessa vez, a resposta demorou. Alguns segundos digitando, depois a notificação de um áudio sendo gravado, depois mais texto. Devia estar escrevendo e apagando.

Por fim a mensagem veio.

Se quer rir da desgraça alheia faça isso depois, não quero essa vibe agora no MEU CASAMENTO.

Típico. Tão completamente *típico* que Raffa quase xingou. E se fosse? E se quisesse rir? Era um direito dele. Era a mesma coisa sempre, de novo, exatamente como naquela noite. Nada que Caê fizesse tinha importância, nada era grave, mas, se ele reagisse, se devolvesse uma fração do que tinha passado, o mundo acabava.

Sim, ela não sabia dos detalhes, mas foda-se. Lealdade era lealdade. E ela era *sua* irmã.

Ele escreveu:

Não estou rindo, só quero entender enquanto aguardo O SEU CASAMENTO.

Ainda demorou um pouco, mas ela enviou um áudio. Estava fazendo alguma outra coisa enquanto falava. Tinha pequenas interrupções dando instruções para alguém, sons de conversas abafadas. Mas, sim, Amanda sabia como tinha acontecido, e sua irritação foi diminuindo numa fascinação horrorizada. Raffa ficou tão envolvido que só notou a presença quando Caê já tinha atravessado a rua.

Pensou em interromper o áudio por delicadeza, e mudou de ideia. Deixou tocando enquanto ele descia a calçada.

Até seu jeito de andar tinha mudado. Parecia sem direção, fumando distraído — o cigarro entre os dedos e o cheiro de nicotina precedendo-o, mais forte no ar puro —, de cabeça baixa, os olhos no chão. Estava segurando uma sacola de plástico com alguma coisa metálica dentro, provavelmente a sobra da pizza numa marmita de alumínio.

Ele parou perto de uma lixeira a poucos passos, apagou o cigarro no metal. Guardou o resto no bolso da calça. Ainda estava usando o uniforme do restaurante, e Raffa teve que admitir, nem que fosse só para si mesmo, que ele ficava bonito assim. Com seu colete escuro e as mangas compridas da camisa, parecia elegante. Um moço bem-vestido num solitário passeio noturno.

Ele se aproximou, sem surpresa ao vê-lo. Ficou parado, esperando, e Raffa continuou sentado, observando-o sem disfarce. Ouvindo sua história.

O áudio terminou. O silêncio engolfou a cidade.

Depois de um momento, Caê disse:

— Você podia ter me perguntado.

— O que houve? Má administração? Pura incompetência? Como alguém perde *tudo*?

Caê deu de ombros, como se fosse uma questão simples. Acadêmica.

— Falindo, é claro. Mas se quer saber se foi minha culpa, não, não foi. Nem tive tempo. Minha mãe é que fez merda.

Ele sabia. Amanda tinha acabado de explicar.

Tinha sido uma mistura de má sorte e, sim, má administração também, mas nada recente. Uma série de erros, um processo longo movido por credores, que se arrastara até uns seis anos atrás. Por essa época, Amanda já estava estudando em São Paulo, a inútil. E Raffa estava conseguindo papéis grandes, tinha começado sua escalada. Enquanto se tornava o jovem sucesso do momento, a Fratelli fora leiloada e os Bevilacqua tinham comprado quase tudo. Entrado, finalmente, para a realeza da produção de vinho.

Caê estava falando:

— Sua família também ficou com alguma coisa. Os tanques, se não me engano, ou parte do maquinário. Seu pai fez questão de agradecer à minha mãe depois. Disse que ia fazer melhor proveito.

Raffa não ia sentir pena. Sua última lembrança daquela mulher era de unhas esmaltadas entrando fundo em seu rosto enquanto ela gritava que ele devia ser preso.

Não que seu pai estivesse pensando nisso. Raffa nem se atrevia a esperar tanto. E ainda que lembrasse, não defenderia seu menino; tinha provocado só pelo prazer de chutar quem já estava por baixo.

Teria feito gosto em espezinhar um inimigo durante o serviço.

Caê leu o pensamento em seu rosto, sorriu de leve.

— Tal pai, tal filho?

— Vai se foder, Caê.
— Vou, daqui a pouco. E no fim ele morreu antes de aproveitar qualquer coisa, minha mãe também faleceu, e nada disso faz mais diferença.
— Pois é — disse Raffa, sem fingir sinceridade. — Exceto pra você, que sobrou com as consequências. Meus pêsames.
Caê deu de ombros. Colocou a sacola de plástico no banco, com cuidado para não virar a marmita. Enfiou as mãos no bolso da calça num gesto que, em qualquer outro momento, talvez passasse por casual.
Não ali. Não naquela hora.
Raffa se levantou. Um silêncio elétrico, tão desagradável que não sabia como quebrar. Caê foi quem falou primeiro.
— Pode começar.
— Começar o quê?
— Qualquer coisa. Eu disse que ia ficar parado, não disse? De fato.
— É isso, então? Não tem nada mais relevante pra me dizer?
— Posso tentar — respondeu Caê. — Algum pedido em especial?
Sua voz tão morna que não chegava nem a ser cinismo. Apática. Sonolenta.
O que Raffa queria ouvir naquela voz?
— Não sei, um motivo? Uma explicação? Um pedido de desculpas, pra começar?
Caê o encarou com surpresa genuína.
— Sério? Depois disso tudo, eu estava esperando um soco na cara. Tudo bem, vamos em ordem cronológica?
Qual seria a sensação de bater nele? Cerrar a mão, afundar o punho na barriga. No rosto. Na cintura. Vê-lo se dobrar de dor.
— Você não se arrepende de nada, não é? Fodeu com a minha vida inteira e pra você não faz qualquer diferença.
— Pensando assim — rebateu Caê, no mesmo tom brando —, você também fodeu com a minha. Se te serve de consolo.

Sal numa ferida aberta, aquelas palavras. Como seria gastar toda sua raiva no corpo de outra pessoa? Ser o tipo capaz de meter um soco na cara dele?

— Bem que eu gostaria — disse Raffa. — Mas não. Se a sua vida deu errado, a culpa foi sua. Infelizmente, não tive nada a ver com isso.

— Tem certeza? Você fugiu logo depois daquela noite. Não ficou pra ver.

— Eu não *fugi* — começou ele, mas Caê interrompeu, aquele sorriso vazio na boca:

— Também deixamos essa parte inacabada, não foi? Quer retomar de onde paramos?

— Como assim? Onde foi que nós paramos?

— Monteiro — repreendeu ele gentilmente. — Não disfarça. Você ainda me olha do mesmo jeito.

Cabeça erguida, o brilho de fogo-fátuo nos olhos verdes. As mãos no bolso, sem intenção de se defender. Parado, disponível e aguardando. Se ficasse mesmo imóvel, se aceitasse qualquer coisa...

— De que jeito eu te olhava? Do que você está falando?

— Cara. A gente não é mais criança. É óbvio que você ainda quer, então assume. Termina o que você começou.

Raffa o segurou pelo pescoço.

Não tinha planejado isso, mas nunca planejava seus rompantes. Sua palma aberta pressionando o pomo de adão, os dedos se curvando em torno da garganta. Caê engoliu em seco, e ele sentiu o movimento na mão, e agora era só apertar. Ver o quanto ele aguentava. Se ia mesmo ficar parado.

Em vez disso, Raffa o puxou para mais perto. Meio centímetro, talvez menos. Segurando firme.

— Quase como antes — murmurou Caê, sorrindo —, mas ao contrário.

— Não — respondeu Raffa, sua voz macia —, nem de longe. Eu teria que te torturar por anos pra ser como antes.

— Tudo bem. Na sua casa ou na minha?

Ele o puxou de novo, e dessa vez apertou de verdade, seu polegar pressionando a traqueia. Foi recompensado pela tosse engasgada e as mãos de Caê escapando dos bolsos, agarrando sua cintura.

Não significava nada. Raffa o desequilibrara, só isso, um pouco mais de brusquidão e ele teria caído contra seu peito.

Algo em que pensar depois. Mais tarde, no hotel.

Então sentiu o movimento, a mão deslizando em sua cintura. Erguendo a barra da camisa. Os dedos entre o cós da calça e sua pele quente, um pouco suada.

Os olhos nos seus.

— Que porra é essa? — perguntou, rouco, muito mais baixo do que pretendia.

Caê sorriu, a boca úmida refletindo a luz da lâmpada.

— Eu que pergunto. Uma década e você não decidiu se quer me bater ou me comer?

Um movimento do quadril, discreto e vulgar ao mesmo tempo, a virilha dele roçando a sua como num passo de dança. Reconhecer a excitação foi um choque e, ao mesmo tempo, uma coisa óbvia, como se só agora Raffa ouvisse o alarme que soava há tempos. Seu membro duro e o dele também, o calor atravessando as camadas de roupa. Cheiro de azeite, orégano e nicotina em seu cabelo e tão pouco espaço entre eles, tinha só que inclinar a cabeça, mas não, não, a mera ideia fez seu sangue ferver.

— Eu não vou te beijar.

Caê riu.

Explosivo e ofensivo, riu abertamente na sua cara como se fosse a melhor piada do universo, e Raffa o empurrou, a mão se fechando em sua garganta. Caê bateu as costas no poste de luz com tanta força que a risada sumiu num gemido, e mesmo assim a única reação dele foi segurar o pulso de Raffa, e nem isso fez com força. Não tentou mover seu braço. Podia muito bem ser só uma tentativa de se manter de pé, e Raffa afrouxou o aperto quando a respiração dele soou arranhada, como ar escapando de um balão.

E então se afastou. Tentou, pelo menos, mas Caê não soltou seu pulso, pelo contrário. Segurou com mais força, os olhos molhados do engasgo.

— Você está no hotel? Vamos pra lá. — Um sorriso amargo, a boca trêmula. — Eu dou o que você quer, sem beijo. Vou controlar minha paixão, bebê.

O apelido tinha mesmo escapado da novela. O termo carinhoso na voz dele zumbiu em seu ouvido, fez seu pulso acelerar.

— Nos seus sonhos que vou te levar pra um hotel. Pra você qualquer viela serve, *bebê*.

Um relance de qualquer coisa nos olhos dele, de um começo de reação, mas Caê se conteve quase imediatamente. Largou seu pulso também, e Raffa recuou, sentindo o calor na palma como uma queimadura.

Devia ir embora. Meter mesmo um soco, se fosse capaz, chutar quando ele caísse, cuspir em seu rosto. Deixar que se erguesse sozinho e se arrastasse para casa com sangue escorrendo do nariz, como Raffa fizera tantas vezes. Devia se indignar, castigar aquela ousadia de presumir que sabia seus desejos, podia, devia, queria fazer tudo isso, mas Caê se endireitou, deixando o apoio do poste elétrico, pegou sua sacola de plástico do banco, passou por ele.

E Raffa o seguiu sem palavras.

Meio passo atrás, vendo o cabelo liso e despontado sumir dentro da gola da camisa. Vontade de enfiar a mão naquelas mechas cheirando a alho, puxar com força. Sentir o suor na ponta dos dedos, arrancar um gemido. Descobrir se ele ia tolerar isso também. Se ia se deixar arrastar até o beco escuro mais próximo.

Uma cena tão vívida que talvez ele tivesse reagido, mudado um pouco a respiração, porque Caê lhe atirou um olhar rápido sobre o ombro. Um meio sorriso na boca e fogo verde no fundo dos olhos.

Longe da praça, a cidade ficava mais escura. Era piada corrente — tinha sido, em sua época — o fato de que a prefeitura só investia no quadrado central. A coisa mais fácil do mundo era achar uma rua com o poste apagado. Lâmpada queimada ou quebrada, vai saber.

O coração batia tão forte que Raffa sentia os batimentos no pescoço.

Os dois entraram na rua vazia sem trocar uma palavra. Residencial, sem saída. Luzes acesas dentro das casas, o brilho azulado da TV ligada atrás de cortinas cerradas. Portões fechados sem cuidado, os muros baixos que mal chegavam na cintura.

E, no final, um muro mais alto de cimento chapiscado, talvez os fundos de uma casa com entrada do outro lado. Raffa se viu pensando, um pouco desesperado, que arranharia sua camiseta, e em seguida que não se importava.

Caê ajeitou a sacola num canto da calçada com um cuidado irritante, depois se endireitou. Os dois se olharam naquela pausa estranha, o vácuo onde o flerte deveria estar. A parte doce. Os olhares, um cheiro no pescoço, um braço na cintura. O beijo.

Que merda, pensou ele. Que *merda*. Uma risada quis escapar, virou um sorriso com esforço, e Caê reagiu como se fosse uma agressão, os olhos se abrindo mais, o rosto se fechando. Mas Raffa não teve tempo de perguntar nada, porque em seguida ele espalmou a mão em seu peito e o empurrou com delicadeza contra o muro.

E se ajoelhou na sua frente.

Fácil assim.

— Eu devia cobrar — murmurou ele, e abriu seu cinto.

— Eu é que devia — rebateu Raffa, a garganta seca. — Você sonha com isso desde aquela época.

Um caco de risada, absurda e meio roncada, que Caê conteve em seguida. Soltou o botão de sua calça, puxou o zíper devagar.

Carlos Henrique Fratelli de joelhos descendo sua calça e a cueca, tão próximo que dava para sentir sua respiração quente na virilha.

Raffa esperou alguma piada estúpida, mas não veio nenhuma. Prendeu um gemido, os olhos se fechando sem querer, quando sentiu a língua firme dele na pele. As mãos em sua coxa. Obrigou-se a abrir os olhos de novo, lutando para enxergar. Gravar na memória a imagem, como se fosse uma tatuagem. Agora o enxergava nos restos de luz roubada das janelas, cabelo loiro-sujo, as faces brancas, a boca que sempre tinha sido sua parte mais bonita, mesmo com aqueles olhos fantásticos.

Um começo doce, aquela boca deslizando na parte interna e macia da coxa, os lábios em seu pau depois. Não chegava a ser um beijo, mas era... alguma coisa. Uma carícia. A língua de novo, explorando-o com calma. Caê o tomou na boca, e um tremor correu seu corpo inteiro.

Raffa não ia durar nada assim, e não conseguia nem se preocupar com isso. Era como se fosse a primeira vez. Sem prática, sem experiência, mantendo-se de pé por piedade da parede, sentindo as arestas de cimento arranhando suas costas e sua bunda através da roupa, segurando um gemido como se tivesse risco de alguém ouvir. Como se tivesse qualquer importância.

Já a experiência de Caê não tinha nada de juvenil. Não era a primeira vez, nem a segunda, que fazia aquilo, não com aquela língua criativa e talentosa, quase como se houvesse cuidado ali entre eles, algum carinho. Onde tinha aprendido? Com quem tinha treinado? Estava usando a mão também, brincando um pouco com o pelo escuro, roçando sua perna, a língua provocando como se tivessem a noite toda para isso, como se não estivessem numa porra duma viela suja, como se Raffa fosse sorrir para ele, como se fosse se entregar. Relaxar contra a parede e aproveitar.

De jeito nenhum.

Raffa agarrou o cabelo dele com força. Viu-o erguer os olhos, e aquilo sim era um quadro fantástico. O rosto vulnerável e os lábios abertos em torno de seu pau, a surpresa alarmada no olhar. Trouxe-o mais perto ainda, arrancando um gemido sufocado, quase forçando o rosto em sua virilha.

Caê entendeu, e alguma coisa mudou em sua expressão, as pálpebras descendo. Cedeu sem luta, uma lambida cuidadosa na parte de baixo de seu membro, uma resposta submissa à sua exigência, e Raffa pensou em falar, jogar na cara dele só para ver a reação — *você não vai me chupar, eu vou foder a sua boca* —, mas as palavras não saíram. Nem precisava.

Com a vitória zunindo nas veias, ele torceu o cabelo fino no punho fechado, controlando os movimentos, fazendo-o encontrar cada arremetida. Caê se deixou manejar docilmente, as mãos em suas coxas buscando apoio, segurando com tanta força que os dedos entravam na carne. Era fantástico, era tudo que Raffa queria, era horrível, era o boquete mais perfeito e mais amargo de toda a sua vida, e a explosão do orgasmo o tomou de repente, com potência nuclear. Ele mordeu o punho para segurar qualquer som, a outra mão firme no cabelo de Caê, com tanta força que ele gemeu alto, desesperado, no esforço para engolir.

Só então Raffa voltou a si. Soltou-o de repente, quase empurrando, e Caê afastou a cabeça na hora, tossindo. Que imagem, pensou Raffa, atordoado e ofegante, puta que pariu, que imagem. Os ombros dele tremendo, a boca vermelha e inchada, seu queixo sujo de esperma, quando, quando que ele tinha se atrevido a *sonhar* que...

Caê limpou o rosto com a manga da camisa. Sentou-se nos calcanhares, como se as pernas tivessem perdido a força.

— Feliz? — murmurou. — Satisfeito, senhor Monteiro?

Uma amargura cruel na voz, toda voltada para dentro. Ele estava se espezinhando muito mais do que querendo provocar, Raffa sabia, como sabia que era o tom mais genuíno que ouvira dele a noite toda. A pessoa soterrada por camadas e camadas de poeira finalmente mostrava a cara.

Mas o nome o sacudiu. Ele se endireitou, apoiando-se na parede. Precisou de um momento para se firmar nas pernas, voltar a si. Então subiu a cueca junto com a calça, fechou o zíper, pondo-se em ordem.

— Não vai nem responder? — disse Caê.

— Levanta daí.

Ele obedeceu, para sua surpresa, mas alguma coisa tinha mudado, alguma chave virando naquela cabeça estranha. Agora, vendo a expressão dele, Raffa não teria ousado segurar seu pescoço.

— Você fez isso porque quis. Eu não te obriguei.

— Perguntei se foi bom. Estamos quites?

Raffa tinha acabado de ajeitar a camiseta. Ergueu o rosto bruscamente, encarou-o de frente, incrédulo.

A audácia daquela pergunta. O cinismo.

— Estamos, por essa noite. Assim você paga as sobras de pizza que eu te dei.

Caê recuou como se ele o tivesse empurrado, dois passos para trás. Os dois se encararam, a ameaça queimando o oxigênio entre eles, e então...

... E então nada. Ele enfiou as mãos no bolso, desviou o olhar. As fagulhas se apagaram sem começar nenhum incêndio.

Raffa conseguiu forçar um sorriso.

— Boa noite. Limpa o rosto antes de ir embora.

Caê não respondeu.

E Raffa deu-lhe as costas sem medo, saiu da viela, e não se virou para ver se Caê estava olhando. Sabia que estava.

7.

Naquela noite, o sonho foi diferente.

Uma das variantes numa briga eterna que ninguém ganhava. O mesmo começo, suas braçadas, Caê sorridente segurando as roupas sobre a água. E depois estavam rolando no chão, ora um por cima, ora o outro, murros na cara, pele arroxeando, sangue enchendo a boca e sujando as mãos.

Raffa acordou com o fim daquela noite na cabeça. Dois meninos na diretoria da escola esperando pai e mãe chegarem, Caê soluçando na cadeira, os ombros encolhidos e a cabeça baixa, querendo esconder o rosto atrás do cabelo molhado.

Em todos os anos que se conheciam, Raffa só o vira chorar duas vezes. Na noite anterior, no restaurante, e naquela, depois de sua vingança. Os dois com as roupas ensopadas — e Raffa tivera que resgatar o uniforme que ele jogara na piscina, vestir-se na frente do segurança da escola, o estômago revirando de medo e humilhação, então não era justo se sentir culpado. Não era.

Mas a culpa ainda estava lá, travando sua garganta como se tivesse comido algo podre.

Termina o que você começou.

Injusto. Ele não tinha exagerado. Não tinha feito nada que Caê não merecesse.

E aquilo nem importava. Estava no quarto mais caro do hotel mais caro da cidade, com banheira de hidromassagem e a porra toda, fronhas de algodão de trezentos fios na cama, edredom de plumas de ganso, e a lembrança de comer a boca daquele imbecil numa viela. Não ia se sentir culpado. De jeito nenhum.

Raffa se levantou, foi ao banheiro.

Tinha o costume de dormir sem camisa, só uma bermuda de pijama, e gostava de se ver no espelho. Seu corpo era bonito, ele sabia disso. Tinha trabalhado para isso. Anos-luz do moleque magricela que queria ser atleta. Seu peito musculoso, a barriga firme e chata. As coxas grossas que Caê tinha apertado a ponto de marcar.

Dava para sentir, se fechasse os olhos – se forçasse um pouco –, a boca dele outra vez. A língua e a saliva e um leve roçar de dentes. Vitória.

Pois sim.

A lembrança fez sua mão se mover por conta própria, mas Raffa se conteve. Decadência tinha limite, não ia bater punheta pensando nele. Não com os fios de lembrança pendendo do corpo como restos de teias de aranha. Tomaria um banho para ficar com cara de gente e visitar sua irmã, exatamente como planejado.

O banheiro do hotel tinha uma esponja macia, lacrada num embrulho elegante. Ele a usou no corpo inteiro, ora com tanta delicadeza que mal sentiu, ora com tanta força que chegou a arranhar a pele. Se tivesse agido diferente, trazido Caê...

Daí estaria fazendo exatamente a mesma coisa, porque os dois não teriam dormido juntos. A única diferença era que o teria mandado embora do quarto, em vez de deixá-lo na viela, era isso que sua consciência estúpida queria?

Você também fodeu com a minha vida, ele dissera. Como? Ele só reagira uma vez. Só se defendera uma vez. Se tinha acabado com a vida de Caê junto com a própria, se aquilo custara a reputação dele e foda-se o que mais, sua popularidade com os delinquentes da cidade, o que fosse, ótimo. Merecido. Raffa não se importava.

Já era final da manhã, mas o restaurante estava aberto, a mesa colonial reabastecida para os hóspedes mais preguiçosos.

Raffa se serviu de café, irritado demais para ter fome, e então se obrigou a pegar uma fatia de queijo branco. Ignorou os cinco pratos de bolo cortado e a bandeja de iogurtes, as tiras de bacon crocante e os ovos mexidos na manteiga, e foi se sentar.

E, com isso, em dez minutos tinha acabado de comer, por mais que tentasse fazer a refeição render. Também estava começando a chamar atenção, um burburinho se formando ao seu redor. Ele se levantou antes que algum fã mais ousado tentasse se aproximar da mesa e voltou para o quarto. Dessa vez, não podia garantir que seria gentil como mereciam. Mal sabia se seria capaz de sorrir.

Talvez nem adiantasse. Talvez bastasse um olhar e todo mundo fosse perceber o filho da puta que ele era.

Amanda não dera muitos detalhes sobre aquela tarde, mas, pelo que entendera, não precisava se arrumar muito. Seria só um encontro de amigos, nada formal.

Jeans e uma camiseta, então, e uma jaqueta de couro vermelho bem cortada, coturnos de couro também, para complementar, e então se perguntou se não estava se esforçando demais. Ou de menos. Talvez devesse ter perguntado o que ela ia usar.

Tarde demais para isso.

Sua Ferrari azul-marinho parecia incongruente no estacionamento do hotel, tão extravagante que Raffa se perguntou o que Caê diria. Se riria da sua cara, faria alguma piada. Ele com certeza dirigiria carros grandes, se pudesse.

Tinha dado tempo? Se a falência fora seis anos atrás, então sim, ele teria perto dos vinte, certo? Devia ter feito suas extravagâncias também, então...

Nada disso importava. Nem a opinião dele, nem seus carros, nem seu fracasso, nem a lembrança de sua boca. Nada. A sacola com o resto de pizza em sua mão e os olhos conformados.

Raffa entrou no carro e bateu a porta com tanta força que ele mesmo se assustou.

Numa velocidade comportada, levaria perto de uma hora para chegar na fazenda dos Bevilacqua. Naquela segunda-feira, com a estrada vazia, deu para cortar quase trinta minutos do trajeto. Zero vontade de admirar a paisagem.

Doze anos atrás, saíra na direção oposta para nunca mais voltar. Encolhido no banco detrás do carro, o rosto inchado e a boca toda cortada por dentro, onde tinha mordido sem querer com o murro de seu pai — ou vá, sejamos justos, talvez um dos socos de Caê —, e pensando tanta merda, porque seu pai não estava falando nada, pondo mais de cento e vinte no carro também, num silêncio tão macabro que Raffa achara que ele ia fazê-lo descer na estrada e dar um tiro em suas costas.

Em vez disso, tinham chegado de madrugada em São Paulo, na frente da casa de seus tios, e ele o deixara na calçada. Sem se despedir.

Sua irmã tinha enviado o endereço, e Raffa estava seguindo sem atenção as instruções do GPS. Talvez por isso, só quando saiu da rodovia e se viu numa estrada pequena, ladeada de árvores, percebeu que estava se dirigindo à casa dos Fratelli.

A estradinha era famosa. O túnel verde que as copas formavam no caminho, o silêncio. De noite, dava para ver vaga-lumes passeando entre os troncos, como fadas brincando de esconde-esconde. Não que Raffa já tivesse visto. Certa época, a família tinha aberto a vinícola para visitas guiadas e ele guardara uma brochura. Seu pai achava uma perda de tempo e, portanto, Raffa também costumava achar, mas de vez em quando admirava as fotos e se imaginava num passeio pela casa, comparando se parecia com a sua, se Caê arrumava o quarto do mesmo jeito.

Sim, em sua cabeça de treze ou catorze anos, a visita incluía o quarto dele. Também incluía Caê profundamente irritado com a palhaçada, mas deixando Raffa se sentar em sua cama enquanto justificava algum pôster de banda ruim na parede, defendendo seu gosto musical no tom brusco que costumava usar.

Vai ser melhor que isso, pensou Raffa. Uma mensagem do futuro para o menino que tinha sido. *Vai ser tão mais satisfatório. Espera só pra ver o que a vida vai fazer com ele.*

Aquela ponta de culpa de novo. De vergonha. Não era uma fantasia vingativa.

Tinha dessas também, claro. Muitas. Mas aquela não era.

A casa de Caê — dos Bevilacqua agora — ficava no alto de um aclive. O estacionamento era mais para baixo, e Raffa ficou surpreso ao ver que estava quase cheio. Subiu a escada de pedra até a entrada e foi recebido por uma moça uniformizada, que estendeu a mão, mudou de ideia antes que ele pudesse apertar, e agarrou a mão dele em seguida, quando percebeu que assim o deixara no vácuo.

— Perdão. Eu gostaria, se o senhor puder, digo, me acompanhe, por favor, eu não... desculpe. Vou levar o senhor até o terraço, pode ser?

Ele estava tão desesperado por um pouco de calor, que teve que fazer esforço para não parecer patético.

— Certo, obrigado, Marcela — disse ele, lendo o nome no crachá.

A moça fez um som pequeno, muito leve, que só poderia ser descrito como um guincho.

— Fiquei apavorada quando teve aquela cena no hospital, achei que você ia morrer, estou bem feliz que não morreu — falou ela, emendando as palavras, ainda segurando sua mão. — Desculpa, eu não devia estar dizendo isso. Admiro demais o seu trabalho, se o senhor...

— Você, por favor, e muito obrigado. De verdade. É bom ouvir isso, a gente se esforça tanto, é sempre legal ficar sabendo que alguém gostou.

Meu Deus, se controla, pensou ele, mas a moça não achou nada de estranho.

— De nada. Tem um monte de queijo lá em cima. *Vários.*

Bom, ela estava sendo meio estranha também. Queijo?

— Obrigado — repetiu ele, confuso. Marcela soltou sua mão com relutância visível e o guiou por dentro da casa.

Raffa a acompanhou, tentando vestir o personagem. Entrar na pele do ator seguro, amável e amado, ignorar a sensação de estar no lugar errado. Parecia provocação, uma invasão de território.

Besteira. Caê com certeza já se acostumara com a ideia de ter sua casa profanada.

E, depois da noite anterior, Raffa não tinha nem cara para falar de provocação.

Passaram por um hall elegante com piso de madeira escura e um aparador de pelo menos cem anos, com um relógio de prata em cima. Os móveis originais tinham ficado. Mais um lance de escadas, e depois saíram pelo outro lado da casa, no terraço onde Amanda estava recebendo seus amigos.

Ele se virou para agradecer a Marcela, mas a moça sumira. Sorte dela.

Raffa tomou aqueles segundos para se preparar. Um último momento de concentração antes de pisar no palco.

Eram umas quinze pessoas conversando, sentadas em espreguiçadeiras e poltronas de vime em torno de uma... mesa? Não, uma estrutura quadrada que tinha mais jeito de ser uma lareira externa, no momento apagada e coberta para servir de mesa de piquenique, sobre a qual tinha mesmo uma tábua de queijos.

Amanda estava em uma das espreguiçadeiras, ela e o noivo sentados lado a lado com os pés no chão, sem usar o encosto reclinado. Jeans e um cardigã de lã, com mangas enormes e estampas de cachos de uva, um copo alto de cerveja na mão, um sorriso alegre no rosto. O cabelo preso numa trança frouxa sobre o ombro.

Ela ainda o usava comprido.

E ainda tinha a mesma delicadeza de modos. Foi a primeira do grupo que o viu, engoliu às pressas o último gole de cerveja e largou o copo no chão, levantando-se num salto.

— Aí está você, sua assombração, eu já ia te ligar!

E, por um segundo, tudo era como antes, até que ela se aproximou e freou numa pausa que foi ínfima, mas existiu, como se não soubesse o que fazer e precisasse de um sinal. Então o corpo de Raffa reagiu antes que a cabeça pudesse arruinar a tarde; ele abriu os braços e ela retribuiu, as mãos em suas costas.

Quatro anos pensando nesse momento e se perguntando se teria essa chance de novo. Quatro anos e, naquele tempo todo, nunca tinha lhe ocorrido que sua irmãzinha o abraçaria do mesmo jeito como ele abraçava os tios quando não conseguia escapar, como teria abraçado seu pai se fosse obrigado. Que ia sentir tanto nervosismo no corpo dela.

— Eu falei que vinha — respondeu, tranquilo, amigável. — Você cresceu mais?

— Tênis plataforma. Ou você diminuiu.

Raffa sorriu. Amanda também, levando-o até a roda de amigos, com Ricardo já se levantando para apertar sua mão e abraçá-lo também. *Algumas horas disso*, pensou Raffa. Podia aguentar. Era um começo, estava ali, ela estava feliz, era um começo, era...

— Cara, que prazer enorme te receber aqui! — disse Ricardo, exuberante. — Sabia que ia dar certo, falei pra Amanda, chama sim, certeza que ele vem.

Virar adulto fizera bem para ele. *Rick* ainda era meia cabeça mais alto que todo mundo, ainda tinha o mesmo cabelo cacheado e as sardas cobrindo a ponte do nariz num contraste adorável com a pele marrom, mas tomara corpo, os ombros largos enchendo bem o agasalho de frio. Um ar de segurança, fruto dos anos conduzindo os negócios da família.

Porém não tinha aprendido a fechar a boca. O sorriso de Raffa aumentou.

— Ah. Você insistiu para ela me ligar, foi?

Amanda balançou a cabeça, um carinho exasperado no rosto, antes que o noivo respondesse:

— Ignora, ele fica nervoso quando fala com estrelas. Amore, não queima meu filme.
Ricardo riu, constrangido e animado ao mesmo tempo.
— Pior que fico mesmo, desculpa, Amora. — E para Raffa: — Não foi isso que eu quis dizer, eu só insisti porque ela estava com medo.
— Em vez de piorar as coisas, pega mais uma garrafa pra mim — ordenou Amanda enquanto Raffa repetia:
— Amore e amora?
— Não esquenta a cabeça com isso. Deixa eu te apresentar pro pessoal.

Raffa cumprimentou todo mundo, aceitando os beijos e abraços enquanto Ricardo pegava mesmo mais uma cerveja para sua noiva, e Amanda dava nome e sobrenome, como se quisesse indicar o pedigree. Ou poupar os amigos do esforço de incluir a informação sutilmente na conversa depois, para destacar a própria importância.

Raffa estava familiarizado com a prática.

E já conhecia vários. Cesare era marca de vidraria; a jovem branca e loira que deu um beijo demorado em sua face e em seguida a esfregou de leve, supostamente para tirar a marca de batom de seu rosto, devia ser uma das herdeiras. Ramos de Freitas trabalhavam com queijos finos; o rapaz atraente de cabelo azul que segurou sua mão por tempo demais devia ser o dono atual. A garota negra com o cabelo todo trançado com lã violeta era Soares Lara, o lado brasileiro da família de Ricardo e, mais importante, donos de uma das maiores importadoras de São Paulo. E por aí seguia. Cristais, tecelagem, porcelana. Bancos, escritórios de advocacia. Amanda estudara na melhor faculdade de administração da capital, notória por, além da excelência acadêmica, concentrar os filhos das famílias mais ricas do estado. Tinha aproveitado bem a experiência.

Feitas as apresentações, Raffa se acomodou numa das poltronas de vime.

— Conta o que está achando da cidade — disse Ricardo alegremente. Ele envolveu as costas de Amanda quando ela voltou para a espreguiçadeira. — Deve ter sido um susto ver tudo diferente.

Sua irmã se aninhou contra ele, suspirando como se tivesse acabado de passar por um desafio enorme. Depois de um abraço. Porra, ela o chamara, e se pelo menos ele pudesse perguntar, exigir uma explicação, se...

— Isso foi, sem dúvida — respondeu Raffa. — Achei que estava imaginando coisas. O que aconteceu? Mudaram só o suficiente pra eu me perder nas ruas?

Os outros riram. Ela também.

— Viu, eu *falei* — gritou uma das moças. — Essa reforma só serviu pra gente se confundir.

— Vocês é que não têm olhos para o progresso — devolveu Ricardo. — Pra começo de conversa, o trânsito flui bem melhor agora que ampliaram o centro.

— Que trânsito?

— E tem até prédios — continuou ele, ignorando o aparte. — E o parque de diversões e... uma nova agência bancária também. Pintaram a parede do correio. E consertaram os postes na praça.

Raffa balançou a cabeça.

— Não, tinha vários apagados. Isso eu notei.

— Ah. Bom, tinham consertado. Que saco. Espero que não seja o meu.

— Seu poste?

— Modo de dizer. É o mais perto da entrada do Fontana, fica meio sinistro com tudo apagado.

— Tem seu charme — murmurou Raffa.

A lembrança do dia anterior parecia um sonho. Nem que fosse pelo absurdo. Caê segurando seu cinto num toque frouxo, encarando-o com o rosto sombreado. Sua mão na garganta dele. Sentira mesmo o pulso dele disparado ou estava inventando detalhes?

O cara de cabelo azul estava próximo da mesa e lhe estendeu uma taça.
— Vinho branco, pode ser?
— Por favor — respondeu Raffa com um sorriso.
O moço corou de leve, e pegou uma garrafa com um rótulo familiar.
Claro.
Raffa deixou que ele servisse, e não pode deixar de comentar:
— Vocês estão presenciando um momento solene. É a primeira vez na minha vida que eu provo um vinho Fratelli.
— Nossa, verdade — exclamou a prima da cidade, olhando o casal. — Estamos presenciando um romance estilo Romeu e Julieta aqui.
O Amore e a Amora riram e trocaram um beijinho rápido. E Raffa provou um gole devagar, o sorriso no rosto, seus olhos tranquilos.
Era bom. Um pouco mais doce do que geralmente tomava, o aroma floral. Dourado-âmbar, num tom que o fez pensar num cabelo quase da mesma cor.
— Aproveita — disse Ricardo. — Esse aí foi premiado na Argentina ano passado. Pelo menos por hoje ainda é bem exclusivo.
— Por hoje?
— Reposicionamento de marca — murmurou Amanda.
Ela tinha descartado o copo, e estava tomando cerveja direto na garrafa. Raffa esperou o resto da explicação, que veio logo, cortesia de Ricardo.
— A gente ainda vai anunciar direito mais pra frente, mas o plano é deixar um pouco mais acessível. Vinho sempre foi uma coisa muito restrita, muito cara. Provavelmente ainda vamos manter uma linha premium, mas quero deixar mais fácil pro pessoal comprar, sabe?
— Fantástico — disse Raffa, com total sinceridade —, taí uma coisa que nunca achei que ia ouvir. Acho uma ideia perfeita.

Caê amaria ver o que sobrara do seu império sendo vendido a R$ 12,90 no mercadinho da cidade. Ele terminou de beber num gesto seco, quase brusco, e o rapaz perto da mesa imediatamente encheu de novo a taça.

Amanda tinha erguido os olhos, mas Ricardo não notou nada estranho.

— É, não é? Novos começos, meu amigo. No Fontana, por exemplo, a gente tem vários na carta, mas quero que os nossos sejam os mais pedidos, independentemente de ser uma família turistando, um adolescente levando uma namoradinha pra jantar ou alguém com grana de verdade. Vinho da casa, mas sem perder a qualidade.

— Eu jantei lá ontem — informou Raffa. — Se soubesse, teria provado.

Se tivesse pensado nisso. Se tivesse pensado em qualquer coisa. Nem ele sabia qual mensagem o gesto passaria, mas Caê entenderia. Com toda certeza.

Ricardo se iluminou.

— É mesmo? Que honra! O que achou, foi bem atendido?

Chegava a ser engraçado, o tanto que podia foder com a vida dele. Caê não fazia ideia.

Ou talvez fizesse, sim. O rosto erguido, olhos muito verdes, um brilho obsceno na boca aberta em torno do seu...

— Tudo excelente — disse Raffa, tossindo de leve. — Parabéns pela pizza.

Ergueu a taça e foi servido de novo pelo mesmo rapaz, com o mesmo sorriso. Dessa vez bebeu de um gole só, sem nem sentir o gosto.

Foi uma tarde agradável. Em teoria. Fria e muito limpa, bem típica do inverno em Dorateia. Céu azul sem nuvens e um ar tão gelado que doía a ponta dos dedos.

Do Fontana, a conversa passou para os planos do casamento e para reminiscências do casal. Como não tinha o que acrescentar, Raffa ouviu em silêncio, a sexta — sexta? Ou sétima? Estava perdendo a contas — taça cheia em sua mão. Agora era um tinto seco, mas poderia ter sido água morna, pelo tanto de atenção que estava prestando.

Sua cabeça estava pesada.

Marcela chegou com outra bandeja, repondo os queijos e acrescentando cortes de frios. Deixou que ele escolhesse primeiro e saiu, depois teve que voltar para perguntar se os donos da casa queriam alguma coisa. O rapaz — como era mesmo o nome dele? — perto da mesa continuava lhe servindo, o que era conveniente, porque assim Raffa não precisava levantar. Mesmo que ele tivesse começado a pegar em sua mão cada vez que enchia de novo sua taça.

Alguém tirou foto da tábua de frios, do fundo com as montanhas e dele comendo uma fatia de Gouda. Teria sido delicado se tivessem pedido antes, mas pelo menos assim Raffa não precisava se preocupar em tirar fotos por si mesmo. Ia ser marcado em cada postagem e Camis podia se virar com isso, interagir com essa gente.

Pensando agora, era curioso que Amanda não tivesse chamado um fotógrafo para registrar o momento. Devia mesmo ser uma coisa bem íntima. Amigos próximos e o irmão com quem não conversava, que ela precisara ser convencida a convidar.

O assunto chegou nele, com comentários sobre os filmes que fizera, as séries mais antigas. A novela que terminara recentemente e que todos, muito sofisticadamente, diziam não ter visto inteira, mas cujos detalhes sabiam de cor.

Raffa tentou responder com o mesmo carinho de quando encontrava algum fã, contou casos das gravações e como era trabalhar com Júlia e Berlioz. Sustentou o sorriso e sufocou aquela parte dele que, mesmo depois de tantos anos, se contorcia de vergonha com a atenção. Uma coisa eram os encontros fortuitos na rua, outra era ouvir um grupo de desconhecidos discutindo seu trabalho. Uma coisa teria sido falar com Amanda, do jeito que costumavam fazer depois de cada sessão, quando ele mesmo destruía a própria atuação e ela insistia que também não era para tanto e que ele estava sendo crítico demais. Outra era entreter essa gente enquanto ela parecia mais concentrada no copo de cerveja.

A conversa retornou ao casal, com lembranças, recordações. As amigas de Amanda tinham casos para compartilhar sobre os primeiros meses do namoro, que, pelo que Raffa conseguiu depreender sem perguntar, já durava dois anos. Histórias de viagens, outras festas, alguns vexames. Os pequenos detalhes absurdos que compunham a vida de um casal.

Os amigos de Ricardo também, com menos elegância. Ele tinha sido, segundo o consenso, um completo desastre.

— A única coisa que me dói — disse ele, depois de uma história incompreensível de seus tempos de universitário — é o meu velho não estar aqui vendo isso. Ele ia ficar tão feliz.

Isso porque todos os relatos eram sobre resgates. Alguns justos, outros não. O dia em que tinha sido parado pela polícia, que não acreditava por nada que o carro era dele, e o pai tivera que ir na delegacia. O dia em que tinha levado vinte amigos para um restaurante sem ter como pagar, e o pai tivera que ir lá com o cartão de crédito. O dia em que se trancara para fora do próprio apartamento e quase fora preso por invasão. O dia em que tinha literalmente tentado organizar um racha de madrugada. Era uma mescla tão estranha de absurdos e infrações e injustiças, que Raffa não sabia como reagir. Ricardo merecia uma boa sacudida por metade daquilo, mas a outra metade fazia o pai dele até parecer razoável, com suas interferências protetoras.

E *essa* ideia era tão desconfortável, que Raffa sentiu um gosto ruim na boca.

Culpa daquela merda de vinho que estava bebendo.

— Ele ia era ficar aliviado — respondeu um de seus amigos.
— Já devia ter lavado as mãos de você. Primeira coisa que ia dizer pra Amandita era: *agora o problema é teu*.

Amandita?
— Talvez — Ricardo admitiu com uma risada. — E nem vou dizer que não seria merecido, mas olha, duvido. Eu ia bater nos sessenta anos e ele ainda ia me perguntar se eu queria que ele falasse com a mesa diretora por mim.
— Até parece que ele perguntava...
— E que ia me aprovar — comentou Amanda, com uma risada. — O cara sonhava com uma linda italianinha pra você.
— De jeito nenhum. Tudo que ele mais queria nessa vida era pegar as terras dos Monteiro pra juntar com as nossas. Você ia ser a primeira escolha.

Isso tinha muito jeito de ser uma piada interna, pelo tom dele, pelo brilho nos olhos. E, de fato, o sorriso de Amanda aumentou.

— Só ia ter uma surpresinha graças a uma coisa bem romântica chamada separação total de bens, mas o que é uma pequena crise de família diante de um grande amor?

Ricardo não estava bebendo nada no momento, mas quando ela ergueu a garrafa para um brinde, ele bateu no vidro com os nós dos dedos como se fosse um copo. O que *também* devia ser outra gracinha lá entre eles, e Raffa sorriu como todo mundo, tentando conter a irritação. Para começo de conversa, que terras? Os caras só tinham entrado para o ramo havia seis anos.

— A Fratelli não bastou? — perguntou ele. — Teu pai queria mais?

Soou um pouco menos amigável do que deveria. Ricardo olhou para ele, um pouco surpreso, e Amanda interveio. Brilhante, sorridente.

— A gente não perdoou essa história ainda. Quase um século investindo na nossa rivalidade amarga, e vocês chegam do nada assim, cadê nosso direito de preferência?

O quê?

— Perdeu, minha princesa, agora já era. Sua amarga rivalidade é só comigo — respondeu Ricardo, e os dois se beijaram de novo, e Raffa começou a se perguntar se não era hora de parar de beber. Ou aquele casal tinha o romance mais estranho do mundo ou seus pensamentos já estavam embaralhando.

— Sem querer interromper — comentou a prima da cidade, num tom pensativo. — Mas é meio melancólico, não é? Bizarrices corporativas à parte, o tio ia gostar tanto de estar aqui.

— Ele teria gostado de tudo — respondeu Ricardo, com um carinho indisfarçável na voz. — Do casamento, de conhecer os netos... A gente brinca, mas no fim vou ser igual. No cuidado, digo. Acho que é inevitável, quando você tem filhos. Você não acha?

Ele olhou para Raffa, entre tanta gente para quem podia ter olhado, aquele idiota, como se aquela fosse uma pergunta razoável, como se fosse algo que ele pudesse responder.

E, portanto, merecia uma resposta.

— Não sei se acho. O meu não era do tipo que ia me resgatar. Eu sempre me virei sozinho.

Uma pausa meio longa depois disso, que ele não tentou interromper. Amanda forçou um sorriso e disse:

— Bom, da minha parte, nada a declarar. Ele só foi aprender meu nome quando teve que assinar o contrato do apartamento em São Paulo, já na faculdade. Pelo menos seus troféus estavam guardadinhos no meio da sala, lembra, Raffa?

A leveza na voz era forçada também. Ela esperou que ele respondesse, brincasse um pouco, consertasse a estranheza que causara, e Raffa não disse nada. Só tomou um gole de vinho com sabor de areia, e ela acrescentou, com um brilho contrariado nos olhos:

— E olha a injustiça da situação: nessa época, eu estava passando vergonha no balé e ele nunca assistiu a um mísero recital sequer, acho que nem sabia onde ficava o instituto. Quem tinha que me buscar era meu irmão, quando sobrava um tempo depois dos treinos. Tá certo que nunca cheguei nem perto de ganhar medalha, mas é o princípio da coisa, sabe?

Os outros riram e, dessa vez, Raffa não se deu ao trabalho de forçar o sorriso, porque não, não era quando sobrava tempo. E ele não *tinha* que ir, o motorista que levava os dois dessas atividades para casa podia muito bem buscá-la sozinho. Só que Raffa a encontrara uma vez ou duas e, a partir dali, Amanda passara a esperar por ele, às vezes sentada na guia da calçada, às vezes de pé na frente da escola, olhando a rua, a ansiedade evidente no rosto se dissipando quando o via chegar. E por isso ele batia ponto lá toda segunda e toda quarta-feira, e ouvia o resumo animado e geralmente catastrófico de cada aula, e essa era uma das poucas boas lembranças daquela época.

Não devia ter vindo, tinha sido um erro. Estar ali, estar com tanta gente, ter atendido ao telefone, ter aceitado aquele convite.

— Bom, ninguém está dizendo que ele era perfeito — comentou Ricardo —, mas teve seus momentos, certo? Apoiou a sua carreira e tudo o mais... Deve ter sido uma aventura, sair de casa tão cedo pra ganhar o mundo. Taí uma coisa que o velho jamais me deixaria fazer. Até porque minha mãe teria apertado o pescoço dele.

Por um momento, Raffa apenas o encarou. Sem reação.

Era só um convite. Uma tentativa de incluí-lo na conversa, porque Ricardo tinha percebido o clima estranho também e queria achar um assunto sobre o qual Raffa quisesse falar. Uma simples delicadeza de anfitrião que simplesmente não lembrava, que nem tinha como saber, o tamanho da estupidez que estava dizendo.

E o pior era que ele não tinha *mesmo* como saber, porque Raffa tinha criado aquela história. Era uma lembrança ensopada de vinho, ele e Blanca montando uma resposta-padrão, uma versão oficial para apresentar quando as perguntas viessem, porque as perguntas viriam, e ele sabia que não daria conta de responder. Não consigo falar disso, ele dissera. Não assim, para o mundo inteiro saber. Não consigo contar.

Portanto: aos quinze anos, seu pai o enviara para São Paulo, percebendo seu potencial artístico. Por que não o Rio? Porque não, por isso, porque sempre quisera estudar na Wolf Maya sem se afastar tanto da família, e assim não estaria sozinho enquanto buscava seus sonhos. Seus tios não iam desmentir, Amanda menos ainda, e seu pai nem tivera tempo de falar merda em público, se é que ia tentar. Até onde Raffa sabia, ele não acompanhara sua carreira.

De qualquer modo, caso ele ou os tios questionassem, ou algum jornalista insistisse...

— Vocês eram muito próximos — disse o rapaz que vinha servindo suas taças, com segurança demais para alguém que nunca interagira com ele na vida, e então enrubesceu de novo. — Digo, não que eu... pelo que me lembro de uma entrevista. Acho que você comentou de passagem.

... Daí vinha a estratégia que ele e Blanca tinham apelidado de vulnerabilidade aparelhada.

Que, basicamente, consistia em chorar em público.

— Mais ou menos — murmurou ele. — Algumas coisas não são fáceis de contar, ainda é um assunto que me afeta muito.

Amanda ligara três vezes naquela época. A primeira para avisar do infarto e da internação, a segunda para avisar do velório.

Raffa não tinha ido.

Isso ele tivera que explicar em entrevistas também, mas bastava pedir sossego e deixar a voz embargar, e essa parte nem era fingimento. Muito fácil vender o tremor de raiva como se fosse a dor da perda, e, naqueles dias, naquela semana, naquele ano inteiro ele estava sentindo uma raiva alucinante, só pela audácia inacreditável de sua irmã se dar ao trabalho de informar, por aquela pausa longa quando ele dissera que não iria, como se ela tivesse esquecido, como se nada tivesse mais importância.

Pelo menos Amanda recuara, com sua recusa seca.

Na terceira ligação, algumas semanas depois, ela pedira que Raffa voltasse. Tinham que decidir o que fazer com a casa, com as vinícolas, com a porra toda, e ele ouvira, cada vez mais incrédulo, e quando a voz de Amanda quebrara no meio de uma tirada inexplicável, que misturava fornecedores e a porra do texto que seria gravado na lápide, Raffa a interrompera.

Não me ligue pra isso. Você devia ter vergonha.

— Mas ele te apoiava — disse o cara, todo solícito. — Isso que é importante, não é?

— Não.

Saiu seco demais. Raffa se obrigou a suavizar o rosto, baixar os olhos. Triste.

— Ou talvez sim, do jeito dele, talvez ele achasse que estava me apoiando, mas o interesse dele durou só enquanto eu estava no caminho pra dirigir a vinícola. Ou ganhando medalhas. É isso que estou tentando explicar; ele tinha planos pra mim e, quando saí dessa linha, nunca mais conversamos. Meus tios também são distantes, então em São Paulo eu estava completamente sozinho. Ele não me ligou nem uma vez.

Impossível filtrar toda a amargura, impossível não deixar nada vazar. O rapaz de cabelo azul até fez um carinho em seu ombro.

— Eu tinha uma ideia completamente diferente, pelas suas entrevistas. A gente pode falar de outra coisa então.

— Não é nenhum grande segredo — mentiu Raffa, mais para dissipar a impressão de estar fazendo confidências. Talvez nem precisasse, ninguém no grupo reagiu como se sua confissão fosse fofoca de celebridade, e mais tarde, outro dia, outro ano, ele ia se sentir grato por isso. Quando conseguisse pensar. Quando fugisse dali. — Não precisa mudar de assunto por minha causa, só não tenho muito com que contribuir pras histórias de família. Meu pai não deixou lembranças muito boas e a morte dele foi tão de repente, acho que até hoje não me acostumei com a ideia, e eu estava completamente só, e então...

Por favor, pensou ele, *pelo amor de Deus alguém me faça fechar a boca*. Era o momento perfeito pro rapaz oferecer mais vinho, talvez assim conseguisse parar de falar.

Em vez disso, ele tocou seu ombro de novo, e dali a um segundo ia ou sentar em seu colo, ou lhe dar um abraço, o que significava que Raffa estava sendo extremamente patético e que precisava *calar a boca*.

— Enfim — murmurou ele, forçando um sorriso. — É isso. Nossa família nunca foi próxima.

— E você queria tanto mais proximidade, não é? — disse Amanda, a voz cheia de veneno. — Tadinho. Abandonado à própria sorte numa mansão em São Paulo.

Raffa não tinha olhado para ela, enquanto divagava. Agora olhou. Sem reação.

— Completamente sozinho, é? — insistiu Amanda. — Eu te ligava quase toda semana. E quando morei lá...

— Eu não estava falando de você — começou ele, irritado, mas ela interrompeu.

— E quando morei lá, tentei ser próxima, te visitar, a porra toda, então eu sei que você não estava falando de mim. Você estava falando da parte da família que *importa*, certo?

— É, eu sei que você me visitava quando dava tempo — devolveu ele, carregando no desdém. Aquela frase tinha mesmo doído. — E pode deixar, que eu também me lembro bem das suas ligações.

O rosto dela avermelhou.

— Bom, e agora chegamos no ponto. Eu até pediria desculpas, mas você nunca perdoou ninguém na sua vida, e não é agora que vai começar, né? Mas pelo menos eu tentei...

— Ah, pelo amor de Deus, Amanda. O assunto aqui não é sobre apoio? Só estou falando que não tive tanto quanto pensam e que o pai fez o favor de morrer sem me dizer uma palavra depois que saí. Você não é o centro do universo, sabia?

— Nossa, sabia, sim, Raffa, e como sabia! Eu só achava que pelo menos tinha *existido*, sabe? Não achei que o meu esforço não tinha valido nada.

— Que esforço? As vezes em que você quis minha ajuda pra um trabalho de faculdade, ou quando queria ingresso de graça pro teatro?

Isso a silenciou. Amanda o encarou, os olhos imensos. E molhados. Então se levantou, deixando o grupo ali no terraço. Entrou na casa.

Raffa teve que baixar os olhos, morder a boca. Ou ia gritar. Quebrar um copo. Uma raiva muito antiga, velha como água podre, desespero borbulhando.

— Que papo de doido — suspirou Ricardo. — Bom. Irmãos.

Os outros concordaram, como se isso sintetizasse tudo, explicasse uma mágoa de anos. Ricardo se levantou, olhando a porta por onde sua noiva entrara.

— Acho que faz parte, né. Tretas de família. Eu só achei que a primeira seria entre a minha mãe e a minha vó. Só um segundo, gente. Vou ver como ela está.

Raffa ia matar alguém, se continuasse ali.

— Também tenho que ir. Desculpa, não foi minha intenção.

Ele se levantou e teve a surpresa de ver o chão balançar. Seu amigo da mesa o segurou, enlaçando sua cintura, a outra mão em seu peito, e Raffa teve que lutar para não empurrar o braço dele. Ou se agarrar em seu ombro.

— Obrigado. Acho que dou conta.

— Acho que não dá, não — observou Ricardo. — Não quer dormir aqui? É melhor não dirigir assim.

Isso era verdade, mas não, Raffa não queria de jeito nenhum, em nenhuma hipótese, dormir ali, e sua expressão foi tão transparente que até Ricardo entendeu.

— Eu peço pra alguém te levar. Vem, eu te acompanho até lá embaixo.

Cinco minutos para desfazer o percurso da chegada, descendo um lance de escadas e atravessando o hall e aquela entrada da frente, antes da rampa para o estacionamento. Dessa vez, Raffa teve que se segurar no corrimão.

Estava frio ali, mais até do que no terraço. Agora a tarde estava fechando, tons de violeta sumindo num azul-escuro. Quando chegaram lá embaixo, Ricardo pegou o celular e chamou alguém em condições de dirigir.

Raffa esperou. O cara não era idiota assim. Tinha que ser intencional.

Era, claro.

— A gente sabe muito pouco dos bastidores — disse ele com um sorriso. — Esses detalhes ela não conta nem pra mim.

Raffa continuou calado. Ricardo queria conversar, então que carregasse a conversa.

O que foi o que ele fez.

— Mas só uma explicação — disse seu cunhado —, pra você não pensar... não foi que eu insisti pra ela te ligar. Ela não teria ligado, se não quisesse.

Quem estava pensando nisso?

Raffa forçou um sorriso.

— Não se preocupe. Não tem importância.

— É toda uma situação. Ela só não achou que você viria, e eu encorajei, porque a sua presença é muito importante. O suficiente pra ela ficar agoniada por meses, e pra...

Ele fez um gesto amplo, meio solto, como se indicasse a casa, a tarde, a cidade. O suficiente pra passar por tudo isso.

Um dos funcionários estava se aproximando, preparado para lhe dar uma carona. Nos segundos antes que chegasse perto o suficiente para ouvir, Ricardo acrescentou:

— Você falou das ligações...

— Ela me chamou — disse Raffa. As palavras escapando, saindo sem querer. — Queria que eu voltasse para o funeral. Depois de tudo que ele fez.

— Eu sei — respondeu Ricardo, gentil. — Talvez tenha sido um erro de cálculo, sei lá. A gente não se conhece muito bem, eu e você. Mas eu conheço a Amanda. E talvez não tenha sido pelo seu pai que ela te chamou, ou pelo funeral. Talvez tenha sido para ficar com ela. Boa noite, Raffa. Obrigado por ter vindo.

8.

Uma hora depois, Raffa estava na portaria do hotel.

O carro se afastou e ele ficou parado até as luzes sumirem de vista.

Não tinha sido trazido no seu carro, por orientação de Ricardo ou por reticência do motorista. Teria que resgatar a Ferrari depois.

Agora não estava com cabeça para se preocupar com isso. Devia ir para o quarto. Estava zonzo de álcool e, com aquela moleza estranha da viagem, tinha chances de conseguir dormir. Pegar no sono, pelo menos, ainda que acordasse em seguida por causa dos pesadelos.

Mas seu corpo não queria ficar parado. O ar gelado diminuiu um pouco da queimação no rosto e no pescoço e, quando deu por si, Raffa estava andando. Sem rumo. Sem pensar em nada também. Deixando a cabeça ecoar como um imenso espaço vazio.

Além do hotel, a rua continuava por poucos metros até chegar no declive que era basicamente o fim da cidade. Se continuasse, em meia hora estaria na várzea do rio. Raffa tentou olhar a paisagem, mas assim de noite não dava para ver nada. Vasta escuridão se estendendo e umas poucas luzes espalhadas, sinalizando as fazendas lá para baixo.

Ele aguentou dois segundos antes de dar meia-volta. Passou pelo hotel de novo, seguiu em frente. Em pouco tempo estava no centro e, se continuasse, chegaria na estrada, e, se continuasse ainda mais, talvez chegasse em casa.

Não. Chegaria na fazenda. Sua casa estava longe. Escolheu qualquer curva e experimentou a rua seguinte, explorando sem atenção o pequeno emaranhado que sempre o levava de volta para a praça, independentemente de onde virasse. Na quarta vez em que isso aconteceu, ele desistiu de lutar. Escolheu um banco de onde podia ver as portas ainda abertas do Fontana e se sentou. Esticou as pernas, tentando descansar os pés, reclinou as costas o máximo que podia no encosto, deitando a cabeça para ver o céu. Estrelas despontavam aos poucos, à medida em que os olhos se acostumavam.

Ricardo podia não gostar, mas o poste quebrado tinha suas vantagens. Se não fossem os outros ainda funcionando, ia ver constelações inteiras. Costumava ser fácil localizar estrelas, tinha aprendido em alguma aula, talvez geografia? A escola organizara um passeio noturno, com telescópios e carta celeste. Raffa se lembrava de ter gostado.

Caê não tinha ido. Ele conferira antes.

Raffa esfregou o rosto. Devia ir dormir. Aliás, devia fazer isso ali mesmo. Deitar no banco. Dormir na praça. Tinha uma música assim, não tinha? Ele começou a murmurar a melodia e o som chamou sua atenção. Sua voz soava estranha naquela noite silenciosa, abafada como se o mundo todo estivesse acolchoado.

Devia estar mesmo muito bêbado.

Uma ideia distante. Sem importância.

Era agradável ouvir a própria voz. Ele quase nunca cantava. Antigamente, sim. Às vezes. Não na escola, porque Caê o castigaria sem misericórdia se Raffa se permitisse algum tipo de alegria, mas em casa, quando Amanda ligava o rádio. Ou, melhor ainda, quando se animava a revirar LPs antigos e brincar com o toca-discos mais velho que seu pai. Os dois faziam duetos, e ela às vezes parava de repente, ouvindo-o com um sorriso encantado, como se Raffa soubesse o que estava fazendo.

Isso até o velho descobrir. Ele nem tinha dito nada naquela vez. Só um olhar de desprezo, um jeito de balançar a cabeça, ao ver que seu filho não discriminava entre vozes e, se gostasse mais da parte feminina, era essa que ele cantava.

Raffa tinha parado depois daquele olhar.

De qualquer forma, era divertido murmurar a música. Raffa continuou até as luzes na frente do Fontana se apagarem, e àquela altura estava difícil focar os olhos em qualquer coisa. Vertigem e cansaço, raiva, sono e vinho num coquetel perfeito.

Caê não foi o único que saiu naquela hora, mas foi o único que não se demorou numa despedida. Um grupo parou na calçada, conversando alto, ajeitando casacos, acendendo cigarros. Ele, não. Deu boa-noite aos colegas e se afastou, andando daquele seu jeito derrotado, os ombros para dentro e a cabeça baixa.

Até a hora em que o viu.

Então se endireitou.

Aproximou-se num passo duro, parou na sua frente, incrédulo. Com a camisa de punho fechado e o colete justo no peito, ele parecia deslocado no tempo. Faltava um chapéu e uma bengala, talvez um fraque antigo, e poderia ter saído de uma novela de época.

— Você estava me esperando?

Raffa começou a rir. Inevitável. Era tão perfeito, tão fantástico. Uma revanche pela noite anterior, talvez? Segunda rodada? Exatamente o que tinha ido ali buscar.

— Acho que sim, o que mais existe nessa merda de cidade?

Caê o encarou. Chegava a ser ofensivo o tanto que ele ficava bem naquele uniforme estúpido. Quando fosse demitido de novo, deveria trabalhar em algum lugar que exigisse paletó. Dobraria o salário só nas gorjetas.

— Não é legal ficar sozinho na praça. Vai pro hotel.

Ah, sim. Os mil perigos à espreita na noite de Dorateia.

— Vem comigo então — respondeu Raffa, sorridente. — Me chupa de novo e eu te pago outra pizza.

Ele viu a reação no corpo retesado, no choque, na respirada funda.

— Anticlimático, Monteiro.
— Você acha, é?
— Pensei que ia te ver lá no restaurante hoje também. Estava até me preparando.

Raffa ergueu as sobrancelhas.

— Nem me passou pela cabeça, bebê, mas obrigado pela ideia. Pode ficar se perguntando se eu vou ou não.

Caê balançou a cabeça, como se Raffa não fizesse qualquer sentido, mas ele continuou:

— Legal, não é? Eu fico aqui a semana inteira. É pouco. Só uns dias que você vai passar olhando a porta e rezando pra eu não aparecer. Oito horas pedindo pro universo te dar uma folga, ou sei lá quanto dura o seu expediente. Sabendo que, se eu chegar, vou direto em você.

Você nunca perdoou ninguém, dissera Amanda. Ela não fazia nem ideia.

Caê demorou para responder. Ou o tempo estava distorcido, vai saber. Sua expressão tão cansada — e isso talvez fosse efeito daquele jogo de luz e sombras em seu rosto, criando olheiras profundas.

— Seis horas — murmurou ele.
— O quê?
— Meu turno. Seis horas sem mexer com ninguém, tentando fazer o meu trabalho em paz. Só viver a minha vida.
— Entendi. Era só isso que eu queria também.
— Monteiro...
— Me pede pra parar. Quero ouvir.

Caê silenciou de novo. Inacreditável que não tentasse se desculpar. Que não tentasse nada. Que ninguém nunca tentasse nada, nem ele, nem Amanda, nem seu pai, nem Ricardo ou o pai dele, nem ninguém naquela merda de cidade, porque os que não estavam mortos achavam que ele estava exagerando ou fazendo birra. O único idiota do mundo sangrando no chão da sala por coisas que todo mundo esquecera havia mais de uma década.

— Você está bêbado — disse Caê.

— Não. Não muito.

Caê se inclinou — e que familiar era aquele gesto, aquela imagem, a mão dele estendida, a adrenalina subindo pela garganta como uma labareda — e ergueu o rosto de Raffa. Dois dedos sob seu queixo, levantando sua face. Tinha que ser sonho. Com certeza.

— Abre a boca — disse ele.

Raffa obedeceu. Ele sempre obedecia. Caê cheirou sua boca, o que foi a coisa mais estranha que tinha acontecido desde... desde um minuto atrás, e se endireitou.

Então se sentou ao seu lado num gesto pesado, largando o corpo como se estivesse exausto.

— Porra, Monteiro.

— Não estou bêbado — insistiu Raffa. — E se estiver também, é problema seu?

— Aponta a direção do hotel então.

Raffa franziu a testa. Sabia perfeitamente até aquele segundo. Que reforma estúpida, quem fora o idiota que tivera a ideia de trocar as ruas de lugar?

— Foda-se, é só andar dez minutos. Se não for numa direção, vai ser na outra.

— Certo. Boa sorte. Você vai cair no rio.

Caê acendeu um cigarro, protegendo a chama do isqueiro com a mão. Raffa assistiu enquanto ele tragava e soltava a fumaça devagar. Tinha que ser sonho, uma versão nova só para dar uma variada, dali a pouco a praça e o banco se dissolveriam e ele estaria no piso molhado do ginásio. Ia tirar a roupa e se sentar ao lado da piscina, Caê se ajoelharia entre suas pernas. Raffa ia enfiar o pau na boca dele e torcer seu cabelo até arrancar pela raiz.

Não, ele nunca tinha feito nada assim. Nem faria. Não importava o que a náusea revirando seu estômago dissesse. Nem que estivessem sentados lado a lado e a perna de Caê esbarrasse na dele, nem que aquele toque breve dos dedos dele queimasse seu queixo como a brasa do cigarro.

Os dois ficaram quietos.

Tão mais fácil deixar o silêncio crescer e se espalhar, denso como a noite. Pensando em nada, sentindo nada. Ecos, só. Sua raiva, sua culpa. Sempre, uma culpa enorme, para nada, Caê não se importava com nada. Doze anos era tempo pra caramba. O cheiro de nicotina estava fazendo sua cabeça doer.

— Por que você ainda está aqui? — perguntou Raffa de repente.

— A praça é pública.

— Nessa cidade. Podia ter ido embora. Por que não foi?

Caê esboçou um sorriso, como se fosse uma conversa normal. Dois amigos puxando assunto.

— E quem disse que não tentei? Do meu jeito, mas tentei.

— E fracassou nisso também?

— E fracassei nisso também. Pra onde eu iria?

— Por que você disse que eu fodi a sua vida? O que eu fiz?

Caê não respondeu. Pelo jeito, não lhe daria esse gosto. Se acusasse, Raffa poderia se irritar, argumentar, poderia se defender, mas como fazer isso se o cara não falava nada?

Além do mais, ver os lábios dele entreabertos estava tirando sua concentração.

— Não foi minha intenção que as coisas saíssem de lá — murmurou ele então. — Da escola. Eu não pretendia. Nem deixar minha irmã sozinha. Eu não faria isso.

— Jamais. Você é um amor de pessoa.

Quer saber, ele que se fodesse, e Amanda também, e aquela conversa inteira. Raffa se levantou, as pernas vacilando. O chão de pedra balançou, seus joelhos querendo dobrar.

Caê segurou seu cotovelo, sustentando-o de pé.

Raffa nem o vira se levantar. Em sua cabeça, afastou-se tão bruscamente que quase se desequilibrou de novo, empurrou o peito de Caê, o punho se fechando. Uma imagem tão vívida que chegou a confundir.

Em sua cabeça.

Na vida real, o que Raffa fez foi erguer os olhos ardendo de álcool e encarar o rosto bonito, a boca perfeita, os olhos sem vida e sem calor.

Ainda segurando seu braço, Caê puxou uma última tragada e jogou o cigarro no chão, pisando na brasa até apagar. Então virou o rosto e soltou a fumaça, e Raffa se viu sentindo uma ponta estúpida de gratidão, porque ele poderia ter soprado em sua cara e os dois sabiam que nada aconteceria.

Assim de perto, assim de frente, era mais fácil ver as olheiras fundas, os cantos da boca curvados para baixo. Até a respiração dele parecia diferente, um pouco... não chegava a ser ofegante, mas talvez Caê estivesse se esforçando para que não fosse?

Raffa tinha dito que não ia beijá-lo. Ótimo. Se não tivesse falado nada, talvez fizesse aquela besteira. Era tão plausível quanto ir embora, quanto dar um soco ou levar um, quanto chorar em seu ombro e confessar que estava triste porque sua irmã não gostava dele.

Em vez disso, Raffa ergueu o braço. A ponta dos dedos na pele fina, delicada como papel de seda, sob os olhos dele.

Caê que o empurrasse, se quisesse. Que quebrasse sua mão.

A única reação dele foi segurar seu cotovelo com mais força. Imóvel.

— Você também não dormiu? — disse Raffa.

— Não. Não muito.

— Tem produtos pra isso. Pra esconder, digo. Pra dormir também, mas eu não gosto. Nada funciona quando eu sonho com você.

Caê hesitou. Depois de um momento, disse:
— Por que eu ia esconder?
Uma pergunta justa. Raffa deslizou a ponta do dedo com delicadeza, pensando... pensando em nada, na verdade, em como era curiosa a sensação da pele dele. Em como a respiração dele quebrava, em como era engraçado que os dois tivessem praticamente a mesma altura, porque em sua cabeça Caê parecia tão maior e Raffa sempre o olhava de baixo. E em como, virando o rosto daquele jeito, no gesto quase imperceptível que estava fazendo, parecia muito que Caê estava buscando mais do seu toque. Tentando, ainda que não fizesse isso, encaixar a face em sua mão.
— Me fala o que você quer — disse Caê. Sua voz muito baixa.
— Eu faço.
Raffa deixou o braço cair. Recuou um passo, soltando-se do toque dele. Sem resposta.
Caê desviou os olhos. Depois de um momento, disse:
— Vem. Eu te levo pro hotel.
— Pode deixar, dou conta de ir sozinho.
Os cantos da boca se ergueram naquele sorrisinho mortiço.
— Não vai dar conta nem de sair da praça. Relaxa, só quero garantir que você chegue. Não vou te pedir pra me deixar entrar.
Raffa não resistiu. A rua era pública, de qualquer modo. Caê podia andar ao seu lado. Um caminho todo em silêncio e, quando chegaram, Raffa entrou sem despedida, sem boa-noite. Só no saguão arriscou olhar para fora, através das portas de vidro.
E nisso Caê já tinha ido embora.

9.

Não chegava a ser um sonho, mas também não era exatamente uma lembrança. Algo intermediário, talvez. Um filme passando em sua cabeça, no momento desguardado entre sono e vigília.

Raffa não teria reagido daquele jeito na beira da piscina se Caê não tivesse sido tão legal durante a tarde.

Um garoto patético sentado na calçada, sem coragem de entrar na escola. Caê indo até ele, a mochila pendurada num ombro só, seu uniforme desalinhado. Abaixou-se de cócoras na sua frente, deu um tapinha em seu rosto, segurou o queixo com força quando Raffa quis se esquivar.

— Deve ser foda perder assim na frente de todo mundo.

Raffa tentou não reagir e não conseguiu. Seus olhos se encheram de água.

— Eu não perdi, você viu.

Ele riu.

— Pior ainda. Perder sabendo que merecia ganhar.

Dando os devidos créditos, Caê era sincero. Orgulhoso demais para mentir, sempre dizia o que pensava com o mesmo sorriso insuportável. Naquela tarde, não tinha compaixão nenhuma em sua voz, mas Raffa se agarrou às palavras assim mesmo, ainda preso na mão dele.

— Merecia sim, viu, você também acha!

Caê franziu a testa, surpreso. Se foi com seu tom suplicante, ou se estava aborrecido de ter elogiado sua vítima sem querer, não deu para saber, mas ele disse:

— Você está sendo imbecil fazendo esse drama todo. Aquilo foi comprado e seu pai é um otário, então qual é o teu problema?

— O problema? — respondeu ele, piscando com força. — Ainda precisa perguntar? Todo mundo viu o que ele fez.

A humilhação o fez se encolher, mas Caê revirou os olhos e apertou sua bochecha, forçando a boca de Raffa num bico exagerado.

— E daí, trouxa? Não tem ninguém aqui que nunca apanhou em casa. Chega de frescura e vamos, o portão vai fechar.

Então se levantou num salto, estendeu a mão. E, quando Raffa não pegou, ele segurou seu braço, impaciente.

— Não — fungou Raffa, tentando se debater —, eu nunca mais piso lá.

— Eu acabei de mandar entrar, então vai pisar, sim.

— A escola inteira vai rir de mim!

— Não, não vai. Deixa comigo.

— Por quê? Desde quando você se importa?

Um mundo de acusação na pergunta. Caê não tinha mesmo um pingo de vergonha na cara, porque o colocou de pé num tranco, a mão em seu braço até Raffa se equilibrar, os olhos verdes endurecendo.

— Porque você é meu. Quero ver quem vai ter coragem de rir.

Se não fosse a esperança. O fascínio e seu coração acelerado. Se não fosse a promessa de uma coisa nova, se não fosse por isso, Raffa não teria se sentido tão traído quando a ilusão se rompeu.

Ele se levantou com a cabeça latejando. Conseguiu se arrastar até o banheiro e tirar a roupa — pelo jeito, só se lembrara de se livrar da jaqueta antes de cair na cama e desmaiar — e entrou debaixo do chuveiro. Deixou a água gelada bater nos ombros até o frio ficar insuportável, então abriu a torneira quente também e quase se sentou no chão.

Em vez disso, juntou forças para sair dali e se arrumar, e então se sentou na cama. Deitou de novo, seu cabelo molhado ensopando o edredom.

Primeiro passo: ligar para Blanca, e dizer que a estratégia de não falar merda tinha sido um sucesso total.

Ou talvez o primeiro passo fosse ligar para sua irmã, e verificar se ela já tinha escolhido outro padrinho.

Vamos ver, pensou ele. *Recapitulando*. Tinha ofendido Amanda e Ricardo. Foda-se. Possivelmente Caê também. Foda-se mais ainda. Podia pegar o carro e ir embora. Quer dizer, poderia, mas antes precisava buscar o carro.

Caê tinha cheirado sua boca, na noite anterior? Ou ele tinha alucinado?

O problema de uma noite de sono, ainda que pesada de álcool, era que agora estava vendo as coisas sob uma nova perspectiva. As palavras de Amanda ecoando, e Caê... Não que se importasse, mas caso fosse se importar, então...

Então.

Raffa gemeu alto, cobriu os olhos com o braço. Agora, na claridade ofuscante do dia, era tão óbvio que Caê tinha passado o expediente inteiro esperando o segundo round de sua vingança, o que por um lado era mais do que justo e até conveniente, se ia se atormentar sozinho sem que Raffa fizesse nada, mas, por outro lado, puta que pariu. E ele tinha ameaçado, não tinha? Dado a entender que poderia mesmo voltar pra perturbar.

Que tipo de pessoa fazia isso?

Bom, foda-se isso também. Raffa não ia se preocupar. Não ia. Mesmo porque tinha falado por falar. E se colocassem na ponta do lápis, Caê estava devendo muito mais.

Amanda, por outro lado, merecia uma explicação.

Raffa ligou para a recepção e pediu para servirem o café da manhã no quarto, depois pegou o celular e tentou achar alguma coisa para dizer. O que Ricardo tinha falado mesmo? Amanda o chamara por ela, não por causa de seu pai.

Não fora nem remotamente isso o que ele entendera na época. Ele teria ido, se tivesse entendido dessa forma?

Raffa não sabia nem por onde começar. Por fim optou por: *Meu carro está aí?*

Quando ela finalmente respondeu, já tinham trazido a bandeja com um bule de café, e ele estava no meio de uma torrada integral com queijo branco.

Deve estar. Quer q alguém leve?

Raffa ligou para ela. Amanda atendeu no terceiro toque.

— Oi — disse Raffa. — Não, pode deixar que me viro pra buscar.

— Como, andando? Só tem duas linhas de ônibus que vêm pra cá, e um só passa quinta de manhã.

— Sei lá. Peço um táxi.

— Boa sorte.

— Só pra saber — disse ele, antes que mudasse de ideia, antes que fosse impossível falar. — Ainda estou convidado pro cartório?

Ouviu Amanda se movendo, talvez buscando outro lugar na casa para conversar — longe de Ricardo? De suas amigas? E percebeu, um pouco aborrecido, que estava ansioso pela resposta.

— É claro que está — respondeu ela, irritada, e sua voz soou diferente, sim, um pouco mais aberta. — Mas se começar o show de novo eu vou desligar, cansei de implorar pela sua presença. Você vem no almoço depois?

— Vou tentar.

Ela ficou quieta. Depois de um momento, disse:

— Ok. Até amanhã.

— O Caê Fratelli trabalha lá, você sabia?

Soou como um pedido. *Não desiste de mim ainda, por favor. Tenho motivos. Juro que tenho motivos.*

— Ah — fez ela, para sua surpresa. — Verdade. Tinha me esquecido desse sujeito.

— É. Todo mundo esqueceu de tudo.

— Não seja por isso, dou um toque no Rick. Não se preocupe.

— Não precisa. Foi só um comentário. Eu queria... Na verdade, só liguei pra...

Dessa vez, Amanda continuou calada. Por fim, Raffa disse:

— Como foi o funeral?

— O quê?

— Do pai. Como foi? Alguém falou alguma coisa? Digo, algum discurso?

— Nossa, Raffa. Como eu vou lembrar? O padre rezou, acho que uns amigos dele falaram. Foi estranho. Eu nem sabia que ele tinha amigos.

Exatamente o que Raffa tinha pensado. Ele engoliu em seco.

— Alguém ficou com você?

Provavelmente, certo? Ninguém ficava sozinho num momento assim, menos ainda a nova dona de uma empresa milionária. Mas Amanda também nunca tivera muitas amigas, por mais que sempre se cercasse de gente. Raffa sabia, ainda criança, na época em que sua própria solidão mal o deixava enxergar. Sua irmãzinha nunca falava de si, nunca se abria com ninguém além dele, e até isso era raro.

Pensando agora, no dia anterior tinha sido assim também. Os amigos de Ricardo sabiam até mais do que deviam da vida dele. Os de Amanda sabiam para onde ela gostava de viajar nas férias e seu drinque preferido.

Quando ela respondeu, sua voz tinha mudado.

— Raffa, estou meio ocupada. Você quer alguma coisa?

— É só uma pergunta.

— Não lembro.

Os dois silenciaram, e Raffa tentou achar o que dizer. Ou coragem de pedir para ela não desligar ainda. Podiam ficar assim como estavam, sem palavras numa ligação absurda.

— O Rick adora o pai dele — murmurou Amanda, enfim. — Eu sei que te incomoda, mas não tem como evitar esses assuntos. Não dá para todo mundo pisar em ovos por sua causa, eu só acho que...

— Desculpa — interrompeu Raffa. — Desculpa por ontem. Eu só falei merda, me desculpa.

Só isso. Ele fechou os olhos, esfregou o rosto. Amanda levou tempo para responder. Um suspiro tão baixo, tão frágil, escapando que ele teve medo de que ela estivesse chorando, mas, se estava, sua irmã também aprendera a não revelar na voz.

— Tá tudo bem. Eu só queria... sei lá, que fosse mais fácil. Um pouco como antes.

— E antes era fácil, Amanda?

Uma risada baixinha, então, abafada. Meio soluçada.

— É disso que eu estou falando, sabe? Eu sempre digo a coisa errada. Não era assim. Ou era, mas você se importava menos, ou tinha mais paciência, ou talvez eu fosse menos idiota. Ou você nunca me aguentou e eu que era mais idiota ainda. O suficiente pra não perceber.

— Manda, não é isso, nunca foi...

— Eu só sinto saudades, sabe? De você. Da época em que você me buscava no balé e não soava desse jeito cada vez que eu abria a boca. Eu queria meu irmão de volta. Queria que as feridas fechassem, que... Desculpa, Raffa, eu tenho um milhão de coisas pra fazer, estou morrendo de ressaca e nem sei o que estou falando. Até amanhã. Eu te devolvo o carro no cartório.

10.

Não era a pior ideia que ele já tivera na vida. No momento, isso era o máximo que Raffa podia dizer de seu plano. Depois de se enfiar numa blusa de lã, com uma jaqueta de aviador por cima, ele saiu para a rua, estreitando os olhos contra a claridade agressiva.

O plano, no caso, era visitar o cemitério.

Raffa se lembrava, muito vagamente, de ter dito algo assim em alguma entrevista. Um dia, quando a dor da perda do pai desse uma trégua, quando tivesse forças, e mais um monte de besteira que na hora tinha soado bonitinho. Pois bem, podia pagar essa conta, rezar um pouco, ver se achava alguma paz. Amanda queria que ele deixasse as feridas fecharem? Então era isso que ele ia fazer, para nunca mais ouvir aquele tom frágil na voz dela, pela bailarina desastrada que ele queria proteger, pela garota que costumava brincar que era sua maior fã.

Se não funcionasse, podia pelo menos tirar algumas fotos.

A via continuava deserta, mas talvez estivesse só comparando com São Paulo. Talvez estivesse frio demais para colocarem cadeiras na calçada e observarem a vida passar, ou fazer qualquer outra coisa que se passasse por entretenimento ali.

Um pouco enervado, Raffa foi para o centro. Pensou em Caê, colocando-o de pé num tranco na frente da escola, e segurando seu cotovelo na noite anterior. Cheirando sua boca. Isso tinha mesmo acontecido? Não fora um sonho de bêbado?

Seria tão estranho se Amanda pedisse que alterassem os horários no restaurante, ou o que estivesse pensando em fazer. Alguma troca para evitar um encontro desagradável?

Perda de tempo para todos os envolvidos. Caê acharia que Raffa estava com medo de encontrá-lo. Pior, que queria provar alguma coisa. Mostrar que podia mesmo interferir em sua vida.

Devia resolver isso também, ou ficaria incomodado o resto do dia. E estava ali mesmo, era só dar uma olhada no Fontana. Ver se estava aberto. Por curiosidade.

Ridículo. Como sempre, ridículo, ridículo, era a estupidez de antes exatamente igual, a fascinação suicida, a vontade de... De quê? Apanhar mais?

Pelo menos o dia estava bonito, apesar do frio. Claro e límpido, céu azul e um sol completamente inútil que o fez se sentir um pouco melhor, o ar gelado limpando a cabeça. Um pouco.

Não o suficiente para fazê-lo mudar de ideia.

Em dez minutos estava na praça — fácil, teria se localizado sem problemas na noite passada — e se deparou com as portas trancadas.

Um aviso metálico na porta de madeira informava que, na verdade, o restaurante não funcionava durante o dia. O salão abria para o jantar às seis da tarde.

Raffa ficou tão insultado que mandou uma mensagem pra Amanda.

Como a gente vai almoçar com essa merda fechada? Vc quis dizer jantar?

A resposta veio de bate-pronto, no mesmo tom.

Seu cunhado é dono desse caralho aí, vai abrir pra gente no dia.

E, depois de alguns segundos, acrescentou:

Idiota.

E até lá vou passar fome?, respondeu Raffa, só para encher.

Rouba uma coxinha na padaria, devolveu Amanda. *Ou revire as caçambas na viela atrás, deve ter alguma coisa.*

Empatia estava mesmo em falta naquela cidade.

De qualquer modo, Raffa não estava com fome. E isso não arruinaria seus planos. Hora de ter pensamento estratégico. Afinal de contas, impossível que Dorateia tivesse mudado tanto assim.

Ele achou uma padaria aberta numa das ruas paralelas. Não tinha vivalma lá dentro, além de uma menina cuidando do balcão e uma senhora distraída no caixa. Devia ser a avó dela. Na atual conjuntura e no estado de nervos em que Raffa se encontrava, foi muito reconfortante quando a menina ergueu o rosto, o cumprimento decorado na ponta da língua, e cobriu a boca com as duas mãos para sufocar um grito.

Raffa sorriu enquanto ela o encarava com olhos arregalados, então pediu um saco de pão francês. Quantos? Ele não sabia, quantos pães as pessoas comiam de uma vez?

— Acho que depende — respondeu ela, tão atordoada que nem o achou tão esquisito. — Uns cinco. Digo, ninguém come cinco pães numa sentada só, mas daí você pode comer mais. Depois. Se quiser. Eu posso... Tem a prateleira especial também, você pode tirar uma foto?

— Dos pães?

— Não. Sim, não tem problema se os pães saírem, mas não. Comigo. Você se importa?

Agora a senhora estava acompanhando a conversa. Ela franziu a testa, mas antes que repreendesse a garota, Raffa aceitou, e acrescentou:

— Tiro se você tirar uma pra mim também. Preciso de algumas pra postar.

A menina se iluminou. E o que aconteceu em seguida foi uma minissessão de fotos na qual até a senhora deu palpite, vendo que Raffa não tinha se ofendido. Até sugeriu que usassem a prateleira especial de fundo, porque, segundo explicou, um pouco encabulada, ele era um pão.

Raffa nunca tinha sido chamado assim antes, mas sabia reconhecer um elogio, e ficou lisonjeado.
Fora isso, sim, a mulher sabia quem era Carlos Fratelli. E onde morava.

— Não a mansão, certo? Você quer a casa dele agora? Porque, se for pelos vinhos, não é mais com ele faz tempo.

— Quero a casa de agora — confirmou Raffa. — Não é sobre os vinhos.

A senhora escreveu o endereço num guardanapo e acrescentou seu telefone, para enorme consternação da menina. O endereço era nos arredores, como não podia deixar de ser. Quem não morava nas fazendas morava perto da praça. Com ou sem reforma, não tinha cidade além disso.

A casa de Caê era pequena, conjugada com a do lado. Meia casa. Uma porta, uma janela fechada. Portão enferrujado e o mesmo muro baixo que se repetia na cidade inteira, sem garagem. Um corredorzinho e um quadrado de terra batida na frente. Pelo jeito, ele não se interessara em manter um jardim.

Perfeito para o herdeiro falido de uma das famílias mais ricas da cidade.

A alegria de interagir com as duas na padaria foi se dissipando, por mais que ele tentasse reter a sensação. Que ideia péssima. Devia ir embora. Agora.

Raffa tocou a campainha. Teve que esperar alguns minutos, mas então viu o movimento lá dentro. Sombras na janela. Deveria sair correndo. Escapar dali o quanto antes. Era o mais sensato, a única escolha razoável.

Ele continuou onde estava.

Caê abriu a porta e saiu no corredor. Estava usando uma bermuda velha e uma malha cinza de manga comprida, tão detonada que devia ser pijama. Havaianas nos pés. Cansaço no rosto e um ar de sono interrompido, o cabelo despenteado.

Os olhos verde-água eram ainda mais fantásticos à luz do dia.

Ele o mediu em silêncio. Correu os dedos pelo cabelo, tentando se ajeitar, e então percebeu o que estava fazendo e baixou a mão. Depois de um momento, disse:
— Pois não?
Raffa ergueu o saco de pão. A qualquer momento suas pernas cederiam, sem motivo e sem aviso.
Caê hesitou meio segundo. Então bufou de leve, soltando o ar com força.
— O portão está aberto.
E voltou para dentro da casa.

Tudo velho, tudo desgastado. Foi a primeira coisa que Raffa notou. Um sofá com furos no estofado, uma televisão antiga, um tapetinho no meio da sala. Um banheiro pequeno, a cozinha depois. Mais para frente estava o quarto.
Caê não o levou até lá. Em vez disso, entrou na cozinha, puxou uma cadeira para si. Sentou-se com os cotovelos na mesa, bocejando, então apoiou o rosto nas mãos.
Raffa deixou o saco de pão num canto e olhou em volta.
Os móveis eram interessantes. A pequena mesa de madeira, com os pés cruzados como os de uma mesinha de bar, e duas cadeiras do mesmo tipo, tudo encostado na parede para liberar espaço. Em outro lugar, com outra decoração, e se não estivesse com a imagem da mansão bem vívida na lembrança, Raffa teria gostado. Meio hipster, despojado. Mesmo que ele tivesse ganhado as cadeiras de algum boteco. Ou roubado, vai saber.
Caê bocejou de novo, sem se dar ao trabalho de cobrir a boca.
— Quando cansar disso, pode perguntar que eu respondo.
Raffa o ignorou. Viu um pouco de louça na pia e o embrulho da pizza de anteontem, aberto e vazio.
Ele tinha comido mesmo então. Saber disso lhe deu uma sensação desagradável e Raffa decidiu que não examinaria os motivos.

Havia uma leiteira no fogo aceso. Ele foi averiguar. Era só água, já começando a borbulhar. Ali perto tinha uma jarra com o coador encaixado e o pó esperando; devia ter interrompido seu café. Bom ver que nenhum dos dois acordava cedo.

Sem pensar muito, Raffa desligou o fogo. Verteu a água com cuidado, aspirando o perfume que subiu numa nuvem macia.

— Hm — fez Caê.

— Fica amargo se ferver. Você não tem cafeteira?

— Não, Monteiro. Não tenho cafeteira. O que você está fazendo aqui?

Raffa se recostou na pia, em vez de puxar a outra cadeira. Cruzou os braços no peito, tão obviamente defensivo que não valia a pena disfarçar.

— Terceiro round? — perguntou Caê, com um sorriso.

Ele estava mesmo cansado. Os olhos fundos, um pouco inchados. Mas estava com aquela cara no Fontana também, então nem era culpa de Raffa. Pensando agora, até o sorriso vazio fazia sentido. Depois de anos trabalhando no restaurante e transformando raiva em simpatia, talvez nem soubesse mais sorrir de verdade.

Terceiro round. Raffa imaginou um universo em que isso pudesse acontecer. Em que ia se aproximar ou chamá-lo com um aceno. Um estalar de dedos e Caê deslizaria docilmente para o chão.

Ou. Impossível isso, mas... ou uma realidade paralela, um mundo onde tomariam café juntos. Onde Raffa tocaria o rosto dele como fizera na noite anterior, os dedos nas olheiras escuras, perguntaria o que o mantivera acordado e como podia ajudar. Dividiriam uma manhã sonolenta, voltando para a cama depois do café, e então...

Ele esfregou o rosto, frustrado. Então o quê? Jogar conversa fora, aninhados nas cobertas? Do que falariam? *Ei, quantas vezes você bateu minha cabeça na parede? Perdeu a conta?*

Seu olhar tinha mudado, sabia disso. Caê era um espelho imóvel na cadeira, o sorriso sumindo.

Antes que ele falasse, Raffa perguntou:

— Onde tem açúcar?

Caê ergueu as sobrancelhas e indicou a geladeira com um meneio de cabeça. Estava desligada e quase vazia. Meia garrafa de Coca-Cola, um jarro de água, duas latas de cerveja. Se soubesse que o cara não tinha nada em casa, teria trazido manteiga também, para passar no pão.

E bacon e os ovos mexidos do café do hotel, por que não? Se ia se prestar àquele papel ridículo, que fizesse o serviço completo.

O saco de açúcar estava na prateleira da porta, fechado com um prendedor de madeira.

— Tem formiga aqui — explicou Caê. — Assim elas não entram.

Raffa pegou duas xícaras do armário sem pedir licença e serviu o café. Colocou o açúcar na sua medida, já que Caê não voluntariou nenhuma informação, e levou para a mesa. Num impulso, apertou o interruptor.

Nada aconteceu.

Quase nada. Caê riu baixinho, cobriu a boca com a mão. O som acabou tão rápido quanto começara e ele esfregou os olhos.

— Não te deram educação?

— O que mais você está devendo? Aluguel? Água? Gás?

— O gás eu comprei, não viu o fogo aceso? Foda-se o aluguel, essa casa é dos Bevilacqua, eles não precisam de grana. E a água fica junto com o aluguel.

— Quer um empréstimo? Me fala quanto é. Eu acerto a luz.

Caê o encarou, surpreso. Então sorriu de verdade, um pouco amargo, e Raffa se preparou para uma risada ofensiva. Seria até bem-vinda, para lembrar-lhe de não ser idiota assim de novo. Mas quando ele respondeu, soou quase carinhoso.

— Você não mudou nada, Monteiro. Eu tenho dinheiro, só não recebi ainda porque voltei pro trabalho faz pouco tempo. Assim que pagarem, acerto as contas.

— E até lá? Vai viver de quê?

Fora que a luz não era cortada de uma hora para outra, era? A pessoa precisava passar uns meses sem pagar, Raffa tinha quase certeza.

Caê balançou a cabeça.

— Relaxa. Você veio pra isso? Esse estilo todo é só pra ver como andam minhas finanças?

Raffa se sentou. Com aquela disposição estranha das cadeiras, ficava de lado para a mesa, de frente para a pia. Era, ao mesmo tempo, irritante e um alívio. Assim, só enfrentaria os olhos verdes se fizesse questão de se virar.

— Esse *estilo todo* é como eu me visto sempre, mas obrigado por notar. Estava de passagem e resolvi fazer uma visita.

Caê ergueu as sobrancelhas. Antes que perguntasse de passagem para onde, e se por acaso Raffa tinha batido em qualquer porta ou, caso não, como sabia a casa certa, ele mesmo disse:

— Estava indo pro cemitério.

Serviu de distração.

— É mesmo? Eu teria começado pelo memorial da praça. Ou pela Rota do Vinho, se vai fazer turismo.

— Não é turismo. Vou prestar meus respeitos ao meu pai. Acender uma vela. Quem sabe colocar uma florzinha na lápide, se estiver inspirado e encontrar alguma.

Caê assentiu bem devagar. Olhando-o com aquele ar analítico tão familiar. Raffa tinha esquecido como era aquela sensação. Ver-se diante do olhar dele, exposto como se tivesse arrancado a roupa.

— Chocado?

— Eu? — Ele pensou um pouco, considerando a questão com cuidado. — Não. Você disse que iria um dia.

— Disse?
— Não pra mim, Monteiro. Na época, você disse na TV, não disse? Bom saber que o mundo inteiro se lembrava daquela entrevista. Pelo menos não estava perdendo tempo. Aliás...
— Você me assiste?

Caê tomou um gole do café e fez uma careta. Açúcar de mais ou de menos.

Ótimo.

Raffa empurrou o saco de pão para ele, esperando a resposta. Que não veio. Caê pegou um dos pães, quebrou na metade. Molhou uma ponta no café, o idiota, e Raffa tentou não olhar para sua boca.

Silêncio na cozinha.

— Na verdade, eu vim pelo casamento — disse então, de repente. — Da minha irmã. Só isso.

— Ah, é. A grande união.

Uma gota de café escorreu pelos lábios dele, descendo pelo canto da boca. Caê limpou com a ponta do dedo, lambeu em seguida.

— Quando é?

Raffa quase perguntou quando era o quê.

— Civil amanhã, festa no fim da semana. Quer ir?

— O Rick é gente boa — disse Caê, ignorando a pergunta. — Espero que sejam felizes. Perdi completamente a noção do tempo, achei que ainda tinha meses.

— Pra você ver como são as coisas. O Ricardo é gente boa desde quando?

— Ué. Desde sempre?

— Na escola não era. Eu me lembro. Trapaceiro de merda.

O que provavelmente nem era justo, mas antes que decidisse se queria se retificar, Caê sorriu de leve.

— Ah, sim, desculpa. Esqueci que te vencer é um crime imprescritível.
— Ele não venceu — começou Raffa, entredentes, mas Caê prosseguiu.
— Quem trapaceou foi o velho, não foi? Ou, se o problema é o que aconteceu depois, essa parte não foi culpa deles.

Raffa endireitou as costas como se a cadeira tivesse dado um choque. Pensou em se levantar. Ir embora. Antes que pudesse, Caê disse:
— Esquece, falei sem pensar. Aquilo não é assunto pra...
— Cala a boca. Não quero falar disso.
— Estou falando sério, eu não...
— Eu sei que está, e mandei calar a boca.

Ele parou, uma revolta leve colorindo suas faces. Não devia estar acostumado a ser tratado assim. Ou estava, mas não em sua própria casa.
— Que foi? — disse Raffa, sem conter a ironia. — Exagerei? Se vai me bater, pode evitar o rosto? Não quero chegar sangrando em casa.

Era um jeito de disfarçar, só isso, sufocar o alarme que aquela endurecida nos olhos dele provocara, mas foi um erro, porque agora queria falar mais. *Não quero chegar assim porque meu pai vai saber, vai me bater de novo para ver se paro de ser trouxa, eu não mereço isso. Você sabe que não mereço.*

Caê enrijeceu, seus olhos muito firmes, as duas mãos na xícara como se buscasse algum apoio.
— Não. Cara, olha pra você, eu nem sei se daria conta. Mas ainda que desse. Não vou bater em ninguém. Nunca mais.

Raffa o encarou abertamente, calor subindo pelo pescoço, uma vontade desesperada de fugir. Ou de tocar nele; podia ser qualquer coisa, até segurar seu pulso sobre a mesa. Só um contato humano.

Em vez disso, respondeu:
— Que alívio. Levou quanto tempo pra aprender?

Caê apertou a xícara, mas falou com a mesma calma:
— É sério. Não precisa ter medo de mim, não sou mais aquela pessoa. Eu não levanto a mão pra ninguém desde que...
— Ninguém tem medo — cortou Raffa e, por um milagre, sua voz soou firme. — Não se preocupe. Você é patético demais pra causar qualquer coisa além de pena.

Não era o que ele queria dizer.

Nunca era. Não importava, Caê merecia ouvir. Merecia prender a respiração no susto, merecia baixar os olhos como se tivesse levado um soco.

Raffa mordeu a boca. Depois de um silêncio excruciante, disse:
— Não foi pra isso que eu vim.
— Não?
— Eu não sou assim. Não normalmente. Você me deixa uma pessoa pior.

O que também era um absurdo para se jogar na cara de alguém e, antes que ele reagisse, Raffa se viu falando mais rápido, tentando evitar a interrupção.

— Não, espera, não era isso que eu... não era nada disso, vim mesmo só ver se está tudo bem. Só isso.
— Como assim, tudo bem? — disse Caê, incrédulo. — Entre a gente?

Sim, Raffa queria saber se estava tudo certo entre eles, nada além do ódio normal entre dois velhos inimigos.

— Não. Com você. Depois de... do jeito que eu te tratei. Você é garçom e eu não considero nenhum trabalho mais digno do que outro, só queria deixar claro que não pretendo... Ontem dei a entender que ia... Não vou te perseguir no seu trabalho. Era só isso que eu queria explicar, então pode ficar em paz. O que aconteceu na outra noite... Eu não sou assim.

Eu não trato mal quem vai pra cama comigo, era a mensagem. *Não humilho meus parceiros, certamente não cobro favores em troca de não atormentar alguém.*

Devia ter planejado um pouco melhor. Devia deixar claro que podia estar gaguejando daquele jeito, mas na verdade não precisava se desculpar de porra nenhuma. Só que era importante, por alguma razão, que seu inimigo soubesse que ele era uma boa pessoa.

Caê encarou o resto de café na xícara.

— Relaxa. Eu sei que foi pessoal.

— Estou falando sério, eu exagerei, e não devia ter...

— Monteiro — interrompeu ele, gentilmente —, me poupe das suas desculpas. Não precisa disso.

— Não estou pedindo desculpas! Só não quero ser escroto, e quero que você saiba, qual é a dificuldade?

— Ah, não achei que minha opinião fosse importante. Não se preocupe, bebê. Esse cara patético tem um respeito enorme por você que, tenho certeza, é extremamente gente boa com o resto do universo.

— Vai se foder — disse Raffa, levantando-se. — Eu só vim esclarecer...

— Senta aí e não seja idiota.

Ele se sentou. Obediência antiga e automática, ensinada no soco.

Caê não estava esperando essa reação. Ergueu o rosto, estreitou os olhos. Afastou a xícara, ergueu-se da cadeira. Deu a volta na mesa.

E se ajoelhou no chão à sua frente, tão perto que o obrigou a abrir as pernas para dar espaço.

— Assim fica mais fácil conversar comigo?

— Levanta daí — respondeu Raffa, sufocado.

Ele não levantou. Em vez disso, ergueu a mão. Descansou a palma em sua virilha, pressionando, olhando em seus olhos.

— Todo mundo quer você. O país inteiro. Eu não sou nenhuma exceção. Pode ser filho da puta à vontade, ainda vou achar que dei sorte.

Raffa prendeu a respiração. Todo o sangue do corpo concentrado entre suas pernas, seu membro semiereto sob a mão dele. Parte de sua mente tentou gritar que não era isso que viera fazer, e uma parte bem maior encarou aqueles olhos verde-água e a boca perfeita e quis esquecer onde estava, e a parte dele que sempre se via de fora disse:

— Você não estava pensando nisso. Na minha fama.

Caê moveu os dedos numa massagem lenta e firme sobre sua calça, brincou com o zíper sem abrir. Por enquanto.

— Estava, sim. Nós crescemos. Sua vida deu certo, eu não sou ninguém, a escola acabou e não tem uma alma nesta cidade que não ficaria com inveja se soubesse que você está aqui. Então relaxa e fala o que quer de mim.

Se pelo menos Raffa soubesse.

Segurou Caê pelo queixo, ergueu seu rosto. Mudou a posição na cadeira, seu pé entre as pernas dele, pressionando sua virilha com a ponta do sapato, assimilando mil detalhes microscópicos ao mesmo tempo, todos de igual importância. O fato de que ele estava duro também sob a bermuda larga. Uma pequena vitória; aquela vergonha não era só sua. A rendição imediata: um gesto sutil dos quadris, apertando o próprio membro contra o sapato dele, rebaixando-se de propósito, fazendo consigo o que sempre tinha feito com ele. Um ouriço com os espinhos virados para dentro.

— Eu vou me sentir culpado de novo. — Raffa se ouviu dizer, a voz muito rouca. — E não é justo, eu não fiz nada. Nada que você não merecesse.

E agora não era mais sobre a noite passada, e os dois sabiam. Caê engoliu em seco e ele sentiu o movimento na mão, a tensão no queixo dele. A expressão indecifrável.

— Eu nunca te acusei.

— Você disse que eu fodi a sua vida.

— Não. Eu só queria responder alguma coisa. Esquece isso.

— Como? Eu nunca esqueço nada.

— Monteiro. Pelo amor de Deus, decide, o que você quer?

Uma súplica tão inesperada que Raffa afrouxou o aperto. Num impulso inexplicável, deixou a mão correr o rosto dele, os nós dos dedos na bochecha vermelha.

Se fosse outra pessoa, outro lugar, outra vida, seria um gesto de carinho. Seria a hora de se inclinar e beijar sua boca. Mas eram os dois numa cozinha luminosa, e por isso ele tocou o lábio de Caê, puxando bem de leve, sentindo a umidade quente na ponta do dedo. Viu a centelha de surpresa nos olhos dele, mas a reação se apagou tão rápido quanto se acendera. Caê abriu a boca, dando acesso livre. E, bem devagar, lambeu seu dedo.

O que você quer? Sim, o que ele queria? Raffa era uma bomba-relógio, um vulcão em erupção. Ele era uma contagem regressiva, marcando o tempo muito antes de entrar naquela casa, lutando desesperadamente para se controlar.

Ele queria explodir.

Foi o que fez.

Num instante, estava de pé. Tentou falar, não conseguiu forçar a voz a sair. Em vez disso, puxou Caê pelo ombro da camiseta, e então era seu peito contra o dele e aquela boca perfeita em seu pescoço. Raffa enfiou as mãos sob a camiseta, sentindo a pele quente das costas dele. Quis tirar, mas o ângulo não deu certo, Caê perto demais e segurando-o mais perto ainda. Sem facilitar. Foda-se então, que ficasse vestido, Raffa esqueceu o que estava fazendo quando sentiu a língua dele em sua garganta.

Em troca, enfiou o rosto no pescoço dele, mordeu seu ombro com força suficiente para deixar marca, arrancando um gemido baixo, em seguida lambeu num quase conforto, quase beijo. Inacessível quando Caê virou o rosto para encontrar seus lábios; era sua vez de recusar naquela negociação silenciosa do que permitiriam, do que tolerariam, do que podiam aceitar um do outro.

Sem beijos, sem tirar a roupa. Todo o resto, menos isso. Caê segurou suas costas e deixou a mão escorregar para sua bunda, apertando enquanto erguia o queixo. Oferecendo a garganta em rendição, ou como um gato pedindo carinho. Ou as duas coisas ao mesmo tempo. Raffa enfiou a mão entre as pernas dele e afastou-se o suficiente para ver os olhos semicerrados sombreados por cílios densos.

Era real demais, bonito demais, doloroso demais sentir a respiração quente dele, ouvir o gemido escapando sem controle quando segurou o pau de Caê naquele toque possessivo, um desejo que chegava a causar vertigem. Caê abriu o botão da calça de Raffa, puxando o zíper numa leveza de gestos que fez seu sangue ferver, uma irritação profunda, uma vontade de bater as costas dele na parede, agarrar o rosto, exigir decisão, mais firmeza, um toque que marcasse pelo resto da vida — era isso o que Raffa queria, que Caê mostrasse alguma emoção, nem que fosse raiva. Daí talvez apagasse os ecos de antes, os dedos fechados em torno de seu pulso ou seu braço, ou entrando fundo nas bochechas, a mão em sua nuca, em seu cabelo, em seu rosto, o joelho dele em suas costas, e o moleque desgraçado em sua memória estava rindo, enquanto o idiota de verdade, ali naquela cozinha, fechou os olhos, um sorriso amargo se desenhando na boca, e baixou a cabeça num gesto tão amplo que o cabelo escorreu para frente e cobriu sua face.

O que ele tinha visto em seu rosto para fazer isso? Quanta raiva estampada em seus olhos?

Foda-se. *Foda-se*. Raffa segurou o ombro dele e virou-o bruscamente, empurrando-o contra a parede, e Caê se deixou manobrar. De costas para ele agora, as mãos no azulejo vagabundo.

Raffa envolveu sua cintura, baixou a bermuda até os joelhos e então, porque não queria se controlar, porque estava com vontade, porque parecia uma coisa cruel para se fazer e agora ele queria ser cruel, deu um beijo apertado em sua nuca, parte na pele e parte no cabelo molhado de suor.

— Como você é bonito, bebê. Como você é *lindo* assim.

Caê estremeceu, arqueando as costas num arrepio, e Raffa sorriu sem afastar a boca. Deixando que ele sentisse seu sorriso.

— E agora? — perguntou, falando contra a pele dele.

Caê levou alguns segundos para responder, a respiração entrecortada, vários falsos começos.

— Agora o que você quiser.

Raffa riu baixinho, o som desagradável até para si mesmo. Era a resposta que estava esperando, e a coisa mais enfurecedora do mundo.

— Qualquer coisa? E se eu quiser te comer?

— O que você quiser — repetiu Caê, ofegante.

— O que tem aqui, gel? Lubrificante?

— Não precisa.

— Ah, não? Posso meter seco, vai trabalhar suas seis horas de pé depois?

— Pensa na alegria que vai te dar — rebateu ele.

Raffa mordeu de leve o lóbulo da orelha dele.

— Ia mesmo. Sua sorte é que não quero te machucar.

Caê tentou se virar para olhar seu rosto, e a expressão dele não era de jeito nenhum a que Raffa estava esperando, nada do desejo indiferente, nada da entrega cínica. Ele parecia atordoado, uma pergunta desesperada nos olhos.

Raffa o envolveu num abraço — no que *seria* um abraço, se fossem outras pessoas —, a mão em sua garganta. Forçando-o a olhar de novo para a parede. Fugindo, sem disfarce, daquela expressão.

Seu pau entre as pernas dele, então, na fricção amaciada só pelo suor e sêmen escapando, e Raffa não pretendia se preocupar com nada — se ele não aproveitasse, azar —, mas Caê quis se tocar e Raffa não quis deixar. Com uma das mãos, agarrou o pulso dele, segurando-o contra a parede, e com a outra segurou seu membro também, movendo-se no mesmo ritmo. Não era carinho, não era cuidado, nem mesmo preocupação com ele, era outra coisa. Qualquer outra coisa. O tremor que tomou o corpo de Caê reverberou pelo seu, no meio de uma raiva elétrica e sem rumo do prazer de causar prazer, de sentir o descontrole dele, o movimento dos quadris de Caê em duas direções, buscando mais contato com seu pau e com sua mão. De perceber que, sem querer, os dois tinham entrelaçado os dedos.

Não deu para separar o orgasmo, avaliar quem foi o primeiro, porque então estava tudo misturado numa explosão quente e melada, e Raffa deixou a cabeça pender sobre o ombro de Caê, ainda segurando sua mão. Dois inimigos num abraço inexplicável.

11.

Suas pernas queriam dobrar.

Foi a primeira coisa que Raffa pensou, quando conseguiu pensar em alguma coisa. Ele se afastou, tão atordoado que mediu errado a distância e suas costas bateram na borda da pia.

Pelo menos era um apoio. Dali a pouco ia se sentar no chão.

Tudo muito quieto agora. Até sua respiração parecia alta demais. Seu peito arfando sob o tecido da camisa. Sua calça tinha escorregado pelas pernas. Ele a subiu junto com a cueca, ajeitando-se como podia.

Caê levou mais tempo ainda para se endireitar, e aquela posição... Raffa precisaria de alguns minutos, pelo menos, para se recuperar, mas porra, aquela posição. Caê Fratelli de costas para ele, com a bermuda nos tornozelos, o rosto contra a parede. A bunda marcada por seu toque agressivo, as coxas também, e o que Raffa podia ver de seu pescoço.

Caê se endireitou com dificuldade, vestiu a bermuda sem cuidado. Sem erguer a cabeça, o cabelo cor de areia escondendo o rosto. O passo incerto, pernas bambeando, ele desabou numa das cadeiras. Costas curvadas, o pescoço dobrado.

Raffa franziu a testa.

Nenhum dos dois disse nada.

E de repente ele soube, sem precisar perguntar, o que Caê estava pensando. A sequência lógica que sua cabeça tinha traçado para aquele dia, e nem era surpresa que esperasse uma repetição da outra noite, algum fecho ácido para acabar de espezinhar.

Terceiro round.

Sim, mas Raffa tinha ido até lá para se redimir, então Caê podia parar de drama. Não ia ter nenhum comentário humilhante, nenhuma piada desagradável, nenhuma acusação. O silêncio estava ótimo, e quer saber? Raffa podia deixá-lo se atormentar sozinho. Esperar naquela tortura.

Podia.

Ele se endireitou com esforço, chegou um pouco mais perto. Caê não mudou de posição nem deu qualquer sinal de que tinha percebido, de modo que Raffa ergueu o rosto dele, a palma sob o queixo num toque quase aconchegante.

Caê não tentou resistir. Encarou-o no mesmo silêncio, os olhos cansados e muito verdes, e Raffa percebeu que estava movendo os dedos de leve, fazendo carinho em seu rosto.

Certo.

Um dos dois ia ter que dizer alguma coisa.

Em algum momento.

Raffa deixou os dedos passearem, seu polegar deslizando pelo lábio dele, sua mão subindo, afastando o cabelo molhado da testa, penteando as mechas emaranhadas para trás. Caê engoliu em seco, imóvel, os olhos fixos nos dele, enquanto Raffa ajeitava seu cabelo. Da testa até o alto da cabeça, os dedos escorregando entre cada fio dourado. Teve a impressão de que ele tinha, por um segundo breve, buscado mais contato — pressionado bem de leve a cabeça contra sua palma.

Se fosse outra pessoa, outro lugar, outra vida...

— Você vai mesmo fazer o que eu quiser? — perguntou Raffa.

Ele esperou. Depois de um momento, Caê murmurou:

— Pode falar.

— Vem comigo. — Era isso, não era? Tanta volta para fazer um pedido, só porque Raffa nunca sabia o que queria. — Me acompanha no cemitério.

— Meu Deus. Por quê? Chama a sua irmã.

— Não posso. Não funciona desse jeito.

E, como não podia explicar o complicado sistema de débitos e balanços entre os dois, acrescentou:

— É rápido. A gente volta logo.

— Monteiro...

— Você entrou comigo na escola. Lembra? Pra não rirem de mim.

— E você quer se vingar disso também?

— Não seja idiota — disse Raffa, quase bruscamente. Afastou a mão. — Ontem você me levou pro hotel. Por quê?

— Você estava bêbado demais pra se achar sozinho. É diferente.

Uma sensação estranha, como se um dos dois tivesse errado o passo de uma dança. Raffa nem tinha notado, mas esperara ouvir a resposta antiga, dita com a simplicidade fácil de quem compartilhava fatos. *Você é meu. Por isso.*

— E se eu pedir por favor?

— Não faz isso.

— Então vem comigo.

Os dois se encararam.

Caê desviou os olhos primeiro. Então se levantou, a mão na mesa em busca de apoio.

— Bom. Você não vai se incomodar se eu tomar um banho antes, vai?

— A casa é toda sua — devolveu Raffa, mas ele já estava saindo da cozinha, sem esperar a resposta.

O cemitério ficava do outro lado da cidade. Vinte minutos de caminhada, que pelo jeito seria feita em silêncio.

Tudo bem. Não era confortável, mas Raffa não conseguia pensar em nada para dizer. Nem para responder, caso Caê perguntasse o que tanto ele olhava, mas era inevitável. Cada detalhe dele prendia sua atenção como um ímã puxando metal.

Caê não perguntou. Parecia distraído, andando com as mãos no bolso, olhando o chão como se nada na cidade fosse muito interessante. Tinha vestido as mesmas roupas depois do banho, blusa fina de manga comprida e a bermuda.

Ele era imune ao frio? A única mudança era um par de tênis no lugar das Havaianas. O corpo distante, como se não tivessem se agarrado havia menos de meia hora.

O caminho ficou familiar, para sua surpresa. A última vez em que andara ali fora... quando? Alguma visita ao túmulo de sua mãe, talvez? Era a mesma avenida cortada por um canteiro, ladeada por árvores imensas que eram resquício da mata nativa. Desde que se lembrava, eram grandes assim. Cada uma já estava lá antes de os dois nascerem, e ainda estaria muito depois que partissem.

O longo muro caiado, e então o portão imponente de ferro preto retorcido, sob um arco no qual se lia Cemitério Municipal de Dorateia.

Mais à frente havia três ou quatro estandes entulhados de arranjos e buquês, num festival colorido de coroas e ramos e jarros de plantas. O maior era uma tenda, e Raffa entrou para olhar as prateleiras.

Caê o acompanhou, analisou os arranjos presos por fitas, as velas com adesivos religiosos. Ergueu a mão, mas parou antes de tocá-los, fechando os dedos. E agora Raffa estava olhando para ele, em vez de escolher uma vela, esperando para ver se Caê teria coragem de falar.

E, quando ele não disse nada, Raffa sorriu de canto, sem muito calor.

— É só pedir com jeito, bebê.

E imediatamente se arrependeu, porque o rosto de Caê avermelhou e ele desviou os olhos sem responder, e foi tão desagradável fazer aquilo. Ter feito aquilo. Caê tinha ido até ali por um pedido dele, não era justo agir assim, e, ainda que fosse, que tipo de pessoa zombava de alguém que não tinha dinheiro para comprar uma porra de uma vela na merda de um cemitério?

— Vou esperar na calçada — murmurou Caê, virando-se, mas antes que saísse, Raffa segurou seu braço. Deixou a mão escorregar, os dedos envolvendo o punho da blusa dele, amigável como se não tivesse dito nada.

— Escolhe uma. Flores também. Eu pago.

Caê franziu a testa.

— Pega, ou eu vou escolher, e não vai ser uma que ela gostava.

E, quando ainda assim ele hesitou, Raffa apertou o pulso dele.

— Em agradecimento por você ter vindo. Por favor.

Ia implorar de verdade, se precisasse. Não precisou. Caê analisou seu rosto por um momento longo, sem dizer nada. Então escolheu a vela mais barata e um ramo de crisântemos. Raffa o imitou, mesmo porque seu pai não merecia nem a visita, que dirá uma flor cara, pagou tudo e esperou que a vendedora preparasse os arranjos, colocasse as velas num saco de papel. Que Raffa fez questão de enfiar na mão de Caê assim que saíram do estande.

— Você tem isqueiro? Ou precisamos de fósforo também?

— Tenho. Só lembrando que a ideia de vir foi sua, então não adianta se irritar comigo.

— Quem disse que estou irritado?

Para sua surpresa, Caê sorriu. Bem de leve e sem encontrar seus olhos, mas sorriu. E, para uma surpresa maior ainda, ele tocou seu ombro, conduzindo-o para dentro.

Raffa não disse nada, mas continuou sentindo a pressão da mão dele por cima da jaqueta muito tempo depois de Caê soltar.

Até a virada do século, havia uma guerra não declarada entre as famílias mais antigas da cidade, todas disputando quem tinha o jazigo mais suntuoso e as esculturas mais imponentes. Por isso, o cemitério era um bom local para quem gostava de arte tumular.

Não era o caso de Raffa, mas ele apreciava a beleza do lugar assim mesmo, nem que fosse só pela atmosfera. Foi lendo as lápides sem atenção, deixando os nomes ecoarem na memória. Aqui um dos fundadores, ali os donos da primeira fábrica de vidro. Mais adiante, outra vinícola famosa, nomes que se repetiam nas ruas do centro. Portugueses, espanhóis, italianos. A aristocracia da cidade sob anjos de asas abertas e capelas de portas trancadas.

— Não é mesmo turismo — disse ele —, mas preciso tirar algumas fotos, você se importa?

— Eu? Claro que não.

Raffa pegou o celular, conferiu rapidamente se havia alguma mensagem importante. Nada de Blanca, nem de Amanda. O resto podia esperar. Estava procurando um ângulo decente, quando Caê disse, com uma ponta de timidez na voz:

— Se quiser ajuda...

Raffa estendeu o celular. Caê pegou, e acabou sorrindo.

— Tá, e onde está a câmera aqui?

— Você não tem celular?

Era uma pergunta absurda, primeiro porque não era da sua conta, e segundo porque era uma estupidez, ele podia só ter um modelo diferente. E, pela ponta leve de sarcasmo que surgiu na expressão dele, Caê pensou a mesma coisa, mas respondeu assim mesmo.

— Tenho, mas não desse tipo, bebê. O meu já é uma relíquia e uso só pra despertador. Você quer a foto ou não?

— É só apertar aqui — murmurou Raffa, indicando o botão na tela. — Não estava difícil deduzir. Tira de um jeito que eu pareça distraído. Reflexivo.

— Pra quê? Todo mundo vai saber que é pose, não vai? Ou você vai dizer que estava passeando e bateram uma foto?

— Não vou dizer nada, é só que fica mais legal assim. Só tira.

Caê obedeceu. Afastou-se alguns passos e fotografou, e Raffa tentou mesmo se distrair. Estava tão acostumado com isso que não devia ser difícil, mas dessa vez foi impossível esquecer a câmera, esquecer o fotógrafo. Impossível não pensar em cada ângulo, perguntar-se o que Caê estava vendo. Se o achava bonito. Se o achava ridículo.

Ele não teve coragem de conferir se tinha saído bem. Ia ter que servir, Blanca teria que compreender que estava fazendo o melhor possível. Enfiou o celular no bolso com um murmúrio de agradecimento e os dois seguiram.

Não tinha mais ninguém lá. Até o som dos passos parecia muito alto.

Ele tentou pensar em seu pai. Buscou alguma coisa boa para lembrar.

Era triste, até irritante, admitir que tinha várias.

Antes daquela noite, eles eram... não amigos, mas Raffa tinha sido seu sucessor, o primogênito que herdaria o reino, que daria continuidade ao seu trabalho. Dizer que fora amado era forçar demais a barra, mas valorizado, talvez, como um projeto em andamento. Seu pai só precisava corrigir alguns pequenos detalhes, aparar umas arestas aqui e ali, até seu menino se encaixar no molde de filho perfeito.

E, com isso, para cada palavra brusca, tinha alguma conversa longa sobre cadeia de produção. Para cada pegada no braço que deixava marca, tinha um passeio pela vinícola e pela adega. Para cada tapa no rosto e surra de cinto e horas de castigo em seu quarto, havia um olhar de aprovação quando Raffa demonstrava o tanto que aprendera, tinha um jogo de xadrez no fim da tarde, tinha a mão dele nas rédeas ensinando-o a andar a cavalo, tinha um braço sobre seus ombros. Talvez, com um pouco de esforço, até recordasse algum abraço de verdade.

— Eu lembro quando ele morreu — disse então. — Minha irmã disse alô e eu já soube.

Sua voz soou alta demais no silêncio.

Caê não respondeu, mas estava ouvindo. Raffa olhou o chão. Suas botas no caminho de pedra, os tênis meio gastos dele. Depois de um momento, continuou:

— Infarto, ela disse. Levaram pro hospital daqui, mas não demorou muito pra... foi na mesma noite. Não teria dado tempo de falar com ele.

— Você queria falar?

— Não. Ele era a única pessoa para quem podia dizer a verdade assim na lata. Bom. Ele e Amanda. E, aparentemente, todos os convidados da festa do dia anterior.

— Não queria — repetiu Raffa. — E não teria vindo, mesmo que tivesse dado tempo. Pra mim, ele já tinha morrido muito antes. Eu nunca... Você não deve saber os detalhes. Do que aconteceu.

— Você foi embora para a capital — respondeu ele, num tom meio recitado. — Para estudar teatro e se dedicar à carreira. Só o que todo mundo sabe. Imagino que tenha sido feio.

É. Se alguém podia imaginar a história por trás da versão oficial, era Caê.

— Ele me mandou pra morar com uns parentes da minha mãe. Meus tios. São umas seis horas de viagem e não trocamos uma palavra o caminho todo. A gente chegou de madrugada em Pinheiros. Quer dizer, não importa que tenha sido em Pinheiros, é só um bairro, mas tem mansões por lá, é um lugar bonito, até, e vazio de noite. Naquela parte, pelo menos. Não tem ninguém na rua. Nada. E foi isso. Ele foi embora, e eu fiquei sozinho às três da manhã numa cidade desconhecida. Eu que toquei a campainha e pedi pra me deixarem entrar, e tive que explicar a história toda.

Seu tio tivera que caçar o homem por uma semana para exigir explicações. Amanda tinha ligado depois, querendo saber se ele estava vivo e sem entender porra nenhuma, soluçando ao telefone, pedindo que ele voltasse ou que a levasse embora também. Agora estavam na frente do jazigo. Um anjo de dois metros sobre um pedestal, o rosto erguido, uma trombeta nos lábios. Caê estendeu o saco de papel em silêncio.

Raffa não o pegou.

— Eu nunca imaginei que ia chegar nesse ponto. Mesmo não sendo o filho ideal, não pensei que ele faria isso comigo. Me bater, sim, mas me mandar embora daquele jeito me surpreendeu. E foi tão fácil. Tão simples. Ele tomou uma decisão e nunca mudou de ideia, e só não me deserdou porque não tem como, mas teria me deixado sem nada, se pudesse. Passado tudo pro nome da Amanda. Ela é que não deixou.

E não tinha admitido também. Uma reunião de quase uma tarde inteira num escritório de advocacia em São Paulo, e Amanda séria e fria, ainda furiosa por sua ausência na merda do funeral, tratando-o como se ele fosse um desconhecido. Um desconhecido que, por acaso, era dono de metade da fortuna da família. *Não quero um centavo*, ele tinha dito, *nada disso é meu*, e ela não tinha aceitado. *Você não é criança. Para de birra e comece a agir como um adulto.*

— No fim, ela comprou a minha parte e meu pai conseguiu o que queria, tirando por me ver morrer de fome, que acho que era o sonho dele. Não é justo, sabe? Nada disso é justo. Se ela queria minha companhia pra... pra que ela ia querer minha companhia?

Agora nem sabia se estava fazendo sentido, mas Caê não pediu explicações. Concordou, um ar pensativo.

— Eu não conheci o meu pai — disse então, devagar. — Ficava me perguntando como seria. Antigamente. Vendo vocês.

Raffa emudeceu.

Aquele assunto era tabu.

Havia boatos, claro. Em parte porque nada acontecia em Dorateia, e em parte porque não havia muitas formas de afetar Caê naquela época, e essa era uma. Mil histórias contraditórias. O pai dele era esse ou aquele homem importante da cidade, esse ou aquele homem sem qualquer importância na cidade. Era o bêbado da praça, era algum empregado da família, era um milionário casado, tinha ido embora, tinha morrido, tinha se matado ao ver o filho, e por aí seguia, dependendo da raiva de quem falasse.

Caê apertou os lábios num quase sorriso, o canto da boca se erguendo bem de leve. Lendo sua mente.

— Não é ninguém conhecido. Um italiano que minha mãe encontrou numa viagem e que não queria criar um filho. Não importa. Eu via você e pensava que a gente devia trocar de família. Faz sentido, não faz? Minha mãe teria adorado um filho artista que fosse amigo dela. Seu pai queria um filho escroto e violento. Eu não ia me matar como você fazia pra pegar o jeito dos negócios, mas de resto, ele teria gostado bastante de mim.

Raffa não tinha ideia de como responder àquilo.

Caê olhou para o túmulo. Abaixou-se, dobrando um joelho no chão. Na frente do jazigo tinha um suporte de metal que lembrava uma lanterna antiga. Ele encaixou a vela e pegou o isqueiro, depois ergueu o rosto, esperando uma confirmação.

Raffa tentou recusar. Era tarefa dele. Mas ficou parado.

— É só pedir, bebê — disse Caê então, com um carinho estranho, tão inesperado que Raffa sentiu um aperto na garganta.

— Você disse que ele foi rir da sua cara depois da falência. Não vou pedir nada.

Tirando pela companhia, mas isso era um favor para Raffa. Não para seu pai.

E, se Raffa tivesse visto as coisas dessa forma quando Amanda chamara, talvez tudo tivesse sido diferente. Podia ajudar na organização, fazer alguns telefonemas, o que fosse preciso. E daí talvez os dois ainda fossem amigos.

— Eu não teria tentado falar com ele — disse baixinho. — Mas não sei. Talvez devesse ter vindo. Talvez.

— Se quiser uma foto... — ofereceu Caê.

Parecia tão ridículo, e ao mesmo tempo tão certo, deixar que ele registrasse o momento. Caê tirou a foto sem se levantar, naquele ângulo estranho, de baixo para cima. Raffa de pé olhando o jazigo, assim de lado, o cabelo escondendo parte da expressão.

E depois Caê acendeu a vela, o estalido do isqueiro muito alto no silêncio. Encaixou os crisântemos num espaço ao lado, mas não se levantou ainda, os lábios se movendo no que talvez fosse uma oração.

Raffa nem sabia que ele sabia rezar.

Quando ele terminou, Raffa estendeu a mão por reflexo. Caê aceitou a ajuda para se pôr de pé, levou alguns segundos a mais para soltá-lo. Os dois se encararam, o agradecimento silencioso, pesado, entre eles.

— Podemos ir embora — disse Caê.

Uma oferta. E um esforço enorme para soar indiferente.

— Não quer ver a... ver o da sua família?

Ver a sua mãe, Raffa quase disse. Não soava certo.

Caê sacudiu os ombros, desviando os olhos.

— Posso voltar outro dia. Não tem problema.

— Não. Já estamos aqui mesmo, vamos lá.

A sepultura ficava num canto mais afastado, do outro lado da capela central. Era a parte mais antiga do cemitério.

Sobre o jazigo havia uma estátua feminina ajoelhada, o rosto escondido nas mãos como se estivesse chorando, tão realista que, por um segundo, Raffa esperou ver os ombros dela tremerem num soluço. No chão logo à frente, havia um livro com um versículo em italiano em uma página e *Famiglia Fratelli* na outra. A pedra atrás da estátua listava nomes e datas, a primeira, de 1891.

A última, de cinco anos atrás.

Os primeiros eram difíceis de ler, manchados de chuva e sujeira, até um pouco de musgo por cima e, olhando com mais atenção, tudo parecia abandonado. Manchas de infiltração cobrindo o mármore, fissuras nas costas da estátua. Pontas quebradas nos cabelos, nas dobras das roupas. Um contraste brutal com os túmulos próximos.

— Não perdemos na falência — disse Caê, acompanhando seu olhar. — Não chegou a entrar no inventário. Mas também não tenho como pagar a manutenção. Depois do enterro, cancelei e falei que ia tomar conta eu mesmo, e nunca mais pisei aqui. Você precisa...

A pausa foi tão longa que Raffa olhou para ele. Caê parecia estar pesando as palavras, hesitando para falar, e, quando conseguiu, a leveza forçada não teria convencido nem mesmo uma criança.

— Só perguntando, só pra... Você vai tirar foto aqui também?

Raffa fez que não. Caê ofereceu um sorriso muito frágil, um agradecimento que ele não teve coragem de responder.

Havia uma caixa similar para colocar a vela. Caê se abaixou de novo, mas não mexeu nela. Tocou o cabelo da estátua — um anjo, talvez? Não tinha asas, mas devia ser — como se fizesse uma carícia, então sentou-se de pernas cruzadas no chão, os ombros curvados. Esfregou os braços por cima das mangas compridas.

— Frio? — perguntou Raffa.

Ele cortou o gesto na hora, sem responder. Depois de um momento, começou a brincar com o punho da blusa.

Num impulso, Raffa se sentou também. De pé, parecia que estava pondo pressa de ir embora.

O que seria ótimo, na verdade. Um vento frio soprava entre as sepulturas, brincando com as pétalas das flores, com fios de cabelo cor de areia.

— Você acha mesmo que eu teria me dado bem com ela? Um convite. E um esforço imenso para soar neutro. Só uma pergunta inocente, nada mais.

Caê demorou para responder. Pensando se aceitava ou não, talvez, calculando riscos. Ou buscando forças para falar. Por fim, disse:

— Tinha uma regra lá em casa: o jantar era em família. Com a mesa posta, tudo formal, mesmo que fosse só nós dois. Depois a gente ia para a sala de estar passar um momento juntos.

— Parece bacana.

— Não era. Eu não podia me distrair, não podia nem levar uma revista. A regra era só conversar. E, na prática, ela nunca tinha tempo, então eu era obrigado a ficar plantado lá sem nada pra fazer enquanto ela atendia o telefone ou entrava em alguma reunião urgente. Era como ficar de castigo toda noite. Eu odiava. Fiquei aliviado quando ela parou, depois de... depois.

Ele não soou aliviado. Raffa hesitou um segundo, e então perguntou:

— Depois daquela noite? Da briga?

Caê o olhou de relance, como se testasse seu humor, mas a pergunta era sincera. Fruto da fisgada de culpa que teimava em voltar.

— Acho que certas coisas são difíceis de aceitar — disse Caê, encolhendo os ombros. — Nem se compara ao que seu pai fez com você, mas foi estranho. Uma sensação estranha. Como se ela desistisse e eu não valesse mais o esforço. Uma hora isso ia acontecer, mas sei lá. Eu também não esperava. Também me pegou de surpresa.

Ele estava tentando soar casual, por cima da mágoa confusa, muito antiga, em sua voz. Antes que Raffa achasse uma resposta, ele continuou:

— Mas não importa, o que eu ia dizer é que quando ela finalmente me deixava falar, sempre perguntava das minhas notas, de como eu estava na escola, essas coisas, e nessas alturas eu já estava tão irritado que não respondia nada. Ficava quieto até ela desistir, ou dizia que estava tudo bem. Nunca contei nada relevante. Nunca tentei conversar de verdade.

Os olhos dele além do túmulo, talvez revendo a sala de sua casa. Então Caê esboçou um sorriso breve e voltou a brincar com a manga da blusa.

— E anos depois, já na casa que estou agora, eu tentei retomar a tradição. Não é ruim morar lá, se você não ligar de dividir quarto. Ou dormir na sala. É uma casinha confortável, você não achou?

Raffa ia dizer que sim, mas Caê continuou sem esperar resposta, ou com medo da que ia receber.

— Pra mim dava certo. Mas era tão diferente de como a gente vivia antes, tão menor, e sem muita coisa que ela estava acostumada, que eu pensei que ela ia se sentir melhor se alguma coisa fosse familiar, só... conversar um pouco, sabe? E não funcionou. Não importava o que eu falasse, nem o tanto que eu perguntasse, minha mãe me ouvia quieta. Ou dizia que estava tudo bem. E nunca me contou nada. E agora acho que foi meio pretensioso da minha parte, de onde eu tirei que conversar comigo ia ajudar? Mas o que mais eu ia fazer?

O vento aumentou um pouco. Ele ajeitou melhor a blusa num reflexo, puxando a gola inexistente. Esfregou as mãos.

Antes que se arrependesse, ou que pudesse controlar o impulso, Raffa tirou a jaqueta e jogou sobre os ombros dele.

— Te ver passar frio está me deixando com frio também — resmungou quando Caê o encarou de novo, espantado.

— Não vai te fazer falta?

Para não recusar imediatamente, ele devia estar mesmo congelando.

Raffa fez que não e Caê ajeitou melhor o agasalho sem vestir os braços, como se fosse um cobertor. Ia sentir sua colônia, assim. Seu calor como um abraço.

Mais do que já tinha sentido.

Ainda olhando para ele, Caê continuou:

— Eles me ligaram do hospital. Não contam por telefone, só pedem pra gente ir até lá, mas eu sabia. Soube assim que atendi. Falaram que foi um derrame, mas na minha cabeça ela tinha feito de propósito. Eu tinha certeza. Ainda hoje me pergunto... mas o hospital não ia mentir. Eles não mentem sobre essas coisas.

Uma afirmativa com todo jeito de ser uma pergunta, como se Raffa pudesse confirmar. Ele, que viera de fora, com seu sofisticado conhecimento da cidade grande, com a falta de compaixão necessária para jogar a verdade em sua cara.

— Eles contam. Nunca vi hospital mentir nisso. Se falaram que foi derrame, então foi derrame.

Caê assentiu devagar.

— Sabe o mais engraçado? Você nunca vai adivinhar quem me ajudou naquela época.

— Não foi o meu pai.

Disso ele tinha certeza.

— Não. Seu pai nunca ajudou ninguém na vida dele. Foi o velho Bevilacqua, acredita? Seu... ele é seu alguma coisa? Pai de cunhado é o quê?

Raffa estava esperando alguém aleatório, mas isso o surpreendeu.

— Nem imagino. Com sorte, nada. Desde quando ele era capaz de ajudar alguém?

— Pois então. Ele estava meio que na nossa órbita, porque minha mãe não queria autorizar o uso do nome e ele sempre quis comprar. Depois da falência, porque é uma marca bem consolidada. Você sabe, faz sentido.

— Faz. Eu sei que faz. É a única parte disso que faz sentido.

— Eu nunca vi nada assim na minha vida. O que eles fizeram por mim, digo, o tanto que já me ajudaram. Eu estava esperando o corpo, só sentado lá, nem conseguia pensar. Ele chegou, perguntou se eu precisava de alguma coisa, no que podia ajudar, disse pra não me preocupar com nada, e eu... — Ele parou antes que a voz vacilasse, e Raffa fez o favor de não completar a frase. E você assinou tudo que ele colocou na sua frente.

Raffa estendeu a mão. Caê levou alguns segundos para entender, depois estendeu o saco de papel e o isqueiro. Raffa abriu a caixa, firmou a vela no suporte, ajeitou as flores. Tentou se lembrar de alguma oração, mas não conseguiu.

Um pensamento, então. Algo reverente, porque dívida era dívida. E, se Carlos Fratelli acendera uma vela pelo homem que fizera questão de rir quando sua vida se esfacelara, então Raffael Monteiro podia acender outra pela mulher que enfiara as unhas em seu rosto na diretoria da escola.

Ou: como Caê tinha acendido a vela por Raffa, Raffa também acendeu uma vela por ele.

Fechou a portinha de metal, protegendo a chama, e se sentou de novo. Os dois, lado a lado, tão perto que era inteiramente plausível imaginar um abraço. Tão simples, qualquer um dos dois podia iniciar o gesto. Só erguer o braço, envolver as costas do outro. Tinham feito bem mais do que isso antes de vir.

— Obrigado pelas flores — disse Caê, de repente, sem olhar para ele. — Eu não teria colocado, sem você.

Raffa hesitou.

— Obrigado pela companhia — respondeu. E, com um pouco de esforço, porque era verdade, porque era justo, acrescentou: — Eu nunca teria vindo sem você.

12.

No dia seguinte, Amanda se casou no civil.

Raffa vestiu o terno, arrumou o cabelo, deu o nó perfeito na gravata. Mandou uma mensagem para a irmã perguntando se seria muito ofensivo estar mais bonito que o noivo, sorriu quando ela respondeu *só não me aparece lá de branco*.

Já estava saindo quando ela mandou outra mensagem dizendo *na verdade não apareça ainda, a gente vai atrasar horrores*.

É claro.

Raffa foi assim mesmo. Já que ia perder tempo esperando, podia fazer isso ao ar livre e, do jeito que tinham revirado a cidade, talvez se perdesse e chegasse depois dela.

Pois não se perdeu, e em dez minutos estava na frente do cartório. De fato, não havia ninguém e, nesse meio-tempo, Amanda tinha enviado duas mensagens e apagado antes que ele pudesse ler, e uma terceira dizendo que poderia ir sim, na verdade, que talvez ela chegasse mais cedo, e outra acrescentando *mas só se vc quiser, qq coisa te dou um toque*.

Daqui a pouco ela ia começar a correr em círculos.

Raffa respondeu que estava lá, mas que ela podia levar o tempo que achasse necessário, mandou uma imagem com chá de camomila e outra com suco de maracujá, para dar uma indireta sutil, e depois ergueu os olhos do celular para examinar o local.

O cartório ficava em uma das travessas do centro, um pouco adiante do correio e perto da prefeitura. Tinha sido um palacete no começo do século passado, e alguém doara ou cedera para o patrimônio público.

Ou tinha perdido, vai saber. Se os Bevilacqua não tivessem comprado a casa de Caê, o que teria acontecido com ela? Talvez virasse secretaria municipal de alguma coisa? Ou ficaria abandonada, deteriorando lentamente até apodrecer?

Do outro lado da rua havia uma pracinha bem menor do que a do centro, e da qual Raffa definitivamente não se lembrava. Devia ser parte das reformas. Ele foi até lá, escolheu um banco onde ainda batia um pouco de sol, mesmo debaixo de uma das quatro ou cinco aroeiras que tinham sido plantadas. Tirou mais uma foto, e começou a selecionar algumas para enviar à Blanca.

Não era tão desagradável quanto assistir à própria atuação, mas chegava bem perto. Por mais que se esforçasse, depois de alguns segundos só conseguia ver defeitos. Um jeito estranho de posicionar a mão, o cabelo desalinhado, a roupa amassada, as linhas de expressão no rosto, ângulos desfavoráveis... Teve que fazer uma pausa e encarar a copa das árvores.

Não estava tão ruim. Nunca estava. E, se estivesse, Blanca diria, e Camis também. Era o trabalho delas, Raffa tinha que acreditar que não iam arruinar a própria reputação só porque ele sorria estranho nas fotos.

Como todo mundo que fotografa no celular de outra pessoa, Caê tirara trezentas fotos de cada momento. Raffa analisou seu próprio rosto duro, travado numa luta para não mostrar emoção nenhuma e, mesmo assim, tão triste que era íntimo demais para postar.

Ou talvez não, de repente era só impressão, só porque ele sabia o que tinha sentido. E porque estava tentando se enxergar pelos olhos de Caê. Talvez outra pessoa vendo aquelas imagens só fosse pensar que ele estava muito sério.

Raffa não quis arriscar, mas também não teve coragem de apagar. Não ainda. Deixou as fotos ali guardadas onde ninguém mais ia ver, um momento que ficaria só entre Caê e ele.

As outras, mandou para Blanca analisar, com uma anotação dizendo *não me deixe passar vergonha.* Ela respondeu em alguns minutos, primeiro com um coração, depois com comentários um pouco mais personalizados. Que, no caso, consistiam em: *Lindo no hotel. Lindo na frente do hotel. Lindo perto do hotel. Lindo com pães.*

Raffa tinha chegado em *lindo NA SEPULTURA* quando ouviu sua Ferrari virando a esquina.

Ele guardou o celular e esperou. Amanda entrou no estacionamento sem trocar marcha, deixando o carro morrer num tranco, desceu batendo a porta. Sozinha. Linda e elegante em um conjunto de tailleur e calça de alfaiataria, uma bolsa pequena com alça prateada, o cabelo preso em um coque alto, tão profissional que Raffa sufocou a lembrança de um encontro hostil em São Paulo, muitos anos antes.

Ela ergueu o rosto, moveu a cabeça em um gesto que provavelmente estalou o pescoço, endireitou os ombros. Respirou fundo com tanto empenho que deu para ver de longe, e só então o enxergou do outro lado da rua.

— Olha para os dois lados antes de atravessar — disse Raffa quando a irmã chegou mais perto. — Oi, Amandita.

Ele se levantou, mas ela parou um pouco antes de se aproximar o suficiente para um abraço.

— Nem começa. Esse deve ser o primeiro carro que passa nessa rua desde que asfaltaram. Se eu morrer atropelada aqui, é porque minha hora chegou mesmo. Olha bem pra mim, Raffa: eu pareço nervosa? Não pareço, né? Estou bem calma. Não tem por que estar nervosa.

— A imagem da serenidade — garantiu ele. — Nunca vi ninguém tão calma em toda a minha vida.

Se ela não ia dar brecha para um abraço, Raffa não ia passar pelo constrangimento de ser rejeitado. Ele pensou numa noite já quase apagada da memória, num orgulho que não cabia no corpo, na garota pulando em seu colo, depois de driblar os seguranças e invadir o camarim. *Avisa essa gente aí que eu sou sua maior fã, eles todos chegaram depois.*

Como as coisas mudavam.

Agora não sabia bem o que fazer com as mãos, mas Amanda não estava nem olhando. Passou por ele e quase se jogou no banco, as costas tão retas que não chegou a tocar no encosto.

— Não tem o que dar errado. O pior que pode acontecer é a caneta estourar. O que não vai acontecer. Está tudo certo. Aliás, toma que o filho é teu, vou voltar com meu marido — disse, jogando a chave para ele.

Raffa a pegou no ar, guardou-a no bolso e sentou-se também.

— E onde está seu marido? — perguntou, imitando o floreado que ela deu à última palavra. — O Amore não veio?

Amanda fez uma careta.

— Não fala isso, você faz soar ridículo.

— *Eu que faço?*

— Ele está trazendo a mãe e a avó, e uns primos, e mães e avós dos primos, e primos e avós das mães, são uns sete carros que não sabem o caminho. Vim na frente para evitar a correria. Você está bem bonitinho, parabéns.

— Bonitinho é feio arrumado, eu estou incrível. — E, depois de um momento, acrescentou generosamente: — Mas você também está fofinha.

— Obrigada, é exatamente isso que uma noiva quer ouvir.

Ela se ajeitou melhor no banco, tentando relaxar, mas em seguida se endireitou de novo e juntou as mãos no colo. E, depois de um momento, começou a estalar os dedos. Raffa tolerou aquilo por meio minuto. Então segurou sua mão.

Tanto, tanto tempo desde a última vez em que fizera algo assim. Amanda ergueu os olhos, espantada. Respirou fundo, soltou o ar com força, depois apertou os lábios e, por um segundo muito breve, pareceu que estava fazendo bico.

E, como não tinha fugido do toque, Raffa disse em seu tom mais casual:
— Prende o ar.
— O quê?
— Exercício de respiração. Puxa por quatro segundos, prende mais quatro, solta por quatro de novo. Vai te acalmar.
— E tem que ser de quatro?
— Tem. É mais gostoso.

Ela riu alto, então cobriu a boca com a mão livre, a outra ainda agarrada na dele. Amanda fechou os olhos e fez o exercício algumas vezes, terminando numa expiração ruidosa que levou bem mais do que quatro segundos.

Os dois ficaram quietos.

Quase não tinha som na rua. Alguns pássaros na praça, uma impressão de vozes dentro do cartório, ou em alguma das casas ali perto. Com bem pouco esforço, Raffa ia poder ouvir a própria respiração.

— A propósito, antes que me esqueça, não precisa se preocupar com o Fratelli — Amanda anunciou. — Ele não vai estar lá, já foi dispensado.

Raffa levou um susto.
— Como assim, dispensado? Vocês demitiram o cara?
— O quê? Óbvio que não, o Rick não deixaria. Eles têm uma escala com um dia de folga, trocaram o dele por hoje. Não era o que você queria?

Ela soou surpresa, como se Raffa fosse notório por sair exigindo a cabeça das pessoas. Ele ignorou o calor no rosto. Não se irritaria hoje. Não tão cedo, pelo menos.

— Não precisava. Eu teria falado, se soubesse, mas achei que iam só redistribuir as mesas.

Pior do que o olhar intrigado de Amanda era saber que Caê nunca presumiria boa-fé, ia pensar que Raffa estava tentando passar uma mensagem. Querendo perturbar, mesmo depois de um céu gelado e dos ombros dele encolhidos sob sua jaqueta. Que merda, como consertar aquilo?

Sua irmã ainda o encarava. Sua expressão devia estar bem frustrada, porque ela desviou os olhos, murchando um pouco.

E, depois de um momento, soltou sua mão. Foi um gesto delicado, até elegante, mas impossível de passar despercebido.

— Bom, põe na minha conta — disse ela. — Desculpa, pensei que você não quisesse encontrar com ele. Um dia ainda descubro como te agradar.

— Não é isso... — começou ele, mas Amanda só balançou a cabeça e pegou o celular.

Então Raffa ficou quieto enquanto ela começava uma conversa com alguém. Possivelmente Ricardo, ou um dos parentes que pudesse informar onde a caravana estava. E depois começou a ler e-mails, o que era um péssimo jeito de passar os últimos momentos antes de um casamento. Ainda que fosse só para fingir que ele não estava ali.

E, conhecendo Amanda, num segundo ela ia se envolver *mesmo* nos e-mails. Antes que a perdesse completamente, ele disse:

— Fui no cemitério ontem. No túmulo do pai.

Soou bem mais abrupto do que ele pretendia, mas funcionou. Amanda baixou o celular, espantada.

— Nossa. Foi fazer o que lá?

Ver se ele tinha fugido, pensou Raffa.

— Não sei, dar uma olhada, ver se... Achei que... Não sei. Deu vontade.

Amanda assentiu bem devagar. Ainda o encarando.

— Certo. E estava... como estavam as coisas?

— Acho que estava como tinha que estar. É um lugar bonito. — Ele pensou no jazigo dilapidado dos Fratelli e acrescentou: — Bem cuidado. Conservado.

— Não é muito fácil te entender, sabe?

Raffa deu de ombros, então se sentiu meio infantil, então decidiu que foda-se. Podia ser infantil se quisesse.
— Eu que não estou entendendo qual a dúvida. Não é por isso que a gente mal consegue conversar? Não era o que você queria?
— *Eu?*
— Você me chamou para vir, não foi? Naquela época. Pois então, estou te dizendo que eu fui.

O rosto dela avermelhou, as manchas subindo pelas bochechas até a ponta das orelhas. Outro ponto em que se pareciam. Era raro enrubescerem, mas, quando acontecia, o serviço era completo.
— Ah, Raffa, vai pro inferno. Chamei quatro anos atrás, na hora em que teria feito sentido, do que me adianta fazer isso agora? Pelo menos vá no Dia de Finados, pra avó católica do Rick não me encher o saco por ninguém dar as caras por lá.
— Escuta, eu estou *tentando*. Sei que agora não tem mais utilidade nenhuma, mas...
— Pois é, não tem. E toda a parte chata eu já fiz, então se quiser fazer sua ceninha, fique à vontade, mas não me envolva.

De todas as respostas possíveis, essa ele não tinha previsto, e a indignação furiosa dela o fez parar. Amanda sustentou seu olhar, esperando o resto da briga, irritada e combativa, mas a confusão dele devia estar tão óbvia, tão gritante, que ela mesma hesitou.

E, na brecha que se seguiu, Raffa se ouviu perguntar:
— Manda. Por que você me chamou?
— Porra, eu estou casando, é assim tão difícil de entender que...
— Naquele dia. Naquela noite. O que você queria de mim?

Ou talvez devesse chamar o noivo dela e pedir pro cara se explicar melhor, porque agora os olhos de Amanda eram pura acusação. Raffa sentiu a própria voz perdendo ímpeto, mas se obrigou a continuar:
— Você lembra como foi. Você estava lá. E tudo bem que era criança, que talvez não tenha parecido tão... tão grave, o que ele fez comigo, mas você viu, e você me conhece e sabe que eu...

— Ele precisava dizer. Achar um jeito, de alguma forma, de encontrar forças para escolher as palavras, e para admitir, olhando pra ela. — Que eu não ia dar conta. E você me disse pra voltar assim mesmo. E está brava comigo por isso há anos, e eu não sei como consertar as coisas.

— E, com todo o tempo que passou, com todo o tempo que ainda vai passar, com todos os anos de vida que ainda vamos ter, presumindo que eu não me jogue na frente de um carro aqui mesmo, você resolveu que a hora certa pra gente discutir isso é *agora*. Logo antes do meu casamento.

Bom, contra isso ele não podia argumentar.

— Não. Desculpe, você está certa — murmurou ele. — Podemos falar disso depois.

Ela bufou, exasperada.

— Chamei porque meu pai tinha morrido e meu irmão estava longe e eu não tinha mais ninguém. E, sim, eu te conheço, mas já te ocorreu que você guarda demais as coisas? Que não tem como saber o que você está pensando, até a hora em que acontece uma explosão? Como exatamente eu ia saber que você não ia dar conta de alguma coisa? Ou que se sentiu sozinho a vida toda?

— Essa parte não é verdade, eu nem sei por que falei isso. Eu só...

— Raffa. Me escuta. Você passou anos dizendo que nunca mais ia falar com ele. E por *anos dizendo*, eu me refiro às duas ou três vezes em que a gente conseguiu entrar no assunto, porque na verdade você não fala porra nenhuma. Mas, nessas duas ou três vezes, lembra, você dizia que era como se ele já tivesse morrido. Que quando acontecesse de verdade, não faria nem questão de ficar sabendo, que queria esquecer, deixar tudo pra trás. E daí aconteceu mesmo, e eu pensei que você podia voltar pra ficar do meu lado, porque o funeral já foi um caos, mas com a vinícola e a casa e a fazenda e o caralho todo da herança... foi um inferno, e eu não sabia quase nada.

Ele ficou quieto. Amanda ergueu os olhos, tentou forçar um sorriso e falhou completamente.

— Você sabia como as coisas funcionavam — disse ela, piscando rápido, com força. — Ou talvez não, podia estar desatualizado demais pra ajudar com o inventário. Mas eu achei que você soubesse. Achei que nós dois íamos fazer tudo juntos. O pai não estava mais aqui, e você conhecia tudo, com quem falar, o que falar... Levei anos pra mapear a empresa toda, e só não fiz mais besteira naquele começo porque sou muito boa. Mas eu estava em pânico, e achei que você podia voltar, nem que fosse pra não deixar essa merda falir na minha mão. Pra gente não passar esse vexame. E você me disse que eu devia ter vergonha, e bateu o telefone na minha cara.

Raffa tinha que dizer alguma coisa. Qualquer coisa. Podia imaginá-la naquela época, a garota de vinte anos que não tinha sido treinada para isso, que só tinha sua experiência de estágio para se virar com um império, sozinha e desesperada em um escritório noite adentro. Ele ia responder — pedir mais uma vez que ela o perdoasse, que tivesse um pouco mais de paciência, que lhe desse mais uma chance — quando a voz de Amanda suavizou, um suspiro trêmulo escapando.

— Mas isso já passou, e no fim eu dei conta de tudo, então não precisava de tanta ajuda assim, e, de qualquer modo, são duas coisas diferentes. Esse foi o motivo pra ter chamado, não pra ter ficado brava depois. Se é que essa é a melhor palavra.

— E tem outra? Quando a gente foi falar da herança, você mal quis olhar na minha cara.

— E por mim não teria olhado mesmo. Devia ter deixado os advogados resolverem, mas achei que era covardia, e eu passei aquele tempo todo querendo chorar, porque você estava do mesmo jeito, e ainda estava bravo com uma porra de uma ligação, eu nem insisti, e você não tinha nem tentado conversar comigo, era pra eu pensar o quê?

Isso era o que Raffa queria saber agora, porque nada que Amanda estava dizendo, nenhuma dessas palavras, tinha qualquer intersecção com o que ele mesmo acreditara esses anos todos. Não era nada que pudesse mapear, e ele teve que perguntar, atordoado:

— Mas o que você pensou? Eu só queria que aquele tormento acabasse logo!

— O que eu pensei — disse ela. — Já que você quer saber. Você dizia que queria ir embora, deixar essa cidade pra trás. Naquela noite, quando falou daquele jeito comigo, o que eu entendi é que eu era parte da cidade. Que eu também estava nesse pacote que você queria esquecer, e então... eu nunca tinha me sentido assim antes. Pra mim, nós dois éramos amigos. E eu não conseguia acreditar, Raffa, cada vez que o telefone tocava naqueles dias, cada vez que alguém batia na minha porta, eu achava que você tinha mudado de ideia. Mas não mudou, e não voltou mesmo, e eu entendi que também estava na parte ruim da sua vida. E que isso era tão óbvio, tão *evidente*, que eu devia ter vergonha de te incomodar.

A voz dela vacilou, no esforço de descrever uma mágoa grande demais pra caber em palavras, e Raffa agarrou sua mão.

— Manda, não, por favor, nunca foi isso. Nunca. O seu tempo em São Paulo foi a melhor fase da minha vida — sua voz quis travar, mas ele continuou assim mesmo. — Eu teria vindo, se soubesse que era isso que você estava pensando. Acredita em mim, por favor, teria vindo e passado a noite te explicando fluxo de caixa, é só que eu imaginei que era pelo pai, pra ver o enterro, uma última homenagem, algo assim, que você queria que eu desculpasse tudo e participasse do velório, e...

— Depois do que ele fez? — Agora o tom de Amanda foi feroz.

— Não, Raffa. Se você perdoar um dia, vai ser decisão sua, te garanto que não vou pedir. E eu sei o que é livro-caixa. Pelo amor de Deus.

Ele quis responder, mas sua irmã se antecipou, segurando sua mão também.

— Mas isso foi antes, foi... Bom, até segunda-feira, mas de qualquer modo já passou. Agora sei que interpretei do jeito mais perverso, mas eu era bem mais nova, e meio egoísta, e era tanta coisa acontecendo ao mesmo tempo, que nem me ocorreu que você estava de luto. Desculpa, Raffa. Simplesmente não me passou pela cabeça que você estava sofrendo com a morte dele.

Se não fosse o tom baixo, se não fosse Amanda, ele teria presumido que era cinismo. Uma crueldade insuportável. Teria ido embora naquela hora.

Mas era sua irmãzinha apertando seus dedos com tanta força que começou a doer, forçando as palavras também, olhando a rua e não para ele, e Raffa conseguiu gaguejar:

— Não. Eu não estava nem aí, eu...

Agora estava lembrando a raiva avassaladora, irrestrita, que tinha sentido naqueles dias. Era uma amargura imensa, um travo na garganta que não passava, porque seu pai tinha morrido sem pedir desculpas, sem chamá-lo de volta, sem fazer nem sequer uma porra de uma tentativa de se redimir, e a última lembrança depois de anos se esforçando para agradar o velho desgraçado era de uma viagem silenciosa, e, antes disso, era de um soco na cara.

E Amanda tinha visto. Tinha onze ou doze anos gritando e jogando o corpo entre os dois, abraçando o pai pela cintura para tentar segurá-lo, enquanto Raffa o encarava do chão, atordoado, sangue enchendo a boca.

Eu não estava sofrendo, ele tentou dizer, e não conseguiu falar.

— Desculpa — Amanda repetiu baixinho. — Eu não tinha entendido até você falar, mas devia ter. Foi uma insensibilidade enorme. Desculpa, Raffa, de verdade.

— Não é isso — murmurou ele. — Você não precisa... eu que devia...

Que sensação estranha, estar perdido assim. Sentir os olhos ardendo assim. A última vez em que tinha chorado fora gravando a cena da novela, e antes disso vai saber Deus quando, e agora seus olhos estavam enchendo de água, e Raffa tentou se conter, mas até respirar dava trabalho, exigia tanto esforço que não sobrava muito para qualquer outra coisa.

Amanda jogou o braço sobre seus ombros, puxando-o para si. Nada disso tinha sentido. Era ela sua irmãzinha, ele que deveria estar oferecendo amparo, e então lhe ocorreu que se tivesse dito pelo menos parte disso antes, se tivesse admitido o tanto que não dava conta de fazer, talvez nem precisasse ajudar com ligação nenhuma. Podia só ter esperado por ela em casa com um chocolate quente e um abraço como esse, e Amanda entenderia, e os dois não teriam perdido tanto tempo.

— Eu devia ter respondido de outro jeito — ele disse —, em vez de pirar como eu fiz.

Amanda fez um carinho em seu ombro.

Nenhum dos dois se mexeu, abraçados até que o som de carros encheu a rua.

Só então Amanda se afastou, sem olhar para ele. Abriu a bolsa e puxou um espelhinho.

— Olha só — reclamou ela, fungando um pouco. — Meu cílio vai cair. Não dava *mesmo* pra gente ter feito isso na segunda, né?

— Segunda foi um dia estranho. Me deixa ajudar.

Ela havia pegado um lencinho umedecido, que Raffa tirou de sua mão, depois ergueu o queixo dela com cuidado. E, enquanto ele consertava um ponto manchado no lápis de olho, Amanda forçou um sorriso.

— Está acostumado a maquiar suas mocinhas depois das cenas dramáticas, é?

Ele sorriu de volta. Um sorriso verdadeiro, com um alívio que quase embargou sua voz de novo.

— Benzinho, eu vim do teatro. Estou acostumado a me maquiar mesmo.

Amanda riu, divertida, e não estava rindo só da piadinha, disso ele tinha certeza. Raffa costumava ajudá-la antes do balé também, porque sua irmã era incapaz de acertar o coque sem deixar fios escapando, e de enfiar na cabeça que precisava cumprir essa regra, por mais emburrada que ficasse. Fazia um bom tempo que ele não a ajudava a se arrumar, mas ela com certeza lembrava.

— Só pra constar — disse ela, como se lesse seus pensamentos.
— Você aprendeu comigo. Que fique claro.

— Sem a menor dúvida — respondeu Raffa, enquanto um comboio de duzentos carros entrava no estacionamento, e Ricardo vinha resgatar sua noiva. — Todas as outras vieram depois.

13.

A festa levou a tarde toda.
Tinham organizado uma mesa enorme no centro do salão, que se estendia como um dominó e fazia a curva até formar qualquer coisa parecida com um "u". Depois do almoço, quando já estavam só bebendo, todo mundo trocou de lugar para formar novas rodas de conversa.

Raffa usou seus privilégios de estrela e continuou sentado, e não ficou sozinho nem por um segundo. Falou com todos, brincou com todo mundo, atendeu todo mundo, até a garota de doze anos que pediu que escrevesse uma frase em seu pulso para tatuar (*Só se sua mãe autorizar,* disse ele, e a menina arrastou a mãe para confirmar, e Raffa teve que escrever no pulso da mulher também) e o cara que queria conhecer sua agente ali mesmo, e o que queria conhecer Júlia Costa ali mesmo, e o que queria que ele abrisse a camisa para uma foto ali mesmo. E a avó italiana, uma velhinha elegante de cabelo cinza-escuro, que disse uma longa frase que fez Ricardo enrubescer.

— Ela viu um dos seus filmes no avião — traduziu ele, sem encontrar seus olhos. — E gostou da sua... da estética das cenas românticas.

— *Grazie mille* — respondeu Raffa com uma risada. — Por favor, diz que ela tem muito bom gosto.

Ele estava tirando fotos também (*lindo com macarrão,* comentou Blanca), mas nem era necessário, pela quantidade de fotos e filmagens dos outros nas quais estava aparecendo. Sem contar a gravação oficial da festa. Era registro mais do que suficiente.

Quando eram seis da tarde, o pessoal do Fontana começou a organizar o salão.

— Vão abrir para o jantar normalmente — explicou Amanda.
— Amigos, amigos, negócios à parte. Mas pode ficar, se quiser, ninguém vai embora até de madrugada.

Pelo sorriso dela, estava adivinhando seu cansaço.

Com sorte, seria só ela. A verdade era que ele não aguentava mais. Muita emoção num dia só.

— Vou passar essa e dormir por três dias — confessou ele. — Te confirmo depois o almoço de domingo, pode ser?

— E a despedida de solteiro do Rick.

Raffa tinha se esquecido disso.

— E a despedida de solteiro, mas, se tiver dançarinas pulando de um bolo, vou embora sem olhar pra trás.

Ela riu, deu um beijo em seu rosto.

— Só me avisa, se for embora antes. Vamos tomar pelo menos um café. Não esqueça seu carro.

Raffa tinha se esquecido disso também. No caminho de volta, passou por sua cabeça que assim evitava encontrar Caê no horário de trabalho, e então lembrou que isso não teria acontecido de qualquer modo. Tinham dado o dia todo de folga a ele. Quando finalmente conseguiu se enfiar na cama, ainda estava se perguntando — não ia se preocupar, não *ia* — se ele estava frustrado por não ir trabalhar. O que estaria fazendo naquela folga não planejada em sua casa toda escura?

Na manhã seguinte, quando foi tomar seu café, Raffa ainda estava pensando nisso. Mais exatamente, no que Caê teria pensado de Raffa ter passado tanto tempo ao lado dele e não ter comentado nada nem por cortesia.

Bom, paciência. Fazer o quê?

A culpa ia voltar uma hora ou outra, disso ele tinha certeza, mas queria manter aquela sensação leve por mais um momento. Conversar com Amanda tinha sido como soltar um peso de repente, sem nem saber o tanto que os ombros já estavam cansados. Como finalmente, depois de muito tempo, conseguir se endireitar. Podia aproveitar pelo menos o resto da manhã.

Ele pegou uma xícara de café preto e se sentou a uma mesa pequena perto da janela. Levantou de novo, pegou uma torrada de pão integral. Depois uma fatia de queijo branco. Engraçado que Caê molhasse o pão antes de comer. Raffa não teria imaginado.

Não que isso importasse.

O gerente devia ter avisado sem grandes explicações, e Caê não ia argumentar. Só aceitar quieto e pensar que Raffa era o filho da puta mais desleal do mundo, mas tá, e daí? Caê podia pensar o que quisesse.

Raffa bebeu um gole, olhando a fatia de queijo. O enfeitezinho azul no prato de porcelana, a renda delicada da toalha de mesa. Acompanhou o traçado com a ponta do dedo, decidiu que estava cansado daquele café.

Não tinha nem chegado na metade da xícara.

Com um suspiro, ele tomou mais um gole, e então desistiu. Quando a garçonete passou para verificar se por acaso ele desejava mais sachês de açúcar, Raffa perguntou se eles tinham como preparar uma cesta de café da manhã.

Se ia mesmo ser patético assim, podia assumir logo e adiantar as coisas.

Pouco tempo depois, a moça voltou com uma sacola de papel reforçada, com alças de cordão. Café, leite, café com leite, chocolate cremoso em copos lacrados num suporte de papelão dobrado. E suco de laranja, uma garrafinha de água mineral, mais setecentos pequenos pacotes com ovos mexidos e bacon frito, bolo de laranja, fatias húngaras, croissant com manteiga, pão de chocolate. Capaz de terem incluído até o queijo branco.

Raffa ia ter que deixar uma gorjeta enorme.

O arrependimento esperou até que saísse do hotel para atacar, e então veio com toda força. Não só porque estava meio pesado e carregar líquido exigia um cuidado que não queria ter, mas pelo absurdo da situação. Irritado ou não, Caê se despedira anteontem certo de que não teria mais que olhar na sua cara. Não ficaria feliz com a visita.

Problema dele, pensou Raffa, mas seu senso de ridículo, já normalmente sensível, estava disparando um alarme tão alto que mal dava para pensar. Ele chegou na frente do portãozinho, torcendo para que Caê não estivesse em casa.

Estava.

Estava, e demorou para abrir. Ou então era o tempo subjetivo se distorcendo, fazendo tudo parecer mais lento. Foram duas vidas até que Raffa finalmente ouviu o som da fechadura, e àquela altura era impossível ignorar a humilhação de esperar assim na rua.

Caê surgiu na porta. Olhou-o sem surpresa.

Raffa se viu segurando com mais força os cordões da sacola.

— Bom dia. Te acordei?

Não era impossível. Caê estava usando um conjunto de moletom que podia ou não ser pijama, e que ficava um pouco largo nele. A gola esgarçada no pescoço, as mangas compridas escorregando, o punho cobrindo metade da mão, o elástico da calça rodando na cintura, meias brancas nos pés.

— Bom dia. Acordou. Em que posso ajudar?

Pelo jeito, Raffa tinha perdido o privilégio de ser convidado a entrar.

— Quer tomar café comigo?

Caê encostou o ombro no batente.

— Você não está achando muito que fazer na cidade, né? Sempre achei que faltava entretenimento aqui.

— Eu pensei em de repente comer em algum outro lugar — disse Raffa então, a boca meio seca. — Na praça. Ou qualquer canto mais vazio. Se você quiser.

Devia ter se preparado um pouco melhor. Ensaiado, tirado um tempo para se concentrar. Não fazia sentido se intimidar assim quando Caê não fizera nada.

Bom, nada além de olhá-lo daquele jeito, como se estivesse bravo com ele. Coisa que Raffa também odiava. Ergueu um pouco mais o queixo num desafio involuntário, e Caê franziu a testa.

— Deixa eu entender. Você quer fazer um piquenique comigo?

— Quero.

— Por quê?

— Eu não pedi pra te dispensarem ontem. Espero que não...

— Não o que exatamente? Não seja um problema, não tenha te pegado de surpresa, não faça falta no seu orçamento? Como ia terminar a frase? — Que não tenha atrapalhado muito, mas olha, não vou conversar do portão.

— De onde então, bebê? O cemitério de novo?

Raffa recuou, forçando um sorriso.

— Era só isso que eu ia explicar. Pode jogar o café fora, se quiser.

Mas, antes que colocasse a sacola no chão e fosse embora, Caê esfregou o rosto e fechou os olhos um momento.

— Não, espera. Deixa eu... Não foi mesmo coisa sua?

— Eu comentei por cima com minha irmã, só isso. Não pedi nada.

Caê considerou essa informação com cuidado. E achou aceitável, porque em seguida disse:

— Bom, foi só uma noite. Se você tivesse pedido pra me dispensarem, teriam me dispensado. Você não respondeu. Por que quer sair comigo?

— É só um café — murmurou Raffa.

O que ainda não respondia à pergunta, mas Caê não insistiu.

— Aguenta aí, então — disse ele, sem muito entusiasmo. — Vou pôr um calçado e podemos ir.

Não teria custado nada deixá-lo entrar, mas tudo bem. Raffa esperou.

Caê voltou depois de alguns segundos, exatamente com a mesma roupa, mas com um par de tênis. Pelo menos estava um pouco mais agasalhado do que na outra tarde.

E pelo menos tinha concordado. Àquela altura, pensou Raffa, não dava para esperar mais que isso.

14.

Na praça tinha um pouco mais de movimento, o típico dia útil no fervilhante centro de Dorateia. Ou seja: além dos dois, tinha mais dez pessoas na rua.

Caê ignorou os bancos de madeira, levando-o mais para dentro. Passaram pelo coreto e pela placa indicando uma fonte com carpas e o museu da cidade, até chegarem em uma clareira com várias mesinhas redondas de concreto, cada uma com dois bancos baixos. Ele escolheu uma e fez um gesto floreado para que Raffa se sentasse.

Havia um tabuleiro desenhado no tampo.

— E ainda dizem que a prefeitura não faz nada — murmurou ele.

Caê seguiu seu olhar e sorriu de leve.

— Não tem peças, tem que trazer de casa.

— E trazem?

— No verão, sim. A gente vê muito idoso jogando.

Ele tirou os copos da sacola e os tocou com as costas da mão.

— Vai estar frio com certeza — disse Raffa.

— Não tem problema. Café gelado é bom também.

— Tem certeza? Podemos ir pra sua casa esquentar. Ou fazer mais.

Caê interrompeu o gesto, esperando. Raffa levou alguns segundos para entender que aguardava uma decisão dele, e então sentiu um calor no rosto.

— Se você quiser, estou só sugerindo. Até porque café gelado é uma receita, não é só beber frio.

— A receita é fazer quente e esperar esfriar.
— É, mas tem que pôr alguma coisa. Sorvete. Gelo.
— E o que você acha que acontece quando se coloca gelo, Monteiro?

Ele desistiu. Caê ainda deu mais uns segundos, depois retomou sua arrumação da mesa. Foi tirando item por item, incluindo guardanapos e talheres — o pessoal do hotel tinha se esforçado para agradar —, e fazendo alguma coisa inteligente com as embalagens, encaixando a tampa de uma na outra para criar uma pequena cadeia.

Era bem cativante, o jeito dele. Cada gesto econômico, eficiente, e Raffa se viu observando suas mãos. Unhas quadradas, cortadas bem rentes, a fina penugem que se abria nos pelos dourados do braço. A sombra azul das veias sob a pele clara.

Quão surpreso ele ficaria se Raffa decidisse tocá-lo?

Por fim, Caê também se sentou, ajeitando a sacola ao lado do banco num cesto de lixo improvisado. O espaço era tão pequeno que os joelhos dos dois se esbarravam. Raffa se afastou só o suficiente para que ele coubesse também. E deixou esbarrar.

Caê não comentou. Pegou um minipão francês, preparou um sanduíche com os ovos mexidos e bacon, colocou num guardanapo e estendeu para ele, e até isso foi interessante de ver, seu jeito de dobrar o papel para improvisar um embrulho fácil de segurar. Raffa não comia nenhum dos componentes do lanche havia anos, mas aceitou assim mesmo.

— Você é bom nessas coisas — disse sem pensar muito.

Caê estava partindo outro pão. Interrompeu o gesto por meio segundo, imóvel. Então absorveu a frase e retomou a ação como se não tivesse ouvido nada.

Raffa não se conteve.

— E com isso quero dizer que você trabalha bem, caralho, não foi uma ironia. Estou falando sério.

— Não se esforce tanto, Monteiro.

— Desculpa, mas não sei de que outra forma eu podia ter falado. Foi só um elogio.

Caê ergueu os olhos, lendo seus pensamentos, avaliando sua sinceridade. E, depois de um momento, respondeu com a voz muito guardada.

— Nesse caso, obrigado. Eu me esforço. Sei que não parece, mas eu me esforço bastante.

Era como lidar com algo frágil, muito delicado. Uma plantinha que qualquer toque brusco poderia esmagar. E, como tudo que lhe ocorreu de resposta parecia condescendente demais para ser dito, Raffa mordeu seu lanche, meio amuado.

Estava gostoso, ainda por cima. Frio, mas gostoso.

Caê ainda estava fazendo as coisas em etapas. Deixou de lado seu lanchinho pronto, pegou o copo de café. Misturou com leite e com chocolate, improvisando um cappuccino que deixou Raffa interessado. Provou um gole e depois estendeu o copo.

— Não é a melhor coisa que você vai beber na vida, mas também não é a pior. Deve ser difícil de acreditar, mas meu problema nunca foi falta de competência. Ou até era, mas não na parte do atendimento.

Iam mesmo falar disso, então, e Raffa nem tinha a quem culpar. Ele experimentou a poção mágica, elevando em mais três pontos o número de alimentos proibidos que estava ingerindo por causa dele. Quatro, se contasse o creme de leite que tinham usado para dar consistência ao chocolate.

Mantendo a voz leve, ele perguntou:

— E qual foi o problema?

— Estatisticamente? Sumir. Eu faltava demais. É um problema enorme se estão contando com alguém e a pessoa não aparece, porque nem sempre dá pra chamar outro pra cobrir.

Uma hesitação leve, então. Aquela sua honestidade que sobrevivera aos anos o obrigou a acrescentar:

— Teve uns problemas de relacionamento também; eu não me entendia com meus colegas, eles também não gostavam de mim. E às vezes batia boca com algum cliente, mas isso foi mais no começo. Eu era bem idiota. A sorte foi que eles me deram um monte de chances. Não o pessoal do restaurante, mas os Bevilacqua, digo, e no fim das contas eles que mandam lá, mesmo que quem gerencie seja... bom, o gerente. Eles me deixaram voltar várias vezes.

Não era tão diferente do que Raffa presumira. O choque de ter que se sustentar, aprender um trabalho diferente de tudo que já fizera na vida. Não teria sido fácil para ninguém, menos ainda para o rapaz arrogante, orgulhoso, perdido e apavorado que Caê tinha sido naquela época.

Sobre os Bevilacqua, Raffa ia se abster de comentar. Depois do que Caê contara no cemitério, estava cada vez comprando menos a ideia da bondade deles.

— Mas você pegou o jeito.

— Peguei. Uma hora a gente pega. É bem mais fácil se desculpar e pedir o emprego de volta do que olhar na cara da sua mãe e explicar que não tem dinheiro para comprar arroz. A gente aprende.

Enquanto falava, ele tinha preparado outra mistura de leite, café e chocolate para si. Caê tomou um gole e depois ergueu os olhos, forçou um sorriso.

— Desculpa, isso soou estranho, não foi? Fiquei lembrando um pouco dela desde o nosso passeio, então está tudo na minha cabeça. Deve soar bem ridículo pra você.

— Ridículo?

— Ou previsível. Quem vai se surpreender de saber que eu não dei certo na vida? Não era o que todo mundo achava que ia acontecer?

Não, todo mundo achava que ele acabaria na cadeia, mas detalhes. Difícil definir o tom de sua voz, entender o sorriso leve. Um bom humor temperado por uma amargura tão discreta que chegava a passar despercebida, como uma lâmina tão usada que perdera o corte.

— Não é questão de dar certo — protestou Raffa, sabendo que tinha jogado na cara dele palavras bem parecidas. — Você mesmo disse que pegou o jeito.

— Sim. Tirando uma falta ou outra.

— E por que falta tanto assim?

— Ah, tenho meus motivos — respondeu ele, e o sorriso ficou um pouco mais marcado. E mais estranho.

— Pois pare — disse Raffa, enervado sem saber por quê. — E, se quer saber, meu começo na carreira foi turbulento também. Ninguém já chega sabendo.

— Foi? Se vai dizer que errou algumas falas, e que isso é igual a falar merda pra cliente, eu prefiro não ouvir.

Nisso Raffa podia acreditar.

— Errar fala não tem problema, a gente grava a cena de novo. Ou improvisa, se for ao vivo. Você não sabe como é difícil entrar, o tanto que precisa puxar saco, principalmente na TV. Estou nessa faz anos e só agora está mais tranquilo pra mim, e ainda assim é... Você não relaxa. É um universo muito, muito competitivo, todo mundo tem um ego maior que o planeta, e é fácil se queimar por besteira. Ou por nada. Às vezes alguém te prejudica só porque você é bom demais e vira uma ameaça. Se pisar fora da linha, a carreira acaba antes de começar.

— Mas você conseguiu.

— Claro que consegui, mas me matei pra isso. Eu tinha dezoito quando me deram o primeiro papel importante, e cara, o tanto que eu lutei pra conseguir. Você não faz nem ideia. Não foi a mesma coisa, não tinha ninguém dependendo de mim, do meu salário, mas eu...

Uma escolha, então. Raffa tinha uma fala pronta sobre o começo da carreira. Um sorriso preparado, o ar humilde, o desconforto controlado para não passar da medida. Tudo devidamente ensaiado com sua agente. Vulnerabilidade aparelhada.

O problema é que você não *fala*, Amanda tinha dito. E a sinceridade de Caê era uma via de mão dupla, e ele não ia fazer questão nenhuma de ouvir um discurso vazio. E estava esperando, comendo seu pão com ovos, ouvindo. Interessado. Raffa não queria perder o interesse dele. E queria falar.

— Eu te contei dos meus tios — disse. — Eles não queriam me receber, foi muito de má vontade. Passei quatro anos naquela casa e, se a gente trocou trinta palavras nesse meio-tempo, foi muito, e eu sabia que eles iam me pedir pra sair assim que fosse maior de idade. Fome eu não ia passar, nem que tivesse que pedir dinheiro pra minha irmã, mas queria me virar. Eu *precisava* me virar. E sabia que podia dar certo, o teatro, a arte, eu tinha certeza de que levava jeito, que ia ter sucesso se alguém me desse uma chance. Então *essa* sensação eu entendo, o desespero de ver que aquilo tem que funcionar de um jeito ou de outro, porque não tem alternativa. A diferença é que já entrei pronto pra tudo e não falei merda pra ninguém. Quando decidi que esse era o meu caminho, decidi também que ia fazer o que fosse preciso. Sem ser desleal, é claro, até porque tudo que a gente faz tem volta, mas...

Ele parou. Caê sorriu, os lábios ainda fechados. Fez um gesto para que continuasse.

Um pouco constrangido, Raffa retomou:

— O que eu quis dizer é que não ia esfaquear ninguém pelas costas, o que também acontece pra caramba. Mas ia fazer a minha parte. No que dependesse de mim, ia ser o que tivesse que ser, eu ia aprender o que precisasse aprender. Fazer o que fosse necessário pra subir.

— Acho que não estamos mais falando só de decorar falas — disse Caê, limpando os lábios com um guardanapo.

— Eu sou bom em decorar. Minha memória é tão excelente que lembro até o que não quero.

— Não duvido. E sei que você está morrendo de vontade que eu pergunte, e só por isso não vou perguntar.

Raffa sorriu. De verdade, quase aliviado.

— Pois a resposta é sim. Agora pergunta quem.

A surpresa de Caê foi interessante. Gratificante, nem que fosse pelo gosto de furar aquele ar conformado dele, mas também porque seu espanto não tinha julgamento nenhum.

— Meu Deus. Sério mesmo? Quem? Vai que é alguém que eu gosto.

O sorriso de Raffa aumentou.

— E você ia deixar de gostar por isso, bebê?

— Depende! Se foi, sei lá, semana passada, acho que você sabia o que estava fazendo, mas se te assediaram quando tinha dezesseis anos? Sem a menor dúvida.

— Dezoito — corrigiu ele. — Presta atenção na história. Se você não acompanhou a minha carreira, não vai significar nada, mas foi ainda em São Paulo.

— Que é onde você está agora.

— Que é onde estou agora, mas comecei lá e passei um bom tempo no Rio depois, é isso que estou dizendo. Era um trabalho incrível, eu queria muito e o diretor me ofereceu. Só que antes queria me levar pra jantar, e depois conversar com calma, e depois ver se eu dava conta de umas cenas mais pesadas e, enfim, os detalhes sórdidos não vêm ao caso. Não faz essa cara, eu não me arrependo.

— Ele cumpriu a parte dele?

— Estou aqui, não estou?

Caê torceu o nariz.

— Não conheço ninguém do teatro, mas se um dia eu estiver por lá, me fala quem é. Eu risco o carro dele pra você.

— Não precisa. Ele já morreu.

Isso o fez arregalar os olhos de forma tão espontânea que Raffa pensou em jogar alguma coisa nele. Farelo de pão, talvez.

— Não por minha causa, palhaço, eu não matei o cara. Ele morreu de... sei lá do quê. Morreu porque morreu.

— Com você a gente nunca sabe, Monteiro. Mas ótimo. Merecido. Já foi tarde.

O que responder a isso? O mais ridículo daquela história toda era que levara anos para perceber que tinha alguma coisa errada. Ainda se lembrava de ter se encantado, feliz e agradecido, com a atenção predatória do homem bem mais velho disposto a lhe dar uma oportunidade, algum carinho, um pouco de atenção. Ainda hoje sentia muito mais gratidão do que revolta, como se toda a parte feia não existisse.

Se Blanca não tivesse entrado em sua vida, vai saber que tanto de merda teria feito.

— Eu não me arrependo. Valeu cada sacrifício. Se pudesse voltar no tempo e me dar uma mensagem, eu me diria pra ficar firme que vai dar certo. Faz o que for preciso. O que te pedirem. Só vai. Vai valer a pena.

Talvez sua voz tivesse soado estranha, ou talvez Caê só tivesse muita clareza das coisas, porque respondeu prontamente:

— Isso é mentira. Você não sabe como era a sua cara naqueles tempos. Eu lembro. Ninguém ia olhar praquele moleque e dizer pra fingir assim a vida toda, muito menos pra chupar um babaca rico por um papel importante, ou sei lá o que ele te obrigou a fazer. Ninguém teria coragem.

Desde quando você se importa?, ele tinha perguntado doze anos atrás, magoado e furioso, os olhos cheios de lágrimas. Podia dizer a mesma coisa agora. Caê mesmo fizera tão pior. Tinha olhado a cara dele naqueles tempos e machucado tão mais fundo, sem qualquer problema, e se fosse listar...

Mas fazia tanto tempo que não conversava assim com ninguém, e por esse caminho ele ia estragar a manhã inteira. Para que mexer com isso?

Entretido na conversa, Raffa se distraíra da proximidade sob a mesa. Agora, de repente, estava consciente demais de que seria muito fácil envolver a perna dele com a sua, deixar as coxas se encostarem. E que Caê também não tinha feito, ao longo daquele tempo todo, esforço nenhum para se afastar. Era tão novo, tão confortável, que uma mágoa requentada daquelas podia esperar mais um dia.

— E você? — perguntou Raffa então. — O que falaria, se pudesse voltar no tempo e se dar um recado?

Caê fez uma careta. Tomou mais chocolate.

— Depende. Voltar pra quando exatamente?

— Não sei. Quando você quisesse. Qualquer tempo.

— Difícil escolher. Eu até penso nisso, em que momento tudo deu errado. Qual foi a última gota. Podia dizer pra minha mãe não fazer tanta besteira com o dinheiro, mas ela não ia ouvir. E pra mim mesmo... — Ele sorriu, um pouco triste. — É tanta coisa que eu podia me dizer: "Presta atenção na escola." "Faz um curso técnico, que você vai precisar." "Larga de ser imbecil e se esforça mais no trabalho." "Fica em casa hoje." "Não volta pra casa amanhã." "Se vai mesmo fazer merda, toma mais meia garrafa. E desliga o telefone."

— Que merda? — perguntou Raffa, franzindo a testa.

— Eu comentei do meu pai. No cemitério, sobre como...

— Eu lembro.

— Sabe que ele me escreveu? Uma vez. Eu tinha uns oito anos. Uma carta estranha, aleatória, deve ter batido alguma crise de meia-idade. Perguntou da escola, coisas assim, mas lá no meio perguntava se eu queria conhecer a casa dele, que fica na puta que pariu de uma cidade que não lembro qual é. Perto de Milão. Respondi com um monte de bobagem, contei do desenho que eu gostava, capaz até de ter falado de você. E falei que minha mãe não ia deixar, na minha cabeça seria como dormir na casa de um amigo, e ela nunca deixava. Hoje, pensando como adulto, óbvio que não era um convite de verdade, porque ele nunca mais escreveu. Mas, se eu pudesse escolher, seria esse o momento da virada. Eu devia ter dito que sim, que iria, se ele me buscasse.

— Eu nem sei se pode fazer isso. Digo, se não seria um sequestro. Tem leis. Acho.

O que era uma coisa bem cretina para se dizer, mas Caê não discutiu.

— Ela teria concordado. Nossa, certeza. Era só me enfiar num avião e não pensar mais no assunto, tudo que ela mais queria na vida. Eu voltaria pra esse dia, pra me dar uma sacudida. Fala que sim, seu merda, vai embora. Aceita e vai. Só vai. Some daqui e não volta nunca mais.

— Isso pra um menino de oito anos que queria ter um pai — disse Raffa, depois de uma pausa. — Tá bom, Caê.

— Esse menino merecia. Você sabe disso melhor do que ninguém.

— Ele riu meio de repente. — Por outro lado, com isso eu aprendi italiano. Minha mãe me colocou num curso depois e, na minha cabeça, era pra conversar com ele. Ou dar conta de escrever mais cartas sem ter que ver cada palavra no dicionário. Pra alguma coisa essa bobagem serviu. Você não vai terminar o chocolate?

Raffa estendeu o copo para ele, sem falar nada. Era como andar de montanha-russa, aquela conversa.

Caê terminou de beber, pegou outro doce da caixinha e falou com a boca cheia:

— Por curiosidade, você chegou a dar uma olhada no museu novo aqui da praça?

— Não. Não fiz turismo.

— Termina de comer, vou te levar lá.

Sua expressão também devia estar uma coisa inexplicável. Caê sorriu.

— Sim, tem a ver com a conversa, bebê, mas não vou estragar a surpresa. Você vai ver. É a coisa mais legal que temos nessa cidade.

15.

A senhora da bilheteria insistiu para que Raffa entrasse de graça.

Ele pagou assim mesmo, pra evitar uma situação chata caso o convite não se estendesse à Caê também. E porque eram só uns trocados, ele podia contribuir com a cultura da cidade.

O museu existia desde sempre. Mais exatamente, desde o século XVII. Era uma casa de teto baixo, supostamente construída por bandeirantes a caminho de Goiás, ou de vai saber o que aquela gente estava procurando. Ouro, provavelmente. A casa tinha sobrevivido mais ou menos inteira, e fora tombada como patrimônio da cidade.

No que tinha sido a sala – ou no que Raffa presumia que tivesse sido uma sala, pois era um quadrado central cercado por cômodos menores – estava a exposição histórica, com itens doados pelas famílias mais antigas da cidade e uma linha do tempo que contornava as paredes. Um cordão dourado indicava quais dos outros cômodos podiam ser visitados, e quais eram só salas administrativas.

Foi o que Caê explicou.

– Fascinante – disse Raffa.

– Não é? Sabia que você ia gostar.

Raffa revirou os olhos, mas não tentou reprimir o sorriso. Caê estava animado, e isso era inesperado depois da conversa. Uma certa alegria genuína, diferente dos sorrisos tristes que ele geralmente dava, um prazer estranho naquela visita boba. E ver a exposição inteira levaria no máximo cinco minutos. Não custava.

O painel dedicava uma linha para os bandeirantes, nada para as civilizações indígenas que existiam antes, menos ainda para as remanescentes nos arredores. Meio parágrafo para as fazendas de café, que não tinham durado muito.

— Você devia ver a briga que foi colocar isso aí — comentou Caê, lendo também. — Antes começava a partir de 1910, com...
— A primeira vinícola, eu sei. Dorateia me cansa tanto.
— E você nem tem que morar aqui, então pensa no que eu passo. Eu nem gosto de vinho.
— Espera, como *assim*? — começou Raffa, indignado, mas Caê não deu brecha.
— Lê pra mim.

Aquela alegria meio... não irônica, nem maldosa, como costumava ser, nem de longe. Difícil de definir. Viva. Raffa mordeu o lábio, consultou o texto ao lado de uma das fotos antigas e sorriu também.

— Essa eu não sabia. Dom Pedro II passou por aqui e se hospedou na cidade, foi? Onde? Dormiu numa árvore oca ou numa fazenda abandonada?
— No hotel do centro, óbvio. Infelizmente, antes da reforma. Agora sério, tenho a mais completa e inabalável certeza de que eles inventaram isso. Note que a foto é só a vista da várzea.
— Não tinha nem estalagem aqui na época. Se iam inventar, deviam ter mirado um pouco mais baixo. Um nobre menor, talvez. Algum barão. Conde. Barão é menor do que conde?
— Depende do barão e do conde — respondeu Caê, os olhos brilhando. — E esse nem é o ponto alto, vamos em frente.

O painel seguinte era sobre as primeiras famílias italianas a se instalarem no lugar, no fim do século XIX, em duas colunas em letra cursiva. O fundo era outra foto em preto e branco da cidade como era à época.

A família Monteiro estava no painel adiante, que mesclava os imigrantes portugueses com espanhóis, mas os Fratelli estariam naquele ali. Os Bevilacqua ainda não. Recém-chegados. Olhando por esse lado, não admirava que o pai de Ricardo tivesse feito tanta questão de entrar pro ramo. Era o único jeito de existir naquele lugar.

Depois disso, tinha conteúdo de verdade. A história de Dorateia começava, para todos os efeitos, com os primeiros vinhedos. Raffa não se deu ao trabalho de ler.

— Bem bacana, onde é a saída?

Em resposta, Caê segurou seu ombro. Raffa não relutou, o corpo aceitando a direção antes de a cabeça acostumar com a ideia. Passos automáticos.

Caê tinha tocado nele antes. E como tinha. Então que sensação era aquela, como se fosse a primeira vez?

— Tudo isso você já sabe — disse ele. — Aquela ladainha de sempre, as vinícolas, as empresas etc. etc., mas agora tem também uma parte moderna com um pouco do que acontece atualmente. O que, se quer a minha opinião, fizeram só pra socar os Bevilacqua na exposição e deixar o velho feliz, mas quem sou eu pra reclamar? Graças a isso, temos uma seção inteira pra personalidades notáveis, e você vai amar saber quem está no lugar de honra.

— Não — disse Raffa.

Ele tentou parar de andar. Caê sorriu, tão abertamente que foi um susto, uma explosão de brilho. Por um momento, pareceu tão plausível que ele fosse jogar o braço sobre seus ombros e arrastá-lo como antes, mas sem a mesma maldade. Brincando com ele. Que fosse falar em seu ouvido e que Raffa fosse sentir alguma outra coisa além daquele aperto súbito, inesperado, no coração.

Em vez disso, Caê o soltou, empurrando-o delicadamente pelo meio das costas para que Raffa entrasse numa das salas. Um toque sereno, fácil de evitar.

Ele não evitou.

E lá dentro havia um painel enorme. Sobre ele. Não, pior. Quatro. Um com fotos de sua infância, outro com fotos de seus trabalhos, outro com uma imagem de corpo inteiro. E um de texto contando sua vida. E uma mesa comprida, também antiga, cheia de objetos protegidos por uma redoma de vidro.

Raffa fechou os olhos.

— Não. De jeito nenhum. O que eu fiz pra merecer isso? Essa cidade me odeia?

Caê riu.

— Quer que eu leia? Você ganhou a parede inteira. Mais do que o Borba Gato.

Ele nem lembrava quem era Borba Gato.

— Quero que você vá se foder. Quem é o responsável? Com quem eu falo pra tirarem essa coisa?

— Com a Secretaria de Cultura, que não vai te atender, bebê. Mas olha só, a curadoria aqui agradece as doações da sua família, o que significa que quem deu suas cuecas usadas deve ter sido sua irmã.

Isso fez Raffa abrir os olhos, horrorizado. Felizmente, o que tinha na mesa eram mais fotos, uma medalha que ele não se lembrava de ter recebido, e nenhuma peça de roupa. E o painel em si era aceitável. De certa forma. Se tinha mesmo que existir, podia ser bem pior.

— Essa foto me assombra — resmungou ele, disposto a reclamar assim mesmo. — É a que sempre usam pra tudo.

— É? Eu gosto. Até colaria uma cópia no teto, mas vai que pedem a casa de volta.

— Pra isso tem melhores. Esse dia foi horrível, o fotógrafo me odiava, a gente não conseguia se entender e levou horas pra sair alguma coisa decente.

Não que desse para ver pela foto, que, objetivamente falando, era boa, e ele estava mesmo bonito nela. Estava sentado com a cadeira invertida, os braços sobre o encosto de madeira, o cabelo cuidadosamente despenteado, seus olhos escuros brilhando, sorriso aberto. Usando um agasalho de lã que, pelo que lembrava, pinicava, mas que aparentava ser aconchegante. Ele parecia feliz.

Essa era a ideia da imagem, um rapaz doce e ridiculamente atraente encarando a câmera com aquela luz nos olhos. Segundo Blanca, era impossível não sorrir de volta. Não sonhar em voltar para casa e ter o moço da foto te esperando.

— Encontre alguém que te olhe como meu bebê olha o fotógrafo horrível — disse Caê, ecoando seus pensamentos. — Tem a parte da exposição, quer ver?

— Vai rindo, vai — murmurou Raffa, passando por ele. — Sabe o pior? Acho que me lembro da Amanda me perguntando se podia doar alguma coisa. E eu disse pra conversar com minha agente.

— Ela não te mandou ir tomar no cu?

— Deve ter mandado. Pra minha agente. Que merda. Que cidade ridícula onde não acontece nada.

Ele foi ver a mesa, disposta num ângulo reto com o painel. Se tinha mesmo que passar por isso, então que encarasse os fatos.

Uma foto de seus pais, pra começar. Sua mãe carregando-o no colo, Amanda de pé, segurando a mão de seu pai. Uma família feliz, ela com um laço imenso na cabeça, ele querendo se esconder da câmera, o casal orgulhoso. Reprodução, a original não fora doada. Na seguinte, ele devia ter uns sete anos. Estava sentado nos degraus da entrada de casa, sorrindo para o fotógrafo. Um profissional contratado? Seu pai? Vai saber. A foto seguinte era na escola, junto com mais vinte adolescentes. Uma legenda indicava sua posição no canto direito da segunda fila.

Caê não estava. Os dois não tinham mesmo estudado juntos o tempo todo. Eram quatro turmas definidas por sorteio — ou por algum critério pedagógico que nenhum dos alunos jamais descobriu — e tinha ano que desencontrava.

Não importava. De certa forma, dividir a sala não era tão ruim quanto o que acontecia nos corredores, na quadra, na entrada, na saída. Nos intervalos. Lá dentro, sempre tinha algum professor. O que Caê podia fazer era esbarrar em seu braço, criar apelidos, imitar sua voz, passar rasteiras, riscar seu caderno. Garantir que ele não tivesse coragem de abrir a boca. Pouca coisa. Lá fora, o jogo começava de verdade. Doze anos. Doze anos, e ele lembrava como se fosse ontem. *Depois*, pensou Raffa. *Deixa isso para depois.* Tão melhor fingir que eram amigos. Que sempre tinha sido assim leve, divertido.

As imagens seguintes já eram tratadas. Várias dos tempos de palco; isso devia ser coisa de Blanca, Amanda não teria essas fotos. E então começava a parte glamorosa. O primeiro artigo elogiando sua atuação, o segundo, o terceiro. O primeiro filme. O segundo, o terceiro. As novelas. Aquela série que era basicamente só sexo, cuja trama ele nem lembrava mais. O primeiro trabalho com Satya, o primeiro com Raquel. O segundo. O terceiro. Imagens granuladas de jornal, nas quais um rapaz bem jovem, feliz, vibrante, realizado, abraçava sua diretora favorita.

Raffa tinha que admitir, era uma exposição afetuosa. Dava para sentir o carinho da curadoria, mesmo que estivesse se contorcendo de vergonha.

Caê se interessou pelas fotos do teatro. Em uma delas, Raffa estava só de calças pretas, seu peito riscado de tinta, confrontando um rapaz perto o suficiente para lhe dar um beijo. Ou um soco. Tinha sido a orientação do diretor na época, criar um tipo de energia em que ninguém soubesse se iam fazer sexo ali mesmo ou se iam se esfaquear.

A razão da tinta ele não lembrava mais.

— Uma curiosidade — disse Caê, contemplando a foto. — Todo mundo sabe?

— Hm?

— Tem um monte de boato em revista de que você está saindo com alguém. Ou namorando alguém. Ou sei lá, tomando café com alguém, mas só me lembro de ter visto mulheres.

Ele lia essas revistas?
— Sim? E daí?
— E daí que eu só queria saber — respondeu Caê, um rubor leve subindo pelo rosto.
— Saber o quê, bebê?
Agora era mais pelo gosto de vê-lo se debater. Vingança por aquele passeio.
— Ah, vai se foder. Você entendeu. É segredo ou não?
Raffa sorriu.
— Não é exatamente um segredo, não, nem todo mundo sabe. Tem mesmo muito boato, ainda mais agora, depois dessa novela. Rolou um monte de histórias sobre mim e um dos outros atores, e a gente jogou gasolina na fogueira, soltamos fotos sugestivas, mas foi mais pelo marketing. E ninguém tem certeza. Talvez um dia eu faça um grande anúncio.

E daí ia colocar seu nome em evidência, virar pauta de conversa, ter sua vida dissecada por semanas. Teria que sorrir para as câmeras e sobreviver até as coisas se acalmarem, e ouviria todo tipo de comentário de quem não teria aquela reticência toda para perguntar se ele era gay ou não. Capaz de quererem saber sua posição sexual preferida.

— Quando eu tiver tempo — completou. — E um motivo. Um *excelente* motivo. Quando estiver com alguém que valha tanto a pena, que compense a chateação que vai ser.

Caê assentiu. Ainda estava olhando a foto. Tentando, talvez, imaginar uma peça daquelas sendo exibida em Dorateia. Ou, também podia ser, tentando ver melhor seu peito nu.

— E você? — perguntou Raffa, e só depois percebeu como era descabido perguntar. Se as histórias daquela noite tinham se espalhado, se aquilo tinha mesmo fodido a vida dele como Caê dissera, sua curiosidade era no mínimo uma indelicadeza enorme.

— Não sou interessante a esse ponto. Mas sim. A cidade toda sabe.

— E é tranquilo? Tudo bem saberem?

Caê demorou um pouco para responder. Raffa estava para retirar a pergunta — ou explicar que era só para manter a conversa fluindo, não uma tentativa de ser desagradável — quando ele disse:

— Agora, sim. Era mais estranho no começo, porque antes ninguém imaginava e, de certa forma, acho que eu mesmo não sabia. Ou sabia e não tinha admitido. E de repente todo mundo estava olhando pra mim e pensando a mesma coisa, e sabe o que é engraçado? Se você não contou pra ninguém daquela noite e eu também não, quem espalhou tem que ter sido algum dos adultos, e eu até imagino como foi. Nossa diretora superpreocupada com a minha influência maligna no resto da escola. Tanta merda que eu fazia, mas *isso* ela achou preocupante.

Caê disse isso com um sorriso, como se fosse uma piada. Como se Raffa fosse concordar.

E, quando Raffa não disse nada, ele continuou, sacudindo de leve os ombros:

— Enfim, não importa. Eu meio que virei um fantasma naquela época, porque ninguém queria muita conversa, mas pelo menos não vinham encher o saco, por... bom, motivos óbvios. Depois da falência é que ficou estranho, quando eu estava tentando achar emprego e ninguém tinha razão pra ter medo de mim, e também trabalhando no Fontana. Daí foi...

Ele fez uma pausa.

— Não precisa me contar — murmurou Raffa.

— Não é nenhum grande segredo, é só que foi uma fase bem estúpida. Uma coisa era passar por isso na escola, mas eu esperava... achei que seria diferente com adultos. E não foi. Eles tinham medo de chegar perto de mim, de esbarrar sem querer, até de conversar muito, como se eu fosse... não sei, passar alguma doença. Ou como se quem visse fosse pensar que tinham um caso comigo, se falassem oi. O gerente não me deixava entrar na cozinha. O que não faria sentido mesmo, não sou cozinheiro, mas ele achava minha presença anti-higiênica. Umas coisas assim.

Por baixo da calma, uma ponta quase invisível de mágoa, só a sombra da dor que devia ter sentido naqueles anos todos. Caê podia contar tudo isso com a leveza que quisesse, com aquele sorrisinho no rosto e a voz sem inflexão, mas Raffa não era idiota a ponto de cair na dele e acreditar que essa merda toda não tinha machucado. Que não estava machucando *agora*.

— E depois ninguém entende por que eu não queria voltar — disse Raffa. — Você devia ir embora. Porra, eu te...

— Isso faz anos, bebê — interrompeu ele, antes que o resto da frase viesse. A oferta, que ele certamente tinha antecipado. — Agora, a única coisa estranha que acontece é contarem para qualquer funcionário novo que eu sou gay. Virou parte da minha ficha. Acho que ninguém pode correr o risco de interagir comigo sem saber.

Raffa o encarou. Caê sustentou seu olhar, quase um desafio.

— Nada disso importa, a gente se acostuma com tudo. Mas você sabe disso melhor do que eu. — E, quando Raffa hesitou, completou: — Lidar com essa obsessão, o escrutínio.

Então tá, pensou ele, contrariado. Vamos suavizar o assunto. Se era o que Caê queria.

— Ah. Sim. A questão é que, até agora, pelo menos por esses anos, eu recebi muito amor, e não... isso aí. Claro que pode mudar a qualquer momento, se eu realmente assumir, a gente nunca sabe, mas os boatos, as brincadeiras com a novela, não tiveram muito impacto. Eu não fui...

Não fui maltratado desse jeito, pensou ele. *Desde que saí daqui.*

Raffa não era muito bom em suavizar nada. O que ele queria era ter sabido disso antes da primeira noite na cidade, antes de entrar no Fontana. Podia ter sido menos cruel. Podia só ter ido embora.

— Bom, já que você vai riscar o carro do meu diretor pra mim...
— Que descanse em paz.
— Que descanse em paz — ecoou Raffa, obedientemente. — Qualquer dia volto lá e vou infernizar seu gerente até o cara pedir arrego. Você vai ver.

Não era exatamente um pedido de desculpas. Não era nem de *longe* um pedido de desculpas, mas Caê entendeu a intenção assim mesmo. Um brilho genuíno, um tanto malicioso acendeu seus olhos.

— Taí uma coisa que não desejo pra ninguém — respondeu ele.
— Mas, já que estamos no assunto, tem uma coisa que eu sempre quis saber... como você consegue? Como lida com isso?
— Isso o quê?
— Exatamente isso. Mesmo o amor, que é obviamente melhor do que saber que seus colegas têm medo de ficar sozinhos com você, mas essa paixão aí... como você aguenta? A atenção, as fotos, todo mundo querendo saber da sua vida. Desconhecidos te parando na rua pra te pedir em casamento. A porra toda.
— Ah, tem seu charme — começou Raffa, irônico, mas Caê não o deixou completar.
— Você é supertímido, Monteiro. Como aguenta?

O resto da resposta sumiu, deixando-o ali parado com a boca aberta. Caê continuou, sem perceber que tinha acabado de tirar seu chão.

— Minha teoria era que tinha passado, mas não é isso, é? Você não mudou nada.
— Um teatro — murmurou Raffa, a garganta seca. — Eu penso num teatro.
— O tempo todo?
— Sim. Quase. Um pouco acho que passou, mas estou meio que sempre representando. Sendo quem eu preciso ser.
— E sustentar isso não cansa?
— Cansa. Mas tenho que ser assim, porque tudo que eu faço é de domínio público. E, se alguém fecha a cara, ninguém nunca

pensa que é timidez, só que você é arrogante ou sem educação, então eu presto atenção e tento ser legal, e cansa pra caramba, mas você faz a mesma coisa, não faz? Também é um teatro, essa sua calma. Não acredito que tenha mudado tanto assim.

Afinal, não era justo que só Caê ignorasse sua armadura desse jeito, como se fosse papel molhado.

A reação dele foi uma jornada inteira condensada em meio segundo. A surpresa queimando o rosto e um relance de mágoa intensa, e então nada, o canto da boca se erguendo num meio sorriso. Nada, vazio, toda a calma do mundo. Espaço negativo.

— Pode confirmar com qualquer pessoa nessa merda de cidade, Monteiro, eu mudei, sim. Não precisa aceitar minha palavra, mas pergunta por aí. Com tudo que já me ofenderam, com tudo que já me disseram, a pior reclamação que vão ter de mim é que eu falto muito no trabalho. Só isso.

Ele quis se afastar. Raffa agarrou seu braço.

— Eu sei. Não estou falando que você ainda seja... O que eu quis dizer é isso de não falar com ninguém. Não questionar ninguém. Estar sempre sozinho. Isso eu duvido que seja natural. Que tenha mesmo se apagado assim. Que não se importe com nada.

Não sabia se tinha consertado alguma coisa ou piorado tudo, mas pelo menos Caê não repeliu seu toque. Só desviou o rosto, olhando as fotos sob o vidro.

— São coisas diferentes — disse ele, devagar. — Não é como... É um bom jeito de descrever. Um apagamento. É natural, sim. Acaba sendo. A gente se acostuma com tudo, como eu disse. — Ele pensou um pouco mais. Então encolheu os ombros. — Na verdade, saí mais nesses dias com você do que no resto do ano todo. Geralmente eu vou de casa para o trabalho, mas você está errado também, sempre foi assim. Eu nunca tive muitos amigos. Acho que nunca tive amigo nenhum.

Nisso Raffa podia acreditar. Sim e não. Caê não se abria com ninguém naquela época. Não era o estilo dele. Muito sozinho, o menino com quem ninguém tinha coragem de falar, mas tinha companhia, mesmo que fossem um bando de adolescentes idiotas com quem beber e fumar, matar aula e riscar placas de trânsito, ou qualquer outra coisa que gostassem de fazer no tempo livre. Era melhor que nada.

Raffa ainda estava segurando o braço dele, sentindo a pele quente sob a manga comprida, sentindo uma vontade insustentável de se aproximar mais. Em vez disso, deixou os dedos se moverem em um carinho leve, nada além do polegar no tecido, discreto, sutil, invisível. Algo só para ele. E disse:

— Isso que eu estou fazendo vai te atrapalhar?

— O que você está fazendo?

A voz de Caê soou rouca. Raffa se obrigou a soltar, afastar-se um passo.

— Te perturbando. Vão te encher o saco por sair comigo? Te isolar mais?

— Não importa.

— Eu não quero criar problema — começou ele, mas dessa vez Caê interrompeu com a mesma firmeza.

— Monteiro, não importa. Eu não te trocaria pela opinião do meu chefe ou dos meus colegas. Ou de qualquer pessoa nessa cidade.

Raffa abriu a boca e descobriu que não tinha o que dizer. Caê desviou os olhos, como se só então percebesse o que tinha falado, e apertou os lábios por um momento.

E então disse:

— Podemos ver o lago das carpas. Está perto. Mas não sei se você vai gostar.

Carpas. Raffa não teria ficado mais surpreso se ele tivesse sugerido pular de asa-delta.

— O lago.

— É. Temos um lago.

— E tem mesmo carpas lá?

— Não. E esse nem é o problema. Eu estava pensando... tem um mirante também, não na praça, fica no sentido do hotel. Quer ir? Construíram recentemente, depois da revitalização do centro. Entre outras coisas. Somos um grande polo turístico agora, eu te levo se...

— Larga de ser covarde — respondeu Raffa. Ainda o encarando.

Meio segundo de indignação, e então ele abriu um sorriso. Um sorriso de verdade, com calor nos olhos. Chegou a erguer a mão e, por um momento, Raffa esperou que Caê pegasse seu braço e o conduzisse para fora, e viu-se, meio sem querer, sem pensar, quase inclinando o corpo. Pedindo mais contato.

Quase.

Caê mudou de ideia antes que o toque se completasse, mas disse:

— Não sei como alguém ainda cai na sua jogada de bom moço. Quer ir pra minha casa?

— Quero. Depois dessas fotos, você me deve um café quente.

— É mais ou menos isso — respondeu ele, e segurou seu ombro por fim. — Quase o que eu estava pensando.

16.

Quando chegaram na frente da casa, Caê deixou Raffa entrar primeiro. Trancou a porta e pendurou a chave com todo o cuidado num gancho pregado à parede, em vez de deixar na fechadura. Depois se aproximou e parou na frente dele. Disponível.

Raffa quase perguntou se não rolaria mesmo um café. Pelo jeito, chamá-lo era o máximo de iniciativa que Caê estava disposto a tomar.

A proximidade era atordoante demais para pensar direito e para achar um jeito delicado de falar, mas os dois queriam a mesma coisa, para que fingir? E eles nem se gostavam tanto assim, então para que delicadeza?

Raffa segurou a cintura dele, primeiro sobre a blusa. Quando Caê não se afastou, por baixo do tecido, erguendo a barra e deixando a palma se abrir na pele quente.

— No seu quarto — murmurou ele. E, só para não deixar passar: — Acho que mereço o privilégio.

Para sua surpresa, Caê hesitou, uma expressão complicada preenchendo o rosto, e Raffa se lembrou da primeira noite na cidade — *pra você, qualquer viela serve* —, e era a chance *de Caê* ser desagradável agora, mas ele só lambeu a boca num gesto rápido, nervoso.

— Não é privilégio nenhum. É bem patético, nada que... Bom, não é pior que o resto da casa.

Raffa não soube o que fazer com a expressão quase encabulada dele, nem com sua própria confusão.

— Prometo que não vou rir.
— Pode rir. Só não diz que eu não avisei.

Não era patético, só muito simples. E caberia em sua sala. Caberia inteiro, certamente, no quarto que Caê costumava ocupar na casa onde tinha crescido. Cama de solteiro, um banquinho de plástico com uma caixa de remédio e o carregador do celular com o fio enrolado. Uma cadeira igual às da cozinha com um monte de roupas emboladas. Um guarda-roupa embutido que fazia o espaço parecer entulhado.

Caê pegou todas as roupas de uma vez, enfiou em qualquer canto no guarda-roupa, então puxou as persianas, deixando o quarto numa penumbra mais simbólica do que eficiente. Quem passasse na rua não ia ver dentro da casa, mas a claridade era igual.

O que significava que Raffa podia ver a expressão dele, e a ansiedade que ou surgira de repente ou Caê não estava mais dando conta de disfarçar.

Era diferente, isso. Sem o rancor da primeira vez, sem o desejo irracional da segunda. Raffa também não estava tranquilo, mas em uma semana estaria longe dali, e eles nunca mais se veriam. Podia se permitir a indulgência. A vantagem da comunicação telepática, do tanto que prestavam atenção um no outro, era que certos acordos não precisavam de muita conversa.

Tirou a blusa de frio e a camiseta, e Caê sentou-se na beira da cama, assistindo-o. Nem tinha o que ver, Raffa não estava fazendo esforço para ser sensual. Tirou os sapatos, as meias também. Soltou o botão da calça, desceu o zíper, pensando em como era lento esse processo de se despir na frente de outra pessoa. Nunca tinha reparado. Os olhos de Caê em cada parte nova descoberta, admiração evidente, escancarada, esquentando seu corpo como as chamas de uma lareira.

Raffa estava acostumado com essa reação. Tinha se esforçado muito para ter os músculos esculpidos, para receber aquele olhar.

Para ser desejado. Mesmo assim, seu rosto queimou por dentro, numa alegria que chegava a ser patética. Uma sensação de triunfo que ninguém mais provocava.

Caê recuou sobre a cama quando ele se aproximou, o sorriso aumentando. Um convite e uma tensão difícil de interpretar. Nervosismo? Medo? Do quê?

Ele se deitou e Raffa subiu na cama, sem se incomodar em tirar as calças. Primeiro porque era atraente também o charme do jeans escorregando pelo quadril, o elástico branco da cueca contra a pele bronzeada. E segundo porque aquilo estava ficando estranho.

Sentou-se sobre a virilha dele, uma perna de cada lado do corpo, enchendo os olhos com a imagem, a ereção de Caê visível sob o moletom da calça e o desejo acendendo seus olhos verdes, e segurou a barra de sua blusa.

A reação foi automática: as mãos dele se fecharam em seus pulsos, travando o movimento.

Era até engraçado sentir aquele alarme só por causa de uma pegada mais firme. Só por ver o sorriso de Caê sumindo e sentir a força do toque dele. O pedido de desculpas chegou na ponta da língua, o coração de Raffa disparando, mas antes que ele falasse, Caê soltou seus pulsos. Forçou um sorriso.

— Você não está perdendo nada, bebê. A minha vista é bem melhor.

— O que houve?

— Nada. Relaxa. Não é nada.

Raffa o encarou e endireitou o corpo. Antes que se levantasse, Caê descansou a mão em sua perna e o toque o prendeu como se fosse uma corrente. Um momento longo em silêncio, Caê respirando fundo, deixando os dedos se dobrarem sobre sua coxa no que podia ser um carinho, ou qualquer outra coisa.

— Tá, foda-se — murmurou ele de repente. Então ergueu o torso da cama, tirou a blusa como se arrancasse um curativo e se deitou de novo, olhando o teto.

Era uma rendição, de certa forma. A mesma coisa que vinha fazendo desde que Raffa chegara, cedendo sem luta. Sem confiança também; nada daquilo era prova de qualquer intimidade, só preguiça de se impor. Ou incapacidade. Ou desalento. Reconhecer a derrota antes mesmo de lutar.

Tudo bem. Foda-se mesmo. Era só retomar as coisas, inclinar-se sobre ele e lembrar o que pretendia fazer.

Em vez disso, Raffa ergueu o braço dele.

Tinha um risco fundo, recém-cicatrizado e ainda vermelho no pulso. E, além disso, toda uma teia em relevo na parte interna do braço, tinha um pouco de tudo ali. Manchas escuras na pele fina, com a borda roxa e o centro amarelado. Cortes que tinham fechado mal até perto do cotovelo. Queloides antigos, de anos atrás. Pontos esbranquiçados onde uma agulha tinha passado para fechar aquela merda.

— Porra — disse ele. — Meu Deus do céu.

— Monteiro...

— O que foi isso? Briga de canivete? Não, deixa eu adivinhar, foi no restaurante, não foi? Você é tão incompetente que te deram uma facada cada vez que te demitiram?

Caê não respondeu, olhos fixos no teto. Seu rosto avermelhando, rubor subindo pelo pescoço, e Raffa continuou:

— Ah, vai, vergonha agora? Fala comigo, bebê, de quando é isso? Me explica.

Sua voz estava vindo de longe. E sua mão estava doendo. Um pouco. Era possível que estivesse apertando. Cada dedo ia deixar outra mancha no punho dele.

— Depende — murmurou Caê. — A maior parte faz tempo. Logo some.

Não ia sumir nunca. Eram cortes fundos demais, um deles tomava quase o braço todo. Quantos pontos para fechar aquilo? Quanto tempo? Com a ponta dos dedos, Raffa tocou uma cicatriz mais antiga.

— Queimadura?

Caê engoliu em seco, o pomo de adão se movendo.

— Foi. Esbarrei no isqueiro sem querer.

— Sem querer?

— Se concentra, Monteiro. Você não veio pra isso.

Ah, mas ele estava concentrado. Pra caramba. Raffa tocou o risco maior, acompanhando o traço da veia sob a pele. Aquele era recente, e fez Caê estremecer, e a intenção do corte não podia ser mais óbvia.

Foda-se. *Foda-se.* Problema dele. Raffa não se importava, não tinha razão nenhuma para se importar. Não viera mesmo para isso.

Ainda assim, ouviu-se falando num tom lento, bem pausado.

— Se vai mesmo fazer merda, toma mais meia garrafa. E desliga o telefone.

Caê o encarou, incrédulo.

— Como é?

— Você disse que se daria essa mensagem, se pudesse voltar no tempo. Me explica direito. Como é?

Caê não negou, porque ele nunca mentia. Raffa não era importante o suficiente para merecer uma mentira. O que ele fez foi abrir um sorriso brilhante, quase como antes.

— É bom, não é? Falar cada merda que te passa pela cabeça sem cuidado nenhum? Não é uma sensação ótima?

— Eu é que pergunto. Você disse que tentou ir embora. Do seu jeito. Era disso que estava falando? Você está se divertindo? Tem mais mensagens cifradas, mais merda pra me dizer enquanto eu acho que estamos conversando? Você acha isso *engraçado*?

— Cara — disse ele, para todos os efeitos falando com o teto —, não vou me explicar pra você. Decide o que quer fazer. Eu tenho que trabalhar.

O caralho que tinha, não eram nem três da tarde ainda.

— E você é um profissional tão sério — disse Raffa, a voz macia —, tão esforçado. Eu odiaria te atrasar.

— Vai se foder — começou Caê, mas Raffa não esperou pelo resto. Inclinou-se, peito contra peito, a pele incandescente. Beijou o pescoço dele sem carinho e sem cuidado, chupando com força suficiente pra doer, e que vontade de dar um soco na cara dele. Fechar o punho e recuar o braço, arrebentar seu rosto, para que Caê reagisse com a mesma violência, para que aquilo virasse uma briga de verdade, ódio puro e sincero em vez do medo amargo queimando sua garganta.

As pessoas morriam, Raffa sabia, qualquer um dos dois poderia ter sofrido um acidente naqueles anos todos. Lembrava-se até de rezar por isso nas longas tardes de domingo esperando o começo de outra semana infernal. Sonhando em chegar na escola e descobrir que não lidaria com ele nunca mais.

Quase acontecera. Mais meia garrafa de foda-se o quê e teria chegado na cidade para descobrir por fofoca que ele morrera de propósito. Impossível engolir a ideia, aceitar que Caê tinha chegado assim tão perto da fronteira. Raffa segurou o pescoço dele prendendo-o contra o travesseiro, seus olhos fechados e o coração ecoando nos ouvidos, sua boca ainda no ombro dele e as mãos de Caê em suas costas, as unhas marcando meias-luas nas suas omoplatas.

Ele queria ver sangue. Mesmo sabendo que congelaria se Caê reagisse, que aquela raiva toda se estilhaçaria em alguma coisa muito mais primal, muito ferida em algum canto dentro dele, e não importava, Raffa não sabia controlar a barragem furiosa, violenta, magoada e possessiva. Deixou a mão subir, agarrando o cabelo dourado, forçando-o a virar o rosto, e em troca Caê enfiou os dedos em suas costas, e era isso, era só isso que importava. Não que ele tivesse se machucado por anos, não era problema seu. Não era culpa sua, não era. E, se fosse, não fazia diferença. Raffa nem mesmo *gostava* dele.

As mãos de Caê desceram, forçando caminho dentro da cueca, apertando sua bunda com tanta força que fez Raffa se contorcer. Sua boca na garganta dele, os lábios percorrendo a curva frágil do pescoço, sentindo o pomo de adão se mover, depois em seu peito numa exploração predatória. Usando mais dentes do que a língua, querendo machucar. Suas marcas em vez dos cortes, um sinal de posse. Um castigo que seu inimigo precioso suportou sem reclamar, puxando-o mais perto, prendendo-o com os braços, com as pernas, com cada gemido que escapava.

Raffa podia sentir a ereção dele erguendo uma tenda na cueca. Se tivesse se lembrado de trazer lubrificante, podia sentar nele sem qualquer hesitação, do jeito que não fazia quase nunca, com quase ninguém, mas Raffa não queria se entregar porra nenhuma, não queria se preocupar com ele. Não queria sentir nada. Queria que ele gritasse. Queria beijar sua boca. Queria meter o pau sem preparo e sem cuidado, causar uma dor de tirar o fôlego, queria, pela primeira vez em toda a sua vida, bater de verdade numa pessoa que estava dividindo sua cama, sim, sua, caralho, foda-se que a casa era dele, era sua, a cama era sua, o quarto era seu, Caê era seu e não tinha o direito de fazer aquilo. Raffa queria exigir uma promessa, um juramento, queria protegê-lo, queria acabar com ele.

E queria vê-lo sem defesa. A começar pela cueca. Enfiou os dedos entre o tecido e a pele quente, e Caê ergueu o quadril num movimento automático, deixando-o puxar até os joelhos. Os dois ofegantes, o rosto dele vermelho, o cabelo revolto como se tivessem rolado no chão.

Mas como ele era bonito. Como alguém tão insuportável podia ser bonito daquele jeito, querido daquele jeito, como alguém que ele odiava podia ser tão importante? Esse moço lindo com o rosto suado e olhos embaçados, o peito marcado de mordidas e as pernas abertas, os joelhos presos no tecido de algodão. Os pelos dourados na virilha no mesmo tom de loiro-sujo do cabelo, seu membro duro e firme que Raffa segurou, e o toque arrancou um gemido abafado. Um movimento involuntário, espontâneo, dos quadris se erguendo, buscando mais contato.

— Não vou pôr na boca — disse Raffa, pelo gosto de ser rude. Sua voz rouca, agressiva. — Nem perde tempo pedindo. Caê riu engasgado, cobriu os olhos com o braço.

— Não ia caber mesmo, bebê.

Raffa fechou a mão em concha entre suas pernas, e a ameaça implícita fez a risada sumir. Moveu os dedos, brincando com ele, seus olhos muito fixos.

— Está com medo, bebê?

— De você?

O desprezo quase como antes, quase convincente, mas em seguida Caê estendeu a mão para sua nuca, talvez querendo puxá-lo para mais perto. Pedindo um beijo. Pedindo outra rodada de tortura.

Raffa não se deixou levar. Desvencilhou-se do toque e segurou o braço dele com a mão livre, a ponta de seus dedos na textura áspera das cicatrizes. Um emaranhado miserável de emoções entre eles, um nó que nenhum dos dois sabia desatar.

— Para de pensar — disse Caê então, tão baixo que até sua respiração ofegante soava mais alta do que as palavras. — Só para e me come logo.

— Vou te comer quando eu quiser — rebateu Raffa —, e você ainda não tem lubrificante nenhum aqui, tem? Junta as pernas.

Caê o encarou, tão confuso que Raffa acrescentou:

— Não quero te machucar, seu idiota.

— Meu Deus. Não quer? E eu jurando que essa era a ideia.

— Essa é a ideia, mas não desse jeito. Junta as pernas. — E, quando ele não se moveu, ainda o encarando como se Raffa tivesse três cabeças, ele deu um tapa estalado em sua coxa. — Bem apertado.

Dessa vez ele obedeceu, e Raffa se livrou do jeans e da cueca sem muita elegância, e então se arrependeu de não ter dito a ele para se virar. Assim conseguia ver cada reação refletida em sua face, e isso...

Isso era novidade. Seu coração nunca viera bater na garganta só de ver o rosto de alguém. Sua beleza insuportável, os olhos mágicos e os cílios densos, a boca cheia e quente. A expressão confusa e vulnerável, tão íntima que Raffa não conseguiu sustentar o olhar.

Escondeu o rosto no pescoço dele, então. Os quadris subindo e descendo, seu pau entre as coxas grossas dele, e todo o cuidado de Caê para não apertar demais nem de menos, para satisfazer seu gosto sem instrução nenhuma, e então alguma coisa estava mudando de novo, no meio dos pulsos de prazer elétrico correndo suas costas. Sua boca aberta, lambendo o suor salgado no pescoço dele. As mãos de Caê em seus ombros, segurando seu cabelo sem puxar. E aquela corrente de alta voltagem acendendo suas veias, iluminando o corpo todo.

Raffa enfiou a mão entre os dois, segurou o pau dele de novo, sentiu Caê se contorcer, e a explosão do orgasmo escureceu o mundo. Raffa desabou sobre ele e Caê fechou os braços ao seu redor, e não tinha nada além do calor suado e da respiração descompassada, alta demais, entre o pescoço dele e sua boca.

17.

Quanto tempo levou até sua cabeça reiniciar o sistema, Raffa nunca saberia. O corpo mole, relaxado. Ele quis rolar para o lado e Caê o segurou com mais força.

— Você vai cair.

Ah, sim. Estava numa cama de solteiro. Pelo menos Caê soou tão estonteado quanto ele se sentia. Lisonjeiro.

Que coisa estranha, deitar em cima dele. A cabeça frouxa em seu ombro, os braços de Caê sobre suas costas. Com esforço, Raffa ergueu a mão, cansado como se tivesse atravessado uma piscina olímpica, tocou a garganta dele com a ponta dos dedos. Caê virou o rosto de leve, a boca em sua testa.

Não chegou a ser um beijo. Um toque dos lábios tão delicado quanto o seu. Os dois ficaram quietos, suor esfriando na pele.

Caê se moveu primeiro, depois de um longo tempo. Virando com cuidado, desvencilhando-se. Sentou-se na cama, os pés no piso de madeira, deixando Raffa deitado. Correu os dedos pelo cabelo num gesto bem menos casual do que provavelmente gostaria.

— Vou tomar banho — murmurou, e não se mexeu.

Raffa devia tomar também. Qualquer hora dessas. Suas pálpebras estavam pesadas.

Num esforço sobre-humano, ele se sentou. Esfregou o rosto, tentando dissipar o cansaço.

Caê o encarou e apertou os lábios quando Raffa segurou seu pulso.

— Monteiro...

— Não faz isso. Nunca mais.
— Relaxa — disse Caê, afastando o braço.
Agora não era só a massa de cicatrizes decorando seu corpo. Seu peito estava todo marcado, parte do pescoço também. O cabelo bagunçado, os olhos desguardados.
Raffa deixou a mão cair. Quando teria imaginado, na época da escola, quando teria passado pela sua cabeça que...
— Não — disse Caê, tenso de repente, um sorriso trêmulo curvando a boca. — Por favor. Espera mais um minuto pra lembrar que me odeia. Só mais um minuto. Só dessa vez.
— Eu não... — começou Raffa, e parou.
Não tinha como completar a frase. Não odeio? Não ia lembrar? Não tinha esquecido?
Caê esperou um segundo. Então baixou a cabeça e foi para o banheiro. Em seguida, Raffa ouviu o chuveiro.
Devia se levantar também, pelo menos abrir as janelas para arejar o quarto, mas estava tão difícil sair da cama. Que, aliás, nem mesmo era confortável. Tinha alguma coisa errada com aquele colchão, macio demais, ou muito fino. Caê devia trocar. Ia dar dor nas costas.
Ele precisava ir embora.
Se ficasse, aquela calma frágil se dissiparia, daria lugar à raiva de sempre e, sim, ia lembrar que o odiava. Melhor partir.
Ele queria ficar. Queria com a teimosia de uma criança pirracenta, não queria ir embora, era a primeira certeza desde que pisara em Dorateia, talvez a primeira em muito tempo. Queria ficar com ele mais meia hora. Dez minutos. O tempo de vê-lo de mangas compridas, só isso. Inteiro e indiferente, um ar sonolento nos olhos verdes.
Raffa se deitou de novo e deixou a cabeça afundar no travesseiro. Tateou pelo chão, puxou a coberta. Tudo ali tinha o cheiro dele, lençol e cobertor e o travesseiro que amassou e dobrou no meio para erguer mais a cabeça, sentindo vontade de se encolher.

De não pensar em nada além do piso de taco brilhando na luz filtrada pelas cortinas. O chuveiro abafado atrás da porta fechada. Suas pálpebras se fechando por um tempo cada vez mais longo, esticando as piscadas.

— Já levanto — murmurou quando ouviu passos. Sem abrir os olhos. — Só um segundo.

Caê respondeu alguma coisa, sua voz distante demais para ser decifrada. E a próxima coisa que Raffa sentiu foi a mão dele afastando seu cabelo da testa. Os nós dos dedos no rosto.

— Desculpa, bebê, tenho que ir trabalhar.

Raffa teve que se esforçar para abrir os olhos, um sono pesado enchendo sua cabeça de algodão. Tateou, atordoado, buscando o interruptor do abajur, mas a cama acabou antes do que deveria e Caê segurou seu ombro.

— Você está fazendo questão de cair — disse ele tranquilamente. — Sua cama é de casal?

— Eu dormi?

Agora a janela estava aberta e mesmo assim o quarto estava escuro. Caê era uma sombra densa, mal iluminada pela pouca luz da rua.

— A tarde toda. Eu te deixaria ficar, mas você ia levar um susto quando acordasse completamente grogue no meio da noite.

Ele estava completamente grogue agora. Caê tinha sentado na beira da cama para acordá-lo com aquele toque amigável, até carinhoso. Raffa teria esperado um tranco, se fosse esperar alguma coisa. Água gelada na cara. Era o mínimo que estava merecendo.

Ele se sentou e tentou achar o que responder, mas seu cérebro estava parado. O máximo que conseguiu foi:

— Ah.

— Vai lavar o rosto — disse Caê, levantando-se, e mesmo no escuro dava para adivinhar seu sorriso. — Eu te deixo no hotel.

Raffa obedeceu com esforço. Inacreditável que tivesse dormido sem sonhos, por... cinco horas, quase?

Ele murmurou um palavrão quando apertou o interruptor e a luz não acendeu. Como alguém vivia daquele jeito? Molhou o rosto até sentir que conseguiria pelo menos andar numa linha reta e foi para a sala.

Caê já estava lá, pronto para sair. E tinha, pelo jeito, desenvolvido a capacidade de enxergar no escuro.

— Vai descalço mesmo, bebê?

Raffa nem respondeu. Voltou para o quarto e teve que tatear para achar os sapatos e a jaqueta. Quando finalmente se ajeitou, a porta da frente estava aberta, e seu anfitrião, fumando lá fora. O único poste da rua estava longe demais para fazer muita coisa, e seu cabelo parecia mais claro, quase branco. Um lindo fantasma, ele ali no jardinzinho, com a camisa de punho fechado e o colete riscado. Recomposto.

— Não era minha intenção dormir tanto — disse Raffa com cuidado. — Acho que eu estava com sono.

Caê trancou a porta e enfiou a chave no bolso, depois abriu o portão, deixando-o passar. Só então respondeu:

— Não tem problema. Você fica bonitinho dormindo.

— Você não está entendendo — começou ele, mas como explicar os pesadelos? A insônia de anos?

Que com certeza voltaria agora, depois de dormir a tarde inteira. Raffa esfregou o rosto, uma frustração estranha, envergonhada, queimando o peito. Os olhos pesando, ainda por cima. Vontade de voltar para a cama.

Que inferno.

Os dois caminharam em silêncio, o ar frio limpando um pouco as ideias. Estrelas se acendendo uma a uma, na medida em que a vista se habituava à escuridão.

Quando passaram pela praça, Caê não parou na frente do Fontana, disposto a seguir com ele. Raffa quase disse que não precisava se dar ao trabalho, que podia chegar no hotel sozinho.

Quase.

Não estava olhando o caminho, a atenção dividida entre o chão onde pisava e seu acompanhante. O brilho da brasa do cigarro, o rosto dele sombreado. Com isso, quase entrou na rua errada. Sem palavras, Caê o segurou, virando-o de volta para o hotel num gesto tão natural, a mão quente e firme em sua nuca, conduzindo-o, apertando de leve antes de soltar, e Raffa pensou — a coisa mais idiota, mais irracional do mundo — que gostaria que ele não tivesse soltado ainda.

Um minuto depois, estavam na frente da entrada luminosa do hotel.

Qual era o jeito de se despedir? Um abraço? Um aperto de mão?

— Você tem celular — disse Raffa. — Me dá seu número.

Caê ergueu as sobrancelhas. Raffa sustentou seu olhar sem ceder, e, por fim, Caê encolheu os ombros.

— Posso dar, mas está sem crédito há meses. Só uso pra despertador.

— Não tem problema. Eu carrego pra você.

— Claro que não, Monteiro.

— Ia facilitar a sua vida. De repente você precisa falar com o Fontana. Ou precisam falar com você.

— Estou lá quase todo dia. Eles me acham.

E pelo jeito você também, Caê não disse. Raffa tentou pensar em alguma desculpa, e não lhe ocorreu nada.

— Por favor. Só dessa vez.

Caê puxou o celular do bolso e estendeu para ele, sua expressão calma e o gesto irritado.

— Vou me arrepender, não vou?

— Vai. Com certeza.

— Já te adianto que desacostumei de olhar, e nem pego nele no trabalho. Se você mandar qualquer coisa, vou demorar pra ver.

Raffa não respondeu.

Caê devia ter comprado o modelo mais barato anos atrás, e nunca se dera ao trabalho de trocar. Era tão diferente do seu, que Raffa teve que pesquisar o jeito de carregar aquela pedra inútil, e, nesse meio-tempo, Caê acendeu outro cigarro, mudando de posição para que ele não ficasse contra o vento.

Ainda teve que decidir quanto de crédito ia colocar, porque não fazia ideia do que consistia em um valor razoável. Dez reais? Cem? Seria embaraçoso perguntar, então ia por qualquer coisa no meio do caminho e se fosse pouco, azar, e se fosse muito, azar também.

— Pronto, bebê?

— Sim. De nada, o prazer foi meu — murmurou Raffa quando o celular voltou à vida em sua mão.

Não era sua intenção xeretar meses de mensagens atrasadas, mas foi impossível não bater o olho. Notificações se atropelando, o número de chamadas subindo enquanto uma prévia de cada texto subia na tela, desaparecendo rápido demais para que pudesse ler.

Uma chamada não atendida, duas, três, quatro, cinco, depois pulou para dez, depois para vinte, depois para cinquenta. Os textos quebrando em *onde você está, já são seis e... atende, preciso falar com vc... por favor, confirme sua presença, essa é a última... precisamos que esteja aqui em dez minutos ou... A mesma coisa, vezes e vezes. Atende, onde vc está, atende, onde vc está, atende atende atende Carlos atende essa porra ou eu...*

Raffa esperou até a avalanche terminar, ligou para si mesmo para registrar o número nos dois aparelhos e não conseguiu nem digitar seu nome.

Foda-se, Caê podia fazer isso depois. Ele estendeu o telefone.

Sua mão estava tremendo.

— Acho que seu chefe te procurou.

A última mensagem era de Ricardo.

Caê arrancou o celular de sua mão, então revirou os olhos, aliviado e irritado ao mesmo tempo.

— Puta que pariu, Monteiro, não faz isso, pensei que tinha feito alguma besteira. É de dois meses atrás.
— Dois meses — repetiu Raffa. — Foi naquela noite? São de quando você...
Como terminar essa frase?
Caê murchou um pouco. Cansado, conformado.
— Sim. São de quando eu.
Impossível não olhar seus braços. Ainda que a manga comprida escondesse as marcas.
— Você desligou o celular.
— Sim. Depois de um certo ponto.
— Que ponto?
Ele ficou quieto.
— Me conta — insistiu Raffa. — Como foi? Por que você fez isso?
— Qual parte, desligar o telefone? Desligar o telefone *depois* que já tinha alguém preocupado comigo? O show inteiro? O que você quer saber?
O tom não chegava a ser agressivo, só muito direto, sem vida. Indiferente. Difícil de decifrar.
— Tudo. Me conta como foi.
— Monteiro... agora eu vou te pedir um favor.
Raffa esfregou o rosto, angustiado.
— Se for pra eu ir me foder, não precisa perder tempo. Não estou perguntando pra te perturbar, eu só...
— Não esquenta a cabeça com isso. Não se preocupa. Você só tem mais uns dias aqui. Não começa a me olhar diferente.
— Diferente do quê? Como eu te olho?
— Deixa — murmurou Caê. — Agora tenho mesmo que ir ou vou me atrasar.
Estava ficando um pouco mais fácil de perceber a tensão dele, mal escondida atrás da calma forçada, uma subcorrente de medo, de... alguma coisa. Os dois ali parados sob as luzes da fachada do hotel, imersos naquela energia estranha.
— Como eu te olho? — insistiu Raffa.

— Você está bravo comigo — disse Caê, com esforço para falar, botar as palavras pra fora. — Eu sei disso.

— Não é questão de...

— Você está bravo — repetiu ele. — E tudo bem. Você é o único aqui que me conhece, o único que lembra, que sabe que eu já fui mais do que isso. Eu só não queria perder tudo ainda, por mais que... É idiota, eu sei. Ninguém gostava da pessoa que eu era. Você menos ainda, e não tinha mesmo como gostar, mas pelo menos o que você sente é verdadeiro, não só... deixa eu fingir mais um pouco. Que você se importa. Que não é só pena, que...

Ele parou, desalentado, como se tivesse perdido algum tipo de batalha. Então forçou seu sorriso de atendimento ao público. Vazio e cordial.

— Deixa. Nem sei o que estou dizendo. Boa noite.

— Boa noite — murmurou Raffa, automaticamente, por falta de qualquer outra resposta.

Ficou parado na rua, vendo Caê se afastar.

18.

A primeira coisa que Raffa fez ao entrar no hotel foi tomar um banho de quarenta minutos.

Não era para levar tanto tempo, mas o chuveiro era quase tão bom quanto o que instalara em casa, e a água quente bateu na cabeça e nos ombros como se fosse uma massagem. Ele se deixou ficar, o corpo dolorido, os olhos ainda pesados.

Caê já tinha sido mais que isso, sim. Muito mais que o perdedor silencioso que faltava demais ao trabalho. Quem melhor do que Raffa para lembrar-lhe dos anos de glória? Cada façanha dele estava gravada em sua pele.

Não é isso, pensou. *Não foi isso que ele quis dizer.* Óbvio. E, ainda que fosse, qualquer coisa era melhor que a indiferença. Sua raiva, a amargura, a vingança, as visitas inexplicáveis. O sexo. Caê devia estar desesperado, depois de anos sendo invisível. O pária da cidade.

Raffa entendia. Antigamente, Caê não tinha problema nenhum em ser visto. A que grau de desespero devia ter chegado para se esconder de todo mundo, fugir dos olhares, esconder as cicatrizes, fingir até o último segundo que estava tudo bem? Pedir para um velho inimigo que não sentisse pena?

Raffa não queria mesmo sentir. Nem pena nem... que nome tivesse aquela sensação estranha, empatia, compaixão, foda-se, aquela coisa que fazia o ressentimento se esvair como areia, cedendo lugar para um medo furioso e proprietário que não tinha qualquer direito de sentir.

Quando saiu do chuveiro, enrolou a toalha na cintura e quis deitar como estava. Melhor não. Acabaria se arrependendo caso molhasse a cama onde ia dormir. Deixou o corpo cair na poltrona, sua cabeça inclinada sobre o encosto. Os olhos no teto.

O rosto dele afogueado, o corpo arqueando na cama. Calor subindo entre as pernas. O que aconteceria se ligasse agora? Se voltasse lá e abrisse mão de seu orgulho e o beijasse de verdade, sem aviso, sem pedir licença. *Não faça mais isso. Por favor, não faça isso nunca mais.*

Que merda.

Muitas imagens na cabeça, então, retalhos de lembranças, de conversas. Um menino escrevendo uma carta em italiano, prendendo a língua entre os dentes do jeito que Raffa sabia que ele costumava fazer quando se concentrava. O adolescente cínico e agressivo de suas memórias. Um rapaz sentado no corredor do hospital, atordoado demais para raciocinar, olhando o velho Bevilacqua como se fosse o pai que ele queria ter. Um homem sozinho numa noite como essa, sentado no chão do banheiro, segurando uma lâmina enquanto seu celular tocava, e tocava e tocava.

Era tão insuportável que, pela primeira vez, Raffa quis se lembrar daquele encontro na piscina. Recuperar a raiva, a mágoa com a traição inexplicável. Argumentar consigo mesmo, obrigar--se a entender que aquilo não influenciava em nada, não mudava nada, não justificava nada. Caê não tinha o direito de ter feito o que fizera, sofrer depois não justificava...

Mas quem estava falando de justificar? Pela primeira vez, a lógica fria e concreta estava falhando, o julgamento entrando em colapso. Raffa também tinha feito merda naquela noite, não tinha? Estava sozinho em seu quarto, vendo da janela um resto de lua minguante prateando o céu escuro, e seguro ali, distante, podia reconhecer pelo menos para si mesmo a culpa corrosiva, tão mesclada com o ressentimento que ele não sabia mais separar as coisas.

E tudo isso — o certo, o errado, o justo e o razoável — estava perdendo a importância. A culpa que não sabia resolver, a raiva que não podia superar, contra a vontade desesperada de perdoar de uma vez e começar tudo de novo. Dois meninos se encarando na esquina da escola com um futuro inteiro pela frente.

Ele levantou, deixando a toalha como estava. Caçou a bermuda do pijama no guarda-roupa, contemplou a ideia de tirar mais fotos, nem que fosse para se distrair. Lindo no meio de uma crise de nervos. Blanca ia aprovar.

E era bem capaz de funcionar. Raffa gostava muito mais das fotos em que estava sério.

Em vez disso, ele se enfiou debaixo do edredom, sabendo que não ia conseguir dormir por mais que o corpo pedisse. Apagou a luz, deixando a cabeça rodar na eterna irritação da insônia.

E, quando finalmente pegou no sono, o pesadelo voltou.

Suas braçadas na piscina, indo e vindo. Os olhos ardendo com o cloro. Os passos ecoando no piso de cerâmica.

Raffa parou de nadar, olhando para cima. Caê sorriu para ele, segurando suas roupas.

— Isso aqui é seu? Achei por aí, será que esqueceram? Vou levar comigo então. Amanhã procuro o dono.

O medo, o coração disparando. O sorriso dele aumentando, os olhos mais frios do que jamais tinham sido, e então Caê estava dentro d'água e eles estavam brigando.

Isso acontecera.

Não desse jeito.

O punho fechado arrebentando seu nariz, o olho inchando, pedaços de dente revirando dentro da boca. Raffa devolvendo cada soco, vendo Caê cuspir sangue na água, e então segurou o cabelo dele e afundou sua cabeça.

Caê se debateu, e Raffa afundou também, emergiu de novo e não soltou. Caê lutou submerso, as mãos agarrando seus braços e Raffa não soltou, as unhas entrando na carne, chutando suas pernas e sua virilha e sua barriga, e Raffa não soltou, os gestos dele perderam força e Raffa não soltou.

Então Caê parou de se mover, frouxo dentro d'água, e só aí Raffa abriu os dedos, horror explodindo no peito, e o cabelo loiro flutuou como algas, o rosto para baixo, o corpo inerte, então Raffa estava gritando, e então estava no hotel, em seu quarto, na sua cama, na penumbra da cortina entreaberta.

Seu rosto estava molhado.

Ele se sentou. Tentou puxar o fôlego, e a respiração deu um tranco, como se tivesse chorado. Tateou o colchão até achar o celular e ligou sem pensar.

Caê atendeu no terceiro toque.

— Só me fala que está tudo bem — disse Raffa, sem esperar um alô. — Que você está bem, só isso. Como foi no trabalho? Me diz que está tudo certo.

Pausa.

— Sabe que eu não tenho seu nome salvo — disse Caê, com uma serenidade revoltante. — Aparece só um número de São Paulo.

Raffa riu, e sua risada soou tão estranha que doeu no ouvido. Apertou os olhos com o punho fechado.

— Foda-se, você não precisa saber quem é, só responde sim ou não, eu não estou...

— Eu sei quem é, Monteiro, não seja idiota. Eu que pergunto, está tudo bem? Você bebeu?

— Não. Posso ir aí?

— Você viu que horas são?

Raffa conferiu. Eram oito da manhã. Tinha dormido duas horas e meia.

Isso feria tantas regras daquele jogo estranho, daquela coisa inexplicável entre eles. O que ia dizer? *Quero olhar para você, quero saber que está tudo certo, quero pedir desculpas, quero ir embora, quero ficar, eu quero tanto, tanto ficar.*

— Não consigo dormir direito — murmurou ele. — Ou tenho insônia ou tenho pesadelos, e o único lugar em que dormi bem na última década foi na sua casa. Me leva no mirante. Você ofereceu.

Caê ficou quieto, depois suspirou, mas sem impaciência. A respiração funda, repuxada, de alguém se sentando na cama e esfregando os olhos. Tentando acordar.

— Quer que eu te pegue aí, bebê?

— Não. Não precisa. Eu vou, posso... Quer que leve alguma coisa?

— Café. Mas não precisa pedir, só se tiver. Não perturba ninguém.

Raffa ia perturbar, sim, mas Caê não precisava saber disso.

— Chego nuns quinze minutos.

— Até já — respondeu Caê, e desligou. E Raffa ainda ficou alguns segundos na mesma posição, olhos fechados, o celular contra o ouvido, antes de conseguir se levantar.

19.

No fim das contas, nem foi necessário perturbar ninguém. Não mais do que o normal. O restaurante estava aberto. Feita a cesta de café da manhã, ele saiu, a vergonha inevitável fechando a garganta. Era difícil organizar o passeio na cabeça. Programar os próximos passos. Difícil organizar qualquer coisa, na verdade, pensar no que dizer, que cara fazer, coisas que Raffa, tão acostumado a controlar a voz e a expressão, geralmente fazia sem pensar. Seu teatro não funcionava com Caê.

Quanto tempo as pessoas passavam num mirante?

Caê abriu a porta antes que ele tocasse a campainha. Era tão plausível que ele abrisse os braços, que Raffa risse e escondesse o rosto em seu ombro, patético e carente, pedisse para dividir sua cama como se fossem namorados de anos.

Tão simples.

— Você vai assim? — perguntou Raffa.

Assim, no caso, era com a calça puída, os pés descalços e um moletom de mangas compridas.

Caê bocejou sem cobrir a boca.

— Bom dia pra você também. Cadê meu café?

Raffa puxou um dos copos maiores de dentro da sacola. Caê o tirou de sua mão, entrou em casa e sentou no braço do sofá. Bebeu metade como estava, sem adoçar. Olhos fechados. Depois ofereceu para Raffa, que fez que não em silêncio. Depois tomou o resto.

Então foi se trocar.

Raffa esperou na sala, os olhos parados no sofá gasto. Espuma amarela escapava por um rasgo, escondida em outro ponto por fios de costura prestes a arrebentar. Pensou em se sentar, pousar a sacola no chão.

Mais fácil se deixar como estava.

Caê voltou usando um par de jeans gasto, com outra de suas blusas de manga longa fechadas no punho. Estendeu a mão.

Quando Raffa não reagiu, ele pegou a sacola assim mesmo.

— Tem certeza de que quer andar? Se quiser dormir...

— Não. Acho que nem consigo. Se agasalha mais, está frio pra caramba lá fora.

— Não tem problema.

Os dois se encararam até que Raffa perdeu a paciência e tirou a jaqueta.

— Assim você vai passar frio — apontou Caê, o que não era verdade, porque ele vestira uma blusa de lã por baixo, talvez pensando nisso, talvez por coincidência, talvez por qualquer motivo idiota no qual não queria pensar. — Estou acostumado.

Raffa o ignorou. Colocou a jaqueta sobre seus ombros num gesto quase brusco, tão natural que chegava a ser possessivo, segurando os dois lados até fechar em seu peito.

— Não está nada — respondeu. — Frio é sempre frio.

E fechou o zíper sem esperar que ele encaixasse os braços. Deixou-o para se libertar sozinho enquanto abria a porta.

Caê o alcançou xingando, e os dois foram para o mirante.

Caê não explicou o caminho e Raffa também não perguntou, satisfeito em acompanhá-lo.

Não era longe. Passaram por uma rua que, se sua localização estivesse correta, era paralela à do hotel, e bem mais comprida. Depois começaram uma subida discreta, que ficou íngreme aos poucos.

Levou uns vinte minutos num calçamento de pedra serpenteando morro acima. O tal do mirante era um belvedere no topo do aclive, construído com muito carinho depois que ele deixara a cidade, porque Raffa nunca tinha ouvido falar daquilo enquanto morava lá. Uma escadinha de meia dúzia de degraus levava à parte mais alta. Ali, tinham colocado um pavimento de concreto com dois bancos de cimento, e um poste de luz, no momento apagado por motivo de ainda não serem nem nove da manhã.

A vista era fantástica. Isso até ele admitia, seus olhos nublados percorrendo o tapete verde das vinícolas.

Caê se sentou, ajeitando a sacola com cuidado ao seu lado no banco. Raffa se acomodou junto dele.

— Eu queria saber... — começou ele, e parou. Tantos jeitos de terminar aquela frase. *O que estou fazendo aqui, o que você está fazendo aqui. Por que tudo teve que ser desse jeito?*

— Toma seu tempo — murmurou Caê depois de alguns segundos. Ele encontrou uma caixinha com duas fatias húngaras e seu rosto se iluminou. — Vou chutar que você não vai comer pão com leite condensado e pegar isso aqui pra mim.

— *Bon appétit.*

— *Merci,* bebê. Mas sério, não quer mesmo?

— Tem alguma coisa aí com ricota, se não me engano. Pego daqui a pouco.

Era uma sensação peculiar a de ver Caê se divertir com a comida de hotel. Dava vontade de se virar para ele, assistir a seu deleite com os doces, perguntar se ele já tinha provado aquilo antes.

Claro que tinha. Raffa sabia disso. Caê conhecia hotel, conhecia avião, conhecia o mar, conhecia o mundo. Férias de julho em Orlando, férias de janeiro na Riviera Italiana. Não havia muito que Raffa pudesse lhe mostrar que ele não tivesse visto.

— Me conta como foi — disse então.

Afinal, rodeios para quê?

Caê ainda estava vasculhando a sacola, procurando guardanapos, e ergueu os olhos.
— Me explica o motivo disso — insistiu Raffa.
— Isso o quê?
Agora ele estava ganhando tempo. Raffa segurou seu pulso, o polegar deslizando sobre o punho da jaqueta numa carícia que se perdeu no tecido.
Caê não afastou a mão.
— Monteiro. Pra que você quer saber? Que diferença faz? — Seu tom soou conformado, sem surpresa. Como se estivesse só esperando a pergunta.
— Não sei. Não sei de nada, mas vou embora depois de amanhã, e não sei se volto aqui de novo, e...
— E eu não vou a lugar nenhum — completou Caê. — Então esquece isso. Não é problema seu.
Mudou de posição no banco e com isso tirou a mão de seu alcance, num gesto tão discreto que pareceu casual. Ele mordeu a fatia húngara, lambendo o coco ralado dos lábios em seguida.
Raffa se obrigou a desviar os olhos.
— As coisas estavam difíceis? Falta de dinheiro?
— Não. Não foi falta de dinheiro, e as coisas não estavam difíceis. Não mais do que o normal. Você quer mesmo falar sobre isso?
Se você puder, pensou Raffa. Se quiser falar comigo, se não for te machucar demais. O cabelo dourado dele flutuando na água, o corpo inerte boiando...
O que Raffa disse foi:
— Quero. Por favor.
— Às vezes me pergunto o que você está fazendo. Não agora, mas em geral, sabe? Na cidade, com a sua vida, comigo. Se quer falar no assunto, vamos falar no assunto, bebê. Eu também não queria ir no cemitério e fui, certo? Você se importa se eu fumar?

Ele limpou o doce dos dedos na calça, escavou o cigarro de algum bolso sob a jaqueta, acendeu num estalo sem esperar resposta. Guardou o isqueiro e quis se levantar, mas, antes que pudesse, Raffa o segurou. A mão em seu ombro, prendendo o tecido felpudo da gola.

— É só pra fumaça não ir na sua cara — disse Caê, irritação crescendo na voz. Se é que era irritação.

Raffa não soltou.

— Pode deixar. Se ficar ruim eu levanto.

— Eu não falo disso com ninguém. Nunca falei.

— Eu sei.

Caê o encarou, e dessa vez Raffa baixou os olhos. Ainda virado para ele, ainda o segurando pela roupa.

— Tudo bem — disse Caê então, puxando fôlego. Virou-se para a paisagem, sentado no banco como se estivesse sozinho. — Por que não? Pode pensar nisso quando quiser se sentir melhor. Eu comentei das minhas idas e vindas no Fontana, certo?

— Comentou.

— Pois é. Fontana del Vino, o único lugar que te demite por justa causa e depois te contrata de novo. Eu tinha saído antes, nem lembro por quê, e então... — Ele deu uma tragada, soltando a fumaça lentamente, encarando o desenho esbranquiçado se desmanchando no ar. — Na verdade, a história começa antes. Faz muito, muito tempo que faço isso. Os cortes, digo, antes da minha mãe morrer, acho. Não, não acho, eu sei. Mas é tão diferente assim do que todo mundo faz? Todo mundo se machuca. Meu jeito só é mais literal.

— Se você diz — murmurou Raffa.

Caê sorriu.

— Eu me lembro da primeira vez. Não do motivo, mas talvez fosse mesmo dinheiro. Só eu trabalhava, acho que tinha perdido o emprego, ou não tinha conseguido um ainda, sei lá, faz tempo. Eu precisava contar pra ela e não tive coragem. E não contei.

Voltei tarde e, no dia seguinte, saí mais cedo pra tentar de novo, e lembro que ia me barbear, e na hora eu estava com tanta raiva. De tudo. Dela, de mim mesmo, da vida, dessa merda toda, e foi um alívio tão grande. Como se abrisse uma panela de pressão.

Raffa não disse nada. Por um momento, Caê também não. O sorriso maior, mais vazio.

— Depois ela morreu, eu te contei como foi — retomou ele. — E daí teve a negociação lá da marca e as coisas melhoraram um pouco, mas depois o dinheiro acabou de novo e comecei a trabalhar no Fontana. O velho Bevilacqua fez uma pressão lá pra me contratarem, e o Rick também me deu um monte de chances, mas era... do jeito que eu comentei. E teve idas e vindas e idas e vindas, e às vezes eu tentava outra coisa, às vezes só esperava bater o desespero e voltava. E de vez em quando pegava a gilete. E vai acumulando. Se você rasga qualquer coisa muitas vezes, uma hora vira um farrapo, mas eu sempre paro rápido. Tanto que nunca fui pro hospital por isso. Eu mesmo limpava em casa depois, fazia um curativo. Estava tudo sob controle.

Não era nem remotamente como Raffa teria descrito a situação, mas não contestou. Sabia, sem precisar perguntar, que era custoso para Caê falar daquele jeito. Achar as palavras e deixar que saíssem de sua boca, e manter aquela calma. Era o tipo de história que só se contava uma vez, se Raffa interrompesse agora, não ia haver uma segunda chance.

Caê cansou do cigarro. Apagou no chão, dobrando o corpo para esfregar a brasa no calçamento, e guardou o resto em sua caixinha, segurando-a mais um tempo longo nas mãos.

— E daí eu deixei o Fontana de novo, sei lá por quê. Alguma briga que na hora pareceu muito importante. Ou eu tinha feito alguma merda e o gerente me xingou, e achei que não tinha que aguentar aquilo. Esse tratamento. E saí. De onde eu tirei essa ideia? Nem tinha grana nenhuma guardada. Por que achei que não precisava aguentar? — A voz ainda calma e as mãos muito tensas, segurando a caixinha com força. Controlando o tom e o toque para não entortar o metal. — Enfim, daí fiquei desesperado, depois que deu tempo de raciocinar. Chegou uma hora que estava sem dinheiro e não tinha luz, não tinha comida na casa, não tinha porra nenhuma, e todo mundo aqui me conhece, não iam me contratar pra nada com a minha reputação. Acho que me machuquei algumas vezes também por essa época, mas, como eu disse, sempre sei a hora de parar. Você devia ter vindo mais cedo, ia se divertir de verdade. Pensa só, não foi legal me ver te servindo? Três meses antes e eu teria te pedido pra me tirar daqui. Ou pra me arrumar um emprego.

— E eu teria arrumado — respondeu Raffa. Seco e direto. Foda-se não falar nada, isso ele não deixaria passar. — Você sabe que eu teria.

Caê olhou para ele, surpreso. Então desviou o olhar.

— Eu acredito. No fundo, você não mudou nada. Mas ia me fazer implorar primeiro e você também sabe disso.

Um golpe inesperado, esse, para o qual ele não tinha se preparado. Raffa sentiu o rosto queimar, uma brasa apagada acendendo novamente, a chama vermelha subindo.

— Será que eu ia mesmo, Caê? Se você me pedisse ajuda, em vez de fingir que nada aconteceu?

Uma pausa longa, então, para responder à pergunta mais complexa do universo.

Por fim Caê disse, ainda olhado a caixinha de cigarro.

— Não foi minha intenção fingir. Não era isso que eu estava fazendo.

— Meu Deus. Não muda de assunto. O que eu quero dizer é que você não merecia passar por essa situação toda e devia ter recebido alguma ajuda, alguém devia ter...

— Não. Ninguém tinha obrigação de nada. Nunca pedi pra passarem a mão na minha cabeça. Em todas as vezes que voltei, assumi meus erros e nunca joguei pros outros obrigação nenhuma.

Claramente era um ponto de orgulho para ele. Pelo tanto que valesse.

— Pois *devia* — insistiu Raffa —, ou deviam ter oferecido, ou...

— Sabe o mais engraçado? — interrompeu ele. — Se isso tivesse acontecido antes, ou se eu soubesse que você ia voltar, falar comigo, tudo que a gente fez nesses dias, acho que não teria tentado. O que não quer dizer que você tinha alguma obrigação, não é isso, é só que eu tinha tanta certeza de que não ia acontecer mais nada. De que era só aquilo. E se tivesse imaginado que em três meses, seis, um ano, foda-se, se tivesse me passado pela cabeça que ia te ver de novo, que as coisas ainda podiam mudar...

Deixou a frase sem final, pendendo no ar frio, e Raffa não soube o que dizer. Mal sabia o que sentir.

— Continua — murmurou ele então, depois de um momento.

— Você voltou no Fontana, imagino.

Caê piscou algumas vezes, como se tivesse acabado de acordar. Clareando a vista.

— Voltei. Claro que voltei. E acabei implorando do mesmo jeito. Pedi pra me deixarem voltar e foi todo um circo, porque o gerente não queria, e eu nem culpo o cara, também não ia querer, no lugar dele. Então chamaram o Ricardo pra dar um veredicto, ele conversou comigo, perguntou se eu queria mesmo ficar. Se ia, sei lá, seguir os valores da firma.

Raffa podia imaginar a cena. O mesmo olhar sincero, a mesma voz amigável que Ricardo usara com ele no estacionamento ao falar das ligações de Amanda.

— E o que você fez?

— O que eu ia fazer? Baixei a cabeça e jurei que sim, pedi desculpas e prometi me comportar. Consegui meu emprego de volta. Só não foi a coisa mais humilhante da minha vida porque a competição nesse ponto é acirrada.

— E é por isso que você diz que ele é gente boa? Pelo emprego?

Não parecia nem remotamente suficiente, mesmo que Raffa não soubesse explicar o que Ricardo deveria ter feito. Alguma coisa. Qualquer coisa.

Caê o olhou de lado. Ignorou a pergunta.

— É uma merda isso de te darem bronca e você ter que engolir quieto. Acontece um pouco no hospital também, acho que pensam que você devia ter aguentado, feito mais esforço. Que devia ter vergonha. Eu tinha. Eu sinto uma vergonha enorme *há anos*.

Ele pegou outro cigarro, chegou a abrir o isqueiro, interrompeu o gesto antes de acender. Um movimento confuso, como se as mãos se movessem por conta própria, enquanto a boca seguia naquele tom casual.

— Mas isso foi depois. Como estava dizendo, voltei pro trabalho, e trabalhei naquela semana, e estava tudo resolvido. Tudo ótimo, minha vida finalmente dando certo. E daí, na sexta-feira, eu fui pro Fontana e nem cheguei a entrar. Voltei pra casa, e foi isso. Nessa noite.

Raffa o encarou. O rosto de Caê estava recortado contra um céu gelado. Frágil e bonito como um sopro de fumaça.

— Cara, mas por quê? Se estava tudo bem, se você...

— Porque estava tudo bem. Era o ponto mais alto da minha vida em anos, e nunca ia ser melhor que aquilo. Eu ia fazer a mesma coisa, no mesmo lugar, com as mesmas pessoas, tudo de novo, morando de favor, num trabalho que me deram por pena e que não tem nem a porra da dignidade de vir do meu esforço. Você lutou pelo que queria. Eu só pedi por caridade. — A voz dele tremeu e Raffa fechou uma mão na gola da jaqueta, como se Caê fosse levantar e ir embora, como se fosse sumir.

— Mas se te contrataram é porque...

— Ah, cala a boca, Monteiro, você também acha, e eu não tenho saco pra mentira. Eles tentaram dar uma força, depois que saí do hospital. Todo mundo veio me perguntar se estava tudo bem, gente que nunca tinha falado comigo, que sempre me evitou, querendo saber de mim, oferecer ajuda, companhia, amizade, o caralho, e eu sei que as pessoas têm pena, mas porra. Enfia a pena onde quiser, mas não joga em cima de mim.

Raffa não teve coragem de responder.

Caê silenciou, respirando fundo. Quando falou, sua voz soou bem mais calma. Controlada.

— Enfim, essa é a história. Eu vi que estava tudo ótimo, todos os meus sonhos realizados. Minha vida nos trilhos, o ápice de sorte e sucesso que eu ia ter, e era tão vazio, tão patético, e não me ocorreu que ia mudar em tão pouco tempo. É engraçado, não é? Bom, não, não engraçado, não é essa a palavra, mas é uma ironia da vida, essa merda toda. Às vezes a gente só precisa aguentar mais uma noite. Mais uma hora. Só que ali, no desespero, você não pensa que vai ser uma hora. Pensa que essa... sei lá, essa dor, essa coisa, vai durar a vida inteira. Não sei se você entende.

— Entendo — respondeu ele, baixinho, mas Caê continuou sem pausa:

— E foi isso. Só isso. Cheguei no trabalho e todo mundo sabia que eu estava ali de favor, que era a última chance, e eu não aguentei mais uma hora. Não aguentei nem mais um minuto. Fui embora, o que criou um problema enorme, porque sexta é o pior dia lá e não pode faltar assim em cima. Pois faltei. Fui pra casa e bebi meia garrafa de vinho, que é a coisa mais fácil de achar nessa merda de cidade, mas nisso todo mundo estava me caçando, até meu chefe, como você viu, então eu desliguei o celular. Depois peguei a gilete, e dessa vez eu não parei.

20.

Naquela noite, Raffa foi para a festa na mansão dos Fratelli. Não. Na mansão dos Bevilacqua. Despedida de solteiro. Amanda não estaria. Tinha organizado a própria despedida com as amigas mais próximas, o que era bem conveniente, porque Raffa não tinha dado explicação nenhuma para a decisão de aceitar o convite e, com tudo que tinha para fazer, sua irmã não tivera tempo de investigar.

Com sorte, quando perguntasse o que o fizera mudar de ideia, Raffa já teria descoberto também. No momento, tudo que ele sabia é que não queria deixar a cidade ainda.

Não que estivesse animado. Dependendo do que fosse acontecer, Raffa estava disposto a ir embora no primeiro minuto, mas a festa parecia bem tranquila. Só amigos se juntando para uma última celebração.

Bacana. Eles já estavam casados no civil, não seria a última festa da vida deles, e ninguém estava se despedindo de nada, mas bacana.

Era uma noite tão fechada, tão fria, que não fazia sentido estar fora de casa. Perfeita para se enfiar com alguém debaixo de um edredom no sofá, o braço dele em seus ombros, e conversar tomando vinho, assistindo a filmes de outras pessoas.

Ou foda-se, podia ser um dos seus mesmo. Raffa podia se encolher de vergonha e fechar os olhos quando aparecesse na tela, enquanto Caê ria da sua cara, como tinha feito no museu, e seria bom, depois que o tormento acabasse, saber que ele tinha assistido a seu trabalho.

Mas Caê não estava com vontade nenhuma de rir em sua companhia. Ele o acompanhara até o hotel depois do café, e Raffa não fizera perguntas. Não pedira mais nada.

Tá, festa, hora de se divertir. Já do estacionamento dava para ouvir música. Raffa subiu para o terraço, seu sorriso fácil e pronto quando chegou lá em cima. Agora, em vez de ser recebido por Marcela, teve que se orientar por placas de trânsito indicando a direção dentro de casa, no que só podia ser a ideia deles de uma brincadeira.

Nem precisava, Raffa lembrava o caminho. Chegou no terraço e foi recebido com aplausos e abraços, primeiro por Ricardo, que pegou a garrafa que ele trouxera de presente – um uísque envelhecido bem caro que poderia beber ali, guardar para depois ou jogar no fogo, pelo tanto que Raffa se importava – e a apertou contra o peito, agradecendo efusivamente. E depois por uma infinidade de gente, alguns conhecidos do almoço no Fontana ou do encontro do círculo interno, outros que nunca vira antes, e por alguém que esqueceu o braço em suas costas e o levou até o sofá em volta da lareira externa.

Que estava acesa, as chamas de um amarelo vívido combatendo o frio. Era o lugar mais aconchegante no terraço. O sofá estava cheio, mas abriram espaço para ele e seu acompanhante que, felizmente, estava só interessado em conversar, mesmo que sentasse tão perto que estava quase subindo em seu colo. Era um dos muitos primos distantes de Ricardo, e Raffa se deixou envolver, atencioso como sempre.

Naquela noite foi mais difícil.

Caê estaria trabalhando. Se a conversa o abalara, não fazia diferença, porque ele apareceria na hora certa, as roupas impecáveis e o rosto vazio, e em algumas horas se despediria cordialmente dos colegas, voltaria sozinho de madrugada.

Não me ocorreu que tudo ia mudar, ele dissera, mas na prática, o que tinha mudado? Uma série de visitas de um antigo inimigo, alguns encontros, marcas de dedos e dentes que Raffa deixara em seu corpo.

Era o suficiente para mudar uma vida? Ou o brilho estranho desse encontro ia se dissipar? E ele dormiria e acordaria e faria a mesma coisa no dia seguinte, e no outro, e no outro, sem amigos, porque não achava que as pessoas eram sinceras, sem ver sentido em nada, porque não achava que sua vida tinha sentido, e sem buscar ajuda de verdade, porque não achava que merecia ajuda. Talvez nem soubesse por onde começar.

Raffa tinha perguntado. Com cuidado, como se tocasse algo frágil demais para ser tocado. *Em Dorateia? Se eu passar na frente de um psiquiatra, no dia seguinte a cidade inteira vai saber,* respondera Caê, e talvez nem fosse verdade, mas era verdade para ele. E então ele lutava sozinho e, um dia, quando estivesse muito desesperado, quando sua força acabasse, faria a mesma merda, e talvez tivesse sucesso, talvez não, e o ciclo ia se repetir e repetir e repetir até o momento em que não se repetiria mais.

— Meu salvador — disse Raffa com um sorriso brilhante quando alguém colocou um copo de gin tônica em sua mão, mas teria aceitado qualquer coisa. Ele só queria beber.

O ambiente fora decorado para parecer um bar casual. Além do sofá onde estava, tinha outro contornando a lareira, mesas para sinuca e carteado, outra de pebolim. Fliperamas com desenhos que Raffa se lembrava vagamente de ter visto nos tempos na escola. Mais para trás, uma moça com jaqueta prateada cintilante preparava drinques especiais, brincando com os copos e jogando a coqueteleira, e um rapaz fazia espetinhos na grelha.

O que Caê teria achado?

Ainda dava uma sensação estranha estar ali, como se fosse meio perverso, invasivo fazer uma festa na casa que alguém perdera.

Seu pai teria gostado.

Raffa nem sabia por que estava pensando nisso, mas... Bom, sabia sim, em parte era porque Ricardo tinha feito um brinde choroso aos ausentes e falado uns cinco minutos sobre como sentia falta do pai dele, o idiota, e Raffa quase enviou uma mensagem para Amanda dizendo que teria sido melhor ver dançarinos saindo de um bolo.

Mas mesmo antes disso. Desde que deixara Caê na porta da casa dele, Raffa estava pensando em como seu pai tinha feito questão de espezinhar os Fratelli depois da falência.

Não era a pior coisa que o homem tinha feito, nem de longe. Também não era a pior coisa que Caê tivera que aguentar.

Mas tinha acontecido. E Raffa tinha aproveitado sua chance também, no restaurante, na primeira noite. A oportunidade de humilhar um inimigo. Acertar uma conta antiga. E agora pagaria qualquer coisa pra não ter feito isso. Pra não ter parte nenhuma no sofrimento dele.

Estava tão farto de seus pensamentos, que foi um alívio dar atenção para os parentes de Ricardo, até mesmo rever seu amigo de cabelo azul. O lugar ao seu lado foi disputado a noite inteira e, num dos raríssimos momentos em que o espaço vagou, Ricardo apareceu.

Sentou-se ao seu lado e trocou seu copo vazio por outro cheio de algum drinque bicolor. Para si mesmo tinha pegado uma taça enorme de vinho, que estava segurando com a palma, a haste sumindo entre os dedos, mesmo sabendo — ou devendo saber — que não se pegava vinho assim.

Que irritante.

— Está se divertindo? Quer mais alguma coisa? Já pegou carne?

— Sim, não e não — respondeu Raffa com um sorriso, sabendo que Ricardo ia se perder. O cara já devia estar vendo dobrado.

Ele riu também, jogou o braço ao redor de seus ombros como se fossem amigos, e Raffa tentou controlar a pontada de irritação.

Impossível não se lembrar do menino magricela, alto demais para a idade, com os cachos caindo na testa e os olhos escuros que costumava ver na escola; impossível não sentir aquela mesma impaciência estranha, meio inexplicável.

Certo, o cara tinha testemunhado um dos momentos mais humilhantes de sua vida, mas não fora o único. Tinha sido desleal, mas, como Caê fizera questão de dizer, a culpa era mais do pai dele. E o que acontecera depois não era culpa de nenhum dos dois.

Fora isso, ele parecia um chefe decente. Mais ou menos. Indo pela opinião de Caê. E tinha o aval de Amanda. E Raffa já não estava mais tão certo assim de nenhuma de suas certezas, então era bem possível que Ricardo fosse mesmo a pessoa mais gente boa do mundo.

Vai saber.

– Pronto pra amanhã? – perguntou ele.

– Pronto – respondeu Ricardo imediatamente. – Cara, sim. Sem dúvida. Amanhã é só festa. Eu estava com medo de a caneta explodir na quarta-feira.

– Que fobia é essa de canetas explodindo? A Amanda disse a mesma coisa; já aconteceu com vocês?

O rosto dele se iluminou, emocionado.

– Não, nunca. Ela disse mesmo isso?

Ele *evidentemente* tinha bebido um pouco a mais.

– Disse. Olha, como seu cunhado, é minha obrigação avisar que vai ficar constrangedor se você estiver curtindo uma ressaca amanhã.

– Eu tenho uma cabeça muito boa pra álcool – informou Ricardo, brincando, esquecendo a caneta. – E você?

– Também.

– Não, quero dizer, está pronto pra amanhã? Achei que ia me ameaçar. Fazer um discurso de mafioso, sei lá, pelo menos dizer que vai me castrar se eu partir o coração dela. É tradicional.

Isso Raffa achou engraçado de verdade, o que o deixou contrariado.

— Minha irmã pode te castrar sozinha, mas, se você faz questão, te adianto que se ela precisar de ajuda pra sumir com você, vou sugerir o rio Tietê. Seu corpo vai dissolver antes que a polícia te encontre.

Ricardo deu uma gargalhada solta, descuidada.

— Registrado. Vou tomar cuidado pra não acordar com os peixinhos radioativos. Acho bonito isso, sabe?

— Os peixinhos?

— Não, mas também, mas não. Mas sim, eles devem ser, sei lá, fosforescentes. Eu estava falando de vocês, lealdade de família. Eu sempre quis ter um irmão. Cento e cinquenta primos não são a mesma coisa.

— Ah, sei lá. Eu teria gostado de ter primos.

Por um lado, teria sido menos solitário morar na casa dos tios. Por outro, com sua sorte, os primos iam odiá-lo e sua vida teria sido um inferno e em três dias ele estaria sentindo falta de Caê.

Raffa tomou um gole da bebida — vodca e licor de pêssego — e encarou as chamas da lareira subindo numa dança alaranjada. Ricardo também bebeu um pouco de seu vinho, e disse:

— Mas não vai ser necessário. Me jogar no rio, digo. Eu queria dizer, aquilo que rolou na tarde da cerveja, era brincadeira, tá? Eu não faria isso.

Raffa foi obrigado a repassar aquela conversa, tentando achar alguma coisa que encaixaria nesse comentário. Ricardo percebeu e virou-se para ele no sofá, o braço ainda sobre seus ombros, com a solenidade repentina, meio aleatória, dos bêbados.

— Sobre o dinheiro e tudo o mais. Meu pai era meio estranho com essas coisas, mas ia adorar a Mandy. Certeza. Ia estar bem feliz.

E lá vamos nós, pensou Raffa, conformado. Primeiro, a aprovação do pai dele era a menor preocupação que já tivera em sua vida; segundo, Mandy não era tão divertido quanto Amandita.

— Acho que o importante é que ela esteja feliz. E você, claro. Os dois. E, de qualquer modo, ele ia apoiar o que você quisesse, com certeza.

Ricardo assentiu. Terminou seu vinho, ainda refletindo, depois colocou a taça com cuidado no chão. Alguém veio buscar em seguida, provavelmente evitando um acidente trágico.

— Foi uma discussão enorme — falou Ricardo. — Quando ele casou com a minha mãe. Depois tudo se resolveu, mas meu avô não queria aprovar. De certa forma, estou seguindo os passos dele. Fazendo exatamente o que ele fez.

Bom, isso era intrigante.

— Isso seria uma preocupação? Ele não ia mesmo aprovar a Amanda? Qual o problema do teu pai com a minha irmã?

O tom defensivo saiu sem querer, nítido o suficiente para Ricardo perceber e rir, dando um tapa meio forte em seu ombro.

— Nenhum, como eu falei, ela é perfeita. O problema seria com a empresa, com tudo que... Vou pular a parte chata, mas basicamente os acordos que a gente fez, eu e ela, pros negócios não interferirem no relacionamento e vice-versa. Então a versão resumida é que achamos um jeito pra gente não se canibalizar, e *disso* ele não ia gostar. Mas, porra, é necessário, e não é como se eu fosse perder dinheiro. Nem eu nem ela. Só... talvez ganhar um pouco menos, e isso é problema meu, você não acha? Ele ia entender.

O que Raffa achava era que aqueles dois tinham que parar de pensar em burocracia empresarial enquanto ele pensava que estavam preocupados com relacionamentos. Um pouco aborrecido, ele respondeu:

— Só pra ver se estou entendendo: seu pai ia reclamar de você não querer ferrar com sua própria esposa?

Não que fosse uma surpresa. Era bem o tipo de coisa que Raffa esperaria dele.

— Não, né. Mas ele... como vou explicar? Pra ele, a gente transformaria tudo numa coisa só, algo assim. Meu pai nunca ia entender um casamento que fosse... duas pessoas meio que competindo? Na cabeça dele, ou seria uma fusão ou eu seria o diretor... Não precisa nem comentar essa parte, eu não propus, e não é justo apanhar por alguma coisa que nem falei.

Isso porque Raffa tinha erguido as sobrancelhas até bater no cabelo, mas o protesto o amansou.

— Sugiro mesmo nunca dar essa ideia pra Amanda. A reação dela não vai ser legal.

— Eu sei, e gosto bastante de viver, então não vou falar, mas a questão é que, pra ele, seria estranho um casamento assim, que não chega a... nunca vai virar uma parceria completa. Não somos nem mesmo *complementares*. É um casamento em que as pessoas continuam em campos opostos e, pela lógica, você tenta vencer seus rivais, certo? E o primeiro passo pra isso é não se casar com a rival.

Bom, disso Raffa não podia discordar.

— Aí acho que é uma questão de pesar o que é mais importante pra você. Casar com ela ou, sei lá, ser o maior produtor de vinho.

— Casar com ela. Não tenho a menor dúvida. Foda-se o vinho.

— Então esquece isso e se poupe do desgaste. De qualquer modo, o jeito do seu pai de conduzir os negócios deixou, digamos, certa margem para melhorias, então acho que você não precisa se preocupar tanto com a opinião dele.

— Pra você foi fácil fazer seu caminho, não foi? — Ricardo suspirou, também encarando o fogo. — É engraçado como as coisas acontecem.

Aí estavam duas frases que Raffa não teria usado, mas não contestou. Seu cunhado estava pensando alto, só isso. Falando consigo mesmo.

— Nunca é fácil — disse, por fim, tomando mais um gole de vodca. — Mas não importa. Você não precisa do orgulho dele. Ou de aprovação.

Provavelmente Ricardo estava esperando outra resposta; uma garantia de que estava fazendo tudo certo, de que sim, óbvio que o velho Bevilacqua estaria orgulhoso. Os olhos dele brilharam, uma expressão divertida no rosto.

— Você é ótimo pra confortar os outros, sabia?

— Obrigado, é um dos meus dons.

— Eu também não aprovava tudo que ele fazia, então nada mais justo, certo? Novos tempos. Novos começos, novas estratégias menos agressivas de gestão.

— Exatamente o que eu estava pensando.

Seu cunhado riu e acenou para alguém trazer mais bebida, então bateu o copo no de Raffa em um brinde que espirrou mais vodca em seu braço, depois foi falar com algum outro amigo.

Raffa continuou sentado, olhando o fogo.

Novos começos. Era mesmo fácil, de certa forma, descartar a pressão que Ricardo devia sentir, depois de tanto tempo sem lidar com isso, mas as coisas não precisavam ter sido assim. Um pouco mais de autocontrole, mais um dia mantendo a boca fechada, só mais um esforço, e sua vida teria seguido outro caminho. Talvez fosse ele gerenciando a vinícola, Amanda ocupando algum lugar menor, decorativa como seu pai queria que ela fosse.

Eu não sabia que você estava sofrendo, ela dissera. Ele pensou no desespero daqueles primeiros dias, a espera por uma ligação, não por um pedido de desculpas, que seus sonhos não iam longe assim, mas por uma ordem de voltar. Um sinal de que a raiva tinha passado, como em tantas vezes antes.

A ligação não viera. E a raiva não passara. E nunca tinha lhe passado pela cabeça chamar aquela dor de luto. E ali, num meio minuto sozinho na festa vendo as chamas subindo na lareira, ele pensou em Amanda invisível numa casa vazia, em Caê atendendo uma visita vingativa que, com sorte, teria sido antes de seu coração quebrar. Com sorte, Caê teria expulsado o homem de casa no soco.

De fato, era engraçado como as coisas aconteciam, porque mesmo com essa tristeza estranha e muito densa, era tão bom não estar preso na vida da qual seu pai o expulsara. A ponto de Raffa poder dizer — ainda que só para si mesmo, ainda que cada palavra cortasse a boca — que estava aliviado.

21.

No dia seguinte, o despertador tocou mais alto do que alarme de incêndio.

Raffa despertou num susto, batendo na cama até localizar o celular e silenciá-lo num tranco. Jogou-o ao seu lado no colchão, atordoado, e deixou a cabeça cair de volta nos travesseiros.

A festa nem tinha ido tão longe assim para justificar aquele cansaço todo, mas a sensação era de que tinha virado a noite sem dormir.

Talvez tivesse mesmo. Raffa se lembrava de acordar várias vezes procurando uma posição melhor na cama.

Pois bem. Almoço de casamento na Vinícola Monteiro.

No fim das contas, não tinha confirmado que iria. Nem confirmado que não iria. Podia fazer o que quisesse. A diária estava paga, mas e daí? Troco de cigarro. Era só pegar a estrada, e antes da meia-noite estaria em seu quarto, e poderia ligar para Blanca, retomar a vida, falar com seus amigos, fingir que não passara uma semana fora do mundo. Mostrar a cara e voltar a existir. Fugir.

Era só um almoço. E Amanda ia ficar feliz.

Questão de horas. Ele dava conta disso. Dava conta de coisas piores. Um almoço na casa onde crescera, e de onde fora expulso, sorrindo para seus tios e quem mais estivesse lá. Elegante, educado, encantador e fácil de amar.

Raffa tomou seu banho, vestiu o terno, arrumou o cabelo. Olhou-se no espelho, o rosto descansado em linhas serenas, sem traços de sono, de raiva, de medo, de qualquer coisa. Seu papel: nada. Fazer número. Reflexo do reflexo do reflexo.

Ele foi até o estacionamento. Levou alguns momentos para abrir a porta, sua mão parada no trinco da Ferrari. Teve que se obrigar a entrar, girar a chave na ignição.

E então, com o motor ligado, deixou a cabeça pender para trás até a nuca encaixar no encosto do banco.

Caê devia estar tão farto dele àquela altura. Isso, ou já teria desistido de dormir enquanto Raffa estivesse na cidade. Ele pegou o celular, tentou compor uma mensagem. Achar coragem de ligar. Pensar no que dizer, caso Caê atendesse.

E então largou o celular de novo. Foda-se isso, se tinha coragem para fazer essa merda, também tinha coragem para pedir olhando na cara dele. Raffa se endireitou, os pés pressionando os pedais, a mão movendo o câmbio.

E, em vez de ir para a estrada, pegou a direção do centro.

— Sabe, eu pagaria uma boa grana pra saber o que os vizinhos estão achando de mim agora — disse Caê.

Até onde Raffa podia ver, nada, porque não tinha ninguém na rua e as janelas das casas próximas estavam fechadas, mas era Dorateia. Não se surpreenderia se estivessem olhando por frestas na cortina.

— Que você tem um namorado rico?

— Ou que me envolvi com a máfia. Pois não, senhor Monteiro, em que posso ajudar?

Apesar do tom leve, tinha um ar meio intimidado, um pouco incerto em seu rosto, ao ver o carro e suas roupas. Como se não soubesse bem com quem estava lidando.

Raffa também não tinha muita certeza.

O portão estava sempre destrancado mesmo, então tomou a liberdade de entrar, ignorando a vontade estranha, inesperada, de se esconder.

— Vim fazer um convite.
— Outro passeio?
Caê não tinha dormido bem, isso era evidente, mas não fazia tanta diferença em seu rosto cansado. Talvez ele nunca dormisse. Raffa gostaria de perguntar. Saber se ele tinha insônia, se tinha pesadelos. Saber com o que ele sonhava, quando sonhava com alguma coisa.
— O casamento da minha irmã é hoje. Vem comigo?
Um momento de total surpresa, e então Caê riu. E entrou rindo na casa. Raffa o seguiu.
— É sério, são só algumas horas e só pra um almoço. Não tem nenhum motivo pra...
— Eu sei que é sério. Não, mas obrigado pelo convite. Boa festa.
Ele foi para a cozinha e começou a preparar o café. Raffa se encostou na porta.
— Qual é o problema?
— Nenhum. Vai ser bem legal. Divirta-se.
— Você disse que ia fazer o que eu quisesse.
Caê olhou para ele, o bom humor sumindo. Exasperado.
— Sim, menos ir na festa do meu chefe sem ser convidado.
— Estou convidando agora. Você é meu acompanhante.
— O caralho que sou. Você está indo embora, Monteiro, mas eu tenho que ficar aqui e olhar pra cara dele depois.
— Não, não tem, bebê, só pra cara do seu gerente. Ou vai me dizer que o Ricardo aparece tanto assim no restaurante?
Caê apertou os lábios, segurando seu olhar por mais um momento, e então deu-lhe as costas de novo. Água fervendo no fogo, o filtro pronto esperando. Ele conferiu, como se não tivesse feito isso havia vinte segundos, e, por falta de alternativa, começou a lavar a louça. Também levaria dois minutos. Era só um punhado de xícaras e alguns talheres.

Raffa tentou consertar:

— O que eu quis dizer é que não tem problema, não tem razão para ele querer te confrontar depois. E, ainda que ele estivesse sempre lá, ninguém com a cabeça no lugar faria uma mesquinharia dessas.

— E eu te falei que a pior coisa que a gente pode fazer é faltar sem aviso.

— Também falou que faria o que eu quisesse — repetiu ele.

Viu Caê travar ainda mais, enrijecendo os ombros. Podia imaginar seus punhos se fechando na esponja ensaboada, nos talheres de metal. Antes que ele respondesse, Raffa complementou:

— Não precisa faltar. Eu te trago antes do seu expediente.

Uma energia estranha borbulhava ali entre eles, uma vontade de puxar uma briga, forçá-lo a se virar.

— Por quê? — disse Caê. — Responde isso então. Ontem não foi divertido o suficiente? A festa não vai te entreter o bastante? Tem que me fazer passar vergonha também?

Justo, provavelmente. Do ponto de vista dele, devia ser.

— Ah, pelo amor de Deus, não é isso e você sabe. Só não quero entrar em casa sozinho, e a gente consegue ser civilizado por mais uma tarde, não consegue? Pensa, depois de amanhã você vai estar livre de mim. Vem comigo, por favor.

— Eu conheço essas pessoas. Sirvo a todas elas no restaurante. Vão rir da minha cara e da sua.

— Ninguém vai rir. Eu não vou deixar.

Caê não disse nada.

Raffa se aproximou, então, e colocou a mão nas costas dele — um toque simples, fácil, a mão espalmada entre as omoplatas, na textura macia do tecido. Caê não tentou se afastar. E não pulou de susto, então devia ter adivinhado seu movimento. Pressentido alguma coisa. Raffa segurou seus ombros, apertou os polegares sem muita força, numa massagem leve que nem dava gosto fazer porque ele parecia tão frágil. Um pouco mais de pressão e os ossos se partiriam como gesso.

— Eu só queria... — começou Raffa, mas não soube terminar a frase.

Que fosse mais fácil, que nada tivesse acontecido. Queria ter coragem de me desculpar, ou de desculpar você. Um suspiro trêmulo escapou, e ele deixou a cabeça pender, sua testa na nuca de Caê. Abraçou a cintura dele de repente, com força o bastante pra cortar a respiração.

— Vem comigo.

Dessa vez não era um pedido.

— Eu pego às seis — murmurou Caê, a voz quase neutra, quase vazia. Derrotada.

— A gente volta muito antes disso — Raffa respondeu, e bateu de leve em sua barriga, numa provocaçãozinha boba. Só então desmanchou aquele abraço e foi esperar na sala enquanto Caê se arrumava.

Não demorou muito e Caê ressurgiu usando um jeans escuro e uma malha preta de gola alta, um pouco esgarçada. Mangas longas, claro. Tão ridiculamente bonito, as cores sombrias destacando os olhos de cobra d'água, o ouro-escuro do cabelo. Ainda dava para ver o começo de uma mancha avermelhada em seu pescoço, sumindo sob a gola. Sua marca naquele homem lindo, que suportou o exame, ajeitando o punho da malha num gesto deliberadamente casual.

— É o melhor que posso fazer. É isso ou o uniforme do Fontana, e o Rick vai reconhecer.

— Está ótimo — disse Raffa.

Quinze minutos sem trocarem uma palavra, passeando pela Rota do Vinho. Depois de fazer tantas vezes o mesmo caminho, nem tinha mais o que ver. Árvores ladeando a estrada, nativas ou replantadas, placas de madeira indicando as fazendas e vinícolas para visitação. Quilômetros e quilômetros rodando macio, no silêncio abafado dentro do carro. Caê olhando pela janela como se nunca tivesse visto aquela paisagem antes.

Quando o ar estava já irrespirável, Raffa disse:

— Tem o cardápio da festa junto com o convite, se quiser dar uma olhada.

Caê levou alguns segundos para reagir, possivelmente se perguntando se valia a pena lhe dizer para continuar de boca fechada. Então pegou o papel creme no porta-luvas sem muito interesse.

— Listaram até os vinhos aqui.

— É claro.

— É *claro* — murmurou ele, ainda lendo a lista. — Deviam ter indicado qual vão harmonizar com o quê, pra gente julgar direito. Espero que tenha cerveja.

— E precisa indicar? — respondeu Raffa, ignorando a última parte. — Não dá pra deduzir?

Na verdade, os garçons provavelmente serviriam o que o convidado quisesse beber, mas pelo menos agora estavam conversando.

— Dá um palpite — desafiou ele, antes que o silêncio voltasse. — Faz uma combinação.

Caê suspirou fundo, mas fez o esforço.

— Branco nas entradas e sobremesas. Ou rosé. Vinho claro pra comidas claras. E tinto na hora da comida de verdade. Na prática, não faz a menor diferença, tem tudo o mesmo gosto e você pode harmonizar com um copo de água.

— Mais ou menos certo sobre o tipo, errado sobre todo o resto. Você literalmente trabalha com isso, nunca te pedem pra dar indicação?

Era uma provocação arriscada, mas a resposta veio no mesmo tom indiferente.

— Pedem. E eu indico o primeiro que lembro, porque tanto faz. A não ser que a pessoa seja sem educação, daí indico o mais caro. Fala você então, gênio. Por qual vão começar?

— Tem mais a ver com a leveza do que com a cor. Dá pra combinar vinho tinto com entradas também. Por exemplo, se tiver tábua de frios ou queijos, nada impede de harmonizar com o Tempranillo.

— De fato. Nada impede.

Raffa conteve um sorriso.

— Larga de má vontade. Eles colocaram o ano?

— Pelo amor de Deus, Monteiro.

— Gosto dos mais jovens. Um pouco mais frutados, você vai perceber. Puxa pra ameixa e cereja, ou cravo.

— Cravo o tempero?

— Cravo a flor.

Caê fez uma careta.

— Tá vendo, é por isso que nem perco meu tempo. Vocês falam essas merdas, daí eu experimento e é sempre o mesmo sabor amargo de vinho.

— Por curiosidade, o seu não é amargo. Os poucos que eu provei tendiam a ser mais doces.

Caê não chegou a suspirar, numa pausa que deixou bem óbvio que ele queria. Provavelmente descer do carro andando também.

— Coincidência, com certeza. *Eles* fazem um pouco de tudo, inclusive esse caralho seco que você gosta. Eu não tenho nada a ver com isso.

— Eu sei que não tem. Foi só um comentário.

Ele não respondeu. Raffa tentou se distrair com o trânsito, a sensação de velocidade, o volante sob suas mãos. Ele gostava de dirigir. Era o equilíbrio perfeito de foco e distração.

Dessa vez, não funcionou.

— E já que tocamos no assunto mesmo...

— Você tocou.

— Me explica uma coisa: seu contrato com os Bevilacqua não prevê nenhuma renegociação, não tem um prazo de vencimento, nada assim? Você não pode pedir rescisão?

Isso lhe conseguiu um pouco de atenção. Caê olhou para ele, sobrancelhas erguidas, espanto genuíno no rosto.

— Nossa. Não esquenta sua cabeça com isso. Pode deixar que eu cuido da minha vida.

— Vai se foder, responde o que eu perguntei. Pela lógica, você deveria receber um valor mensal, anual que seja, parte das ações, não devia?

Afinal, podia não entender do assunto, mas sabia que ninguém perdia o próprio nome, por mais catastrófica que fosse sua gestão de negócios. Com certeza esse tipo de contrato não funcionava assim.

Caê suspirou alto.

— Você já foi mais educado, Monteiro. Eles pagaram um valor total na época que eu assinei. Não tem um prazo final, mas óbvio que tem cláusula de rescisão. Qualquer uma das partes pode encerrar e, se eu fizesse isso, o que não vai acontecer, teria que pagar pelas perdas que eles tiverem. Acho que até em caso de falência.

— Se eles falirem? Você teria que responder por isso?

— Tem lógica, você não acha? Não existe vinho Bevilacqua. Quanto tempo leva pra posicionar uma marca no mercado? Mesmo sendo uma... continuidade de outra, sei lá como chama isso. A questão é que eles teriam um prejuízo imenso por uma quebra de contrato minha. Nem sei o que acontece. Multa não tenho mesmo como pagar, talvez fosse preso. O que ia te dar uma alegria enorme, mas não estou a fim de passar por isso nem por você, bebê.

Por um segundo, Raffa ficou sem fala.

Um segundo só. Estava acostumado com contratos leoninos. A única razão para não ter assinado nenhum era ter conhecido

Blanca muito cedo na carreira, e sua agente não tinha dó de vetar oportunidades que envolveriam vender sua alma. O conceito era familiar. Até meio que esperado. Mas puta que pariu.

— Caê. Eles quererem se proteger eu entendo. Sem a menor dúvida. Mas é o seu nome. Você não tem nem uma casa própria. Quanto te deram? Dez garrafas e um prato de comida?

— Relaxa, foi uma boa grana, na época. Teve uma parte que gastei com o hospital, por causa da internação dela, e depois no cemitério. Eu comentei, lembra, do custo da manutenção? Ela estava devendo lá também, deu um drama enorme, a gente teve que acertar primeiro antes de poder enterrar e eu poder dispensar oficialmente esse serviço. Quanto ao resto... dinheiro acaba, e faz mais de cinco anos. Que culpa eles têm se eu gasto mal?

Ele tinha voltado a olhar para fora, o braço descansando na janela. Ergueu a mão de leve, deixando o vento escorregar entre os dedos, e Raffa teve que se obrigar a prestar atenção na estrada.

— Mas gasta mal mesmo, hein? Pra te pagarem de uma vez só e compensar, tem que ter sido um valor na casa dos milhões. Em quanto tempo você gastou milhões, posso perguntar?

— Você vai perguntar podendo ou não, não vai? Que razão eu tinha pra negociar? Não ia fazer nada com isso. Com a marca. Com certeza não ia entrar pro ramo. Fazia sentido vender, em vez de deixar morrer na minha mão.

O que significava que o valor não tinha sido na casa dos milhões porra nenhuma, e agora Raffa não sabia se queria rir ou chorar. Ou bater a cabeça dele em alguma parede, só por soar calmo daquele jeito.

— Você não se importa? Estão lucrando uma fortuna com o seu nome...

— E com a qualidade do trabalho deles — apontou Caê. — No que dependesse de mim, não teria mais vinho Fratelli no mercado, a não ser que eu fizesse na cozinha de casa, então não se preocupe com isso.

— Não estou preocupado. Meu Deus do céu. Já que você não se importa, vou perguntar por que não usamos pra qualquer outra coisa. Ele estava mesmo falando que as empresas deviam ser complementares, pra que ter concorrência dentro da família? Deixa o vinho com a gente, e Fratelli vira um refrigerante de uva. Que acha?

— Acho que você pode ir se foder, mas fique à vontade. De repente ainda me ajuda, não é? Quem sabe eles abrem mão, se vocês arrastarem meu nome na lama.

Para começo de conversa, nem era possível, nem Amanda nem Ricardo eram estúpidos. E mais importante: Raffa não faria isso, era só uma piada. Cruel, sim, e calibrada para provocar, mas uma piada, então Caê não precisava soar conformado daquele jeito, como se Raffa fosse mesquinho a esse ponto, como... bem, como ele mesmo soava antigamente, quando sabia que não escaparia e que nem valia a pena lutar, e queria fingir que não se importava.

Raffa quis fazer alguma coisa — socar a buzina, talvez. Parar o carro e agarrar o queixo dele e...

E o quê?

— Contesta essa merda então! — disse, irritado. — Processa, fala com ele, sei lá, faz alguma coisa!

— Tipo o quê? Como acabei de explicar, o contrato ainda está valendo.

— E daí? Você não disse que o cara é gente boa? Tenta renegociar!

Se ele o mandasse relaxar de novo, Raffa bateria o carro de propósito. Em vez disso, Caê balançou a cabeça, exasperado, e começou a brincar com o punho da blusa.

Agora estavam quase chegando. A propriedade dos Monteiro pegava três ou quatro saídas da rodovia. A fábrica de vinho — onde seu pai dera melhor uso aos tanques dos rivais — era a primeira, com a adega ao lado. A segunda levava à casa da fazenda, e as outras terminavam nos vinhedos.

Na prática, tanto fazia qual escolhesse, podia percorrer o resto do caminho por dentro. Mesmo assim, Raffa prestou toda atenção do mundo para não pegar a saída errada. Quanto menos tempo passasse ali, melhor.

Por fim, Caê disse:

— Ele foi me ver quando eu estava internado. Depois daquela noite, acho que não cheguei a... Não comentei disso ontem. Mas ele foi. — Ainda mexendo no punho, num gesto quase distraído. Dobrando de leve, desdobrando. — Ele chamou o socorro quando eu sumi, e até hoje nem sei se foi a polícia ou o resgate, tiveram que quebrar a porta e tudo. E foi me ver. Foi o único, na cidade inteira.

O carro deu um solavanco leve quando saíram do asfalto para a estrada de terra. Raffa tentou continuar quieto. Deixá-lo falar.

Não conseguiu.

— O Ricardo te visitou no hospital.

Sua voz soou tão estranha que Caê ergueu os olhos.

— O Ricardo te visitou no hospital — repetiu Raffa. — E por isso você gosta tanto assim do cara?

Era uma solidão desesperada, ele sabia. Era a única pessoa em uma vida mostrando algum calor humano, sabia isso também.

Era o homem que tinha dito, ontem mesmo, que pretendia fazer as coisas diferentes de seu pai. Todo preocupado se ia dar orgulho ao velho.

Ia, sim. Porra, como ia.

— Se você vai voltar no contrato... — começou Caê, mas Raffa não esperou.

— Não preciso voltar. Com a grana que ele ganhou às suas custas, era o mínimo que podia fazer. *Essa é a sua defesa?*

Caê enrubesceu, um brilho magoado nos olhos que se apagou imediatamente.

— Escuta, o Rick nunca te fez *nada*, já te ocorreu que seu problema com ele é por causa do pai dele?

Raffa o encarou, incrédulo.

— Que é pela trapaça que o velho fez comigo? Não, nem me passou pela cabeça, de onde você tirou essa ideia? Achei que era por ele ser um mentiroso. Ou porque está comendo a minha irmã.

— Ele sempre teve exatamente o que você queria ter. Um pai que se dava o trabalho. E foi uma merda, todo mundo achou. Transformou aquele dia num show de horrores e fodeu com a sua cabeça, mas o velho estava sempre...

— Eu entendi — cortou Raffa.

— Entendeu mesmo? Cada coisa que o Rick queria fazer, o velho apoiava, e ia ver, e tentava facilitar o caminho, e foi assim até morrer. Só Deus sabe onde está o meu pai, o seu era um filho da puta, mas o dele fazia tudo por ele. Nenhum de nós tinha vocação pra ser filhinho do papai como ele era, mas mesmo...

— Eu disse que entendi.

Caê se calou, olhou para ele. Ofereceu um sorrisinho de canto, sem muito humor.

— E também está comendo a sua irmã.

Raffa não respondeu.

Um arco de madeira marcava a entrada da fazenda, entremeado de cetim branco e ladeado por duas roseiras imensas. Dali até o casarão eram mais alguns minutos numa estrada de arbustos floridos.

A fazenda tinha um estacionamento de verdade, mas ele largou o carro no gramado. Algum manobrista podia vir e, se não viesse, melhor ainda. Seria mais rápido para sair. Deixou o motor morrer num tranco, tirou a chave. Fechou as janelas. Ajeitou o cabelo no retrovisor.

Então abriu a porta e desceu, e, pela primeira vez em vinte anos, contemplou sua casa.

Uma construção colonial simples e elegante, com alpendre aberto, portas arqueadas e uma série de janelas dobrando as

paredes. Uma escada pequena por onde descera arrastado na última noite.
Ele precisava entrar.
Tão fácil. Só esquecer o uniforme molhado grudando nas costas, o tremor incontrolável no corpo, a boca queimando no resto do calor de um beijo.
Aquele dia, então.
Ele tinha ficado feliz. Seu pai gostava de assistir às competições, porque Raffa sempre ganhava, e era um dos poucos momentos em que podia se orgulhar do filho sem reservas. Ele era mesmo melhor que todo mundo, era mesmo uma vitória garantida, era o único campeonato relevante daquela merda de cidade.
Ele perdera, Ricardo ganhara, e dizer que a competição fora comprada não aplacara seu pai em nada. Não justificava. Se Raffa sabia que era uma possibilidade, o que estava esperando para negociar com os juízes?
Geralmente ficar calado ajudava. Naquela tarde, não ajudou. Seu pai o sacudira pelos ombros, as arquibancadas ainda cheias vendo-o enfiar os dedos em seus braços com tanta força que marcou por dias, e Raffa estava com raiva, estava envergonhado e furioso e era tão, tão ruim perder na única arena em que *sempre* vencia, que tinha gritado de volta. Por que não tinha comprado os juízes? Porque queria ganhar limpo, porque uma medalha assim não valia nada, por isso. E, na frente de todo mundo, ele tinha dito: porque *eu* não trapaceio, não sou ladrão como você.
Ele não queria lembrar o resto. Nunca queria lembrar porra nenhuma e sempre lembrava assim mesmo, porque sua cabeça era assim, um depósito de lixo a céu aberto e ele não tinha paz, por isso Raffa se lembrava perfeitamente do tapa no rosto, de se encolher sob as mãos dele e desejar que o mundo acabasse. E se lembrava, como se fosse ontem, como se fosse agora, da mão de seu pai subindo e descendo, de cada vez que o cinto marcou suas pernas na frente da escola inteira.

Ele tinha apanhado tantas vezes que a violência se misturava, uma surra emendando na outra.

Aquela, não. Aquela era sempre de uma claridade cristalina, a dor e a humilhação e o estômago revirando, tanto tempo, e a vergonha não se dissipava, tanto dinheiro, tanto sucesso, tanta glória e no fundo tinha sempre quinze anos, ainda encolhido na esquina da escola, e Caê o olhava de testa franzida dizendo que ele merecia ter ganhado e proibindo todo mundo de rir porque Raffa era dele.

O toque foi uma surpresa. A mão quente, um pouco áspera em sua nuca.

— Eu não devia ter falado disso.

Olhos verdes preocupados, como se Caê não tivesse mudado de ideia naquele mesmo dia. Como se as esperanças de Raffa não valessem nada. Uma brincadeira de mau gosto.

Ele se esquivou.

Caê se afastou e, depois de um momento, disse:

— Quer ir embora?

Sem olhar para ele, Raffa sibilou:

— Quero. O que acontece agora? Você me dispensa de entrar? Vai se explicar com a minha irmã? Pedir desculpas por mim?

Caê não disse nada.

Raffa fechou os olhos, respirando fundo. Acalmando o rosto, controlando a expressão, a voz, o olhar. Só algumas horas. Ele dava conta.

Teria que dar.

22.

Para quem só queria um almoço simples, Amanda tinha se esforçado na decoração. Flores e fitas e rendas enfeitavam o balcão da varanda, além de totens brancos com arranjos de rosas vermelhas. Cortinas de amaranto pendiam das paredes, jarros de samambaias cascateavam pelos degraus para o pórtico.

Seu pai teria odiado.

Ótimo.

Ele deu a volta no casarão, Caê acompanhando-o uns passos atrás até uma tenda enorme nos fundos, que cobria uma mesa longa. Por ora, estavam nas entradas e docinhos. Pratos de brigadeiro perolado e camafeus em papel celofane decorados com pedaços de nozes. *Petits-fours*, canapés de melão e prosciutto enfeitados com tomate-cereja. E vinho, claro, garrafas e taças de cristal compondo a decoração, enquanto os garçons passavam pelos convidados com bandejas, como Raffa tinha imaginado.

Ali em volta tinha uma porção de mesinhas redondas, cada uma cercada por meia dúzia de cadeiras. Várias já estavam ocupadas. As mulheres de vestido longo e maquiagem impecável, os homens de terno e gravata. Ninguém usando jeans.

Caê desacelerou mais ainda, mas Raffa segurou seu braço, e ele teve que emparelhar. Era isso ou empacar como uma mula.

Amanda estava perto da mesa, o braço entrelaçado ao do marido, que não estava verde de ressaca. Ou disfarçava bem ou tinha mesmo uma cabeça boa para álcool. Os dois numa conversa animada, ela de rosto erguido, sorrindo, gesticulando com a mão livre, Ricardo olhando-a com carinho indisfarçável. Os dois trocaram um beijo rápido. Amanda pegou um doce com a mão enluvada, mordeu delicadamente, e então o viu.

Seu rosto se iluminou. Ela passou o doce para o esposo, foi até ele andando bem firme para quem estava se equilibrando num salto de dezesseis centímetros, e agarrou sua cintura num abraço.

— Você veio, sua assombração do inferno! Achei que já estaria em São Paulo!

Raffa riu. Seu atraso era de menos de uma hora. E ele não tinha confirmado.

— Eu teria te avisado, sua doida.

— É, com você a gente nunca sabe. Os tios já chegaram, mas pode virar a cara pra eles, se quiser, não tem problema. Raffa, você *veio*.

Ela deitou o rosto em seu ombro sem cuidado nenhum com a maquiagem, e ele tentou ser delicado, tentou pelo menos poupar o penteado elaborado, tentou não apertá-la com tanta força. Afrouxar os braços.

Teve que fazer um esforço para a voz não embargar.

— Eu não podia perder esse momento. Deixa eu ver direito seu vestido bege.

— *Marfim*, seu cretino. Cor de marfim.

Ela se afastou e Raffa segurou seus ombros, admirou o vestido. Era perfeito, claro, como tudo que sua irmã tocava. Cetim coberto de renda cor de champanhe, ou vá, marfim, e ele estava para fazer alguma piada sobre não se casar de branco quando ela viu seu acompanhante.

O sorriso sumiu como mágica.

— Você trouxe o *Carlos Fratelli*?

Ah, sim. Do ponto de vista dela, Raffa não gostava muito daquele cara, e brigara com ele uma vez na escola, só isso. Ele procurou desesperadamente alguma coisa para dizer, e o que saiu foi:

— Você disse que eu podia trazer alguém.

Amanda o encarou, olhos arregalados, tentando ler sua mente, tentando entender, e nem era impossível que achasse que era uma brincadeira de mau gosto. Um jeito de esfregar a opulência na cara de seu antigo inimigo. Como seu pai teria feito. E, se ela se irritasse com ele agora, Raffa ia se desmanchar, ele ia...

— Raffa, que prazer te ver! — disse Ricardo. — Espero que tenha digerido a vodca de ontem.

Ele tinha acabado de engolir o doce e se aproximado para pôr alguma ordem ali. Agarrou sua mão num aperto firme, exuberante, e em seguida envolveu os ombros de Caê como se fossem bons amigos.

— E você, que surpresa! Resolveu sair da toca?

Fez até um carinho no braço dele, numa mensagem nada sutil. Podia querer muito agradar seu cunhado, mas queria ainda mais ter paz em sua festa.

Amanda revirou os olhos, divertida.

E Caê se transformou. Os ombros relaxaram, um sorriso tímido suavizou seu rosto, alívio enchendo os olhos verdes.

— Acho que sim. Desculpa, estou invadindo seu casamento...

— De jeito nenhum — respondeu Ricardo com firmeza. — É um prazer te ver. Só me diz que avisou pra mexerem na escala.

— Não, mas não se preocupa, não vou faltar, só vim dar parabéns. Vou embora daqui a...

Ricardo riu.

— Estou brincando, idiota, o pessoal se vira. Aqui, um brinde.

Ele acenou para um garçom que ia passando com taças de champanhe. Deu uma para Raffa, uma para Caê — ainda o segurando naquele quase abraço — e outra para sua esposa. E nem esperou brindarem a nada, o palhaço. Bebeu meia taça de uma vez, e disse:

— Fiquem à vontade. Não tem lugar marcado, podem sentar onde quiserem.

Raffa certamente podia. Era sua casa. Antes que Raffa lembrasse Ricardo disso, Amanda fez um carinho um pouco abusado em seu queixo, os olhos brilhando.

— Não some sem falar comigo, a gente vai sentar com vocês. Certo, Amore?

Ricardo segurou a mão dela.

— Certo, Amora.

E os dois se afastaram para cumprimentar outra pessoa.

— Amore e Amora — murmurou Caê, desmanchando o sorriso —, que bonitinho.

— Não é?

Ele deixou a taça com cuidado na mesa.

— Eu não devia estar aqui.

Claro que não, devia estar se preparando para trabalhar, respeitar a escala para que o amado chefe ficasse satisfeito.

— Eu te pedi pra vir — respondeu Raffa secamente. — Quer um doce ou um salgado?

— Nada, obrigado.

— Você não comeu hoje. Não vou te deixar passar fome.

— Eu tomei café.

— E eu vi a sua cozinha. Come essa merda antes que desmaie no chão.

Para sua surpresa, os cantos da boca dele se ergueram num sorriso discreto. Caê aceitou um canapé, e todos os docinhos e petiscos que Raffa lhe passou. Devia mesmo estar com fome, e era mais fácil aceitar cortesia se viesse assim, agressiva, tão de mau jeito que parecia mais uma forma de humilhá-lo.

A não ser, claro, que fosse *Rick*, que podia receber aquele sorriso encabulado e agradecido.

— Se você não está legal, vamos embora — murmurou Caê.

— Não precisa se torturar só pra me torturar também.

— Do que você está falando? Estou ótimo.

Estava mesmo. Perfeito. Ele reativou o sorriso em seguida, assim que outra pessoa veio cumprimentá-lo. E outra. E outra. E depois seus tios, já se adiantando, sorrindo e abrindo os braços.

Raffa se lembrava de avisar que ia se mudar para o Rio e de ser informado apenas de que deveria deixar a chave sobre a mesa. De pedir o táxi, fechar o portão, ir sozinho para o aeroporto. Eles não estavam em casa para se despedir.

Não parecia um crime tão grave, pensando agora. Tanto tempo depois. Raffa se lembrava também de não atender ligação nenhuma, das muitas que recebera depois de fazer sucesso. De mudar de assunto quando algum repórter indiscreto queria saber de sua família. *Não éramos muito próximos.*

Como Amanda dissera, ele nunca perdoava ninguém.

Raffa estendeu a mão e aceitou o abraço. Sua tia primeiro — elegante, perfumada, o cabelo grisalho impecável e o colar de pérolas no pescoço — e seu tio em seguida. Ele sempre fora um homem grande, corpulento, e nos primeiros meses em sua casa, Raffa calculava a distância para não ser alcançado, caso ele também gostasse de bater, mas o tio nunca erguera a mão para ele, nunca nem notara as medições desesperadas do sobrinho. Agora, ainda um pouco mais alto e maior que Raffa, não chegava a ser a pessoa intimidante de suas memórias.

Nenhum dos dois era. Um casal de meia-idade cumprimentando o sobrinho distante com carinho genuíno, só isso. Seu tio envolveu seus ombros, puxando-o para si, e Raffa baixou a cabeça por instinto, num reflexo que tempo nenhum apagava.

— Quem sabe conseguimos conversar um pouco antes de você ir embora? — disse o homem. — Ou em São Paulo. Você está por lá, não está? Vamos tomar um café juntos.

— Com certeza — respondeu Raffa, sorrindo, lutando contra o tremor nas mãos. — Qualquer dia.

Mais gente. Mais sorrisos. Mais abraços. Uma mulher negra extremamente elegante se aproximou, de braços dados com a avó italiana. A mãe do noivo, ele se lembrava dela do almoço depois do casamento civil. Lembrava-se da senhora também, que admirara seus filmes, mas dessa vez o carinho de desconhecidos, que era a centelha que iluminava sua vida, não teve efeito algum. Raffa conseguiu manter dois minutos de conversa, então segurou Caê pelo ombro e teve que se controlar para não apertar.

— Traduz pra mim, por favor, ela só fala italiano. Diz que é um prazer, agradece em meu nome.

Caê o atendeu. Disse alguma coisa devagar, escolhendo as palavras, pegando o ritmo em seguida, e Raffa ganhou pelo menos cinco minutos de folga, porque a mãe de Ricardo mudou de idioma também, e quando finalmente se afastaram, as duas estavam rindo.

— Acho que preciso ver seus filmes — murmurou Caê então.
— Tem algumas cenas que não achei que teria. Da próxima vez, seria legal me dar um aviso, antes de me jogar na fogueira.

Raffa nem respondeu. E dessa vez, quando Caê tocou suas costas de leve, conduzindo-o gentilmente, não se afastou do toque dele. Deixou-se levar até uma mesinha vazia, desabou em uma das cadeiras, descansou os braços no tampo de madeira e teve que se controlar para não esconder o rosto nas mãos.

23.

A mesa lotou minutos depois que ele se sentou, os recém-chegados comendo-o com os olhos. Raffa ligou seu sorriso de novo e manteve a conversa amigável fluindo.

Não que aquele pessoal valesse o sacrifício; não estavam fazendo qualquer esforço para incluir Caê na conversa. Ou ele não era interessante o suficiente para compor a network ou aquelas eram as pessoas mais sem educação que Raffa já vira. Na única vez em que Caê ofereceu um comentário, não demonstraram nem ter ouvido, e ele não tentou de novo. Ficou em silêncio, como se fosse invisível.

Pior, como se fosse aceitável ser invisível. Sem desconforto aparente, nada além de interesse educado no rosto. Raffa estava se perguntando se a própria imagem pública era tão importante assim, e o que Blanca diria se ele virasse a mesa em cima daquela gente, quando uma moça com um uniforme elegante veio resgatá-lo.

— Mil desculpas — disse ela para os outros, com um sorriso sem remorso. — Ordens da noiva.

Caê esperou um segundo a mais, sem saber se devia ir também. Raffa segurou seu braço e ele se levantou antes que os dois descobrissem quem ganharia, caso resolvesse arrastá-lo.

Tudo muito civilizado.

Os dois foram conduzidos para a outra mesa. Além de Amora e Amore, tinha alguns amigos mais próximos ali. A família do noivo, duas madrinhas que Raffa se lembrava de ter visto no casamento civil.

Eles se acomodaram, e então o almoço começou. Opções de carne vermelha e massa branca, e uma lasanha vegetariana que foi a escolha de Raffa. Garçons oferecendo vinhos para quem quisesse harmonizar, sucos e refrigerantes para quem ainda ia dirigir, enquanto Amanda falava da organização da festa e dos planos para a lua de mel. Ricardo estava segurando a mão dela sobre a mesa num aperto frouxo, para que ela soltasse quando quisesse gesticular, e a pegava de novo em seguida.

E a tarde foi passando, perfeita para uma festa. Céu sem nuvens prometendo um entardecer fantástico, com a vista do jardim para um lado e a do casarão para o outro. A sobremesa veio em seguida, mousses e sorvetes e creme de mamão-papaia, e porções bem arrumadas dos doces na mesa.

Caê ainda não estava participando. Comeu em silêncio, e talvez para ele aquela mesa fosse ainda pior, porque ali tinham mais educação. Faziam contato visual e cada assunto que alguém puxava era um convite para todos participarem. Mesmo Amanda, falando dos planos de passear na Itália, olhou para ele, abrindo espaço. Caê podia contribuir, se quisesse, certamente conhecia as cidades que ela queria visitar, mas ouviu com a mesma atenção de sempre, baixou o rosto sem dizer nada. Como se não tivesse notado.

Difícil não pensar em como ele costumava ser, com sua presença de encher a sala, o andar confiante, o sorriso magnético. A segurança. Podiam não gostar dele, mas ninguém o ignorava. Agora estava ali, silencioso, provavelmente entediado, naquela conversa que fluía sem ele e na qual tinha medo de entrar.

Se é que era medo. De repente só não estava mesmo interessado em nada.

De repente só estava triste.

Em algum momento durante a sobremesa, um dos garçons trouxe uma garrafa de vinho branco. Caê deu uma olhada distraída, e então olhou de novo, com mais atenção. Pegou a garrafa, contemplando o rótulo.

— É um dos seus — disse Ricardo, com um sorriso. — Quer provar?

Caê ergueu os olhos, surpreso. E respondeu naquela voz meio para dentro que não combinava em nada com ele:

— Só estava olhando. Vocês mudaram o logo?

— Hum? Ah, é, fizemos uma alteração pequena, pra deixar mais consistente. Ficou bom, não?

A resposta foi um sorriso de lábios fechados. Ele voltou o vinho para o centro da mesa com cuidado, cada movimento controlado, e Raffa se viu analisando o rótulo também, tentando lembrar como era antes.

Até onde podia ver, continuava só o nome numa fonte caligráfica, como sempre fora.

Ricardo devia achar a mesma coisa, porque perguntou:

— Não aprovou? Está bem parecido com o original. Moderno, mas sem descaracterizar.

— Eu não preciso aprovar nada — respondeu Caê tranquilamente. — Nem entendo dessas coisas.

— Como assim? — perguntou uma das madrinhas. — Do que estão falando?

Para Raffa, era bem óbvio que a moça estava desesperada com o silêncio, querendo encorajá-lo a abrir a boca, mas Caê se calou imediatamente, como se a pergunta fosse um ataque. Como se tivesse baixado a guarda sem querer. Ricardo respondeu, com o mesmo sorriso alegre:

— Ele é Fratelli. Começaram a vinícola em... Em 1900 e pouco, não foi? Você lembra melhor que eu.

Agora não tinha como ele fugir.

— Antes — murmurou Caê —, no século XIX ainda. Mas nessa época era uma empresa bem pequena. Só a família e uns dois empregados. A partir de 1910 virou aquela coisa que todo mundo sabe.

— Isso. Os caras foram muito empreendedores. Só esse começo dava um livro, e teve muito mais depois. Era uma coisa superexclusiva; tem umas fotos do vinho sendo servido em eventos de Estado, é uma história incrível. — Para Caê, ele disse: — Agora, como a gente quer que fique um pouco mais acessível, estamos dando uma mudada de leve, pra ajudar no reposicionamento.

— Uai — disse a moça —, tu não quer que seja exclusivo? Ricardo riu.

— Eu quero que *comprem*. Vinho bom não precisa ser elitizado desse jeito. Nossa ideia é que qualquer pessoa que queira possa experimentar uma coisa legal, de categoria, sem ter que vender a casa para comprar uma garrafa.

O que levou a conversa para outro rumo. Amanda imediatamente se entusiasmou para falar de negócios, Ricardo começou a explicar seus planos, e, no meio disso, dirigiu um sorriso compreensivo para Caê, discreto o suficiente para não chamar atenção. Caê sorriu de volta, daquele seu jeito quase imperceptível, só os cantos da boca se erguendo muito rápido, com um olhar tão agradecido que chegava a ser patético.

E foi isso. Meio segundo de estranheza que ninguém notaria, porque ninguém ali se importava com sua opinião. Se estava magoado, se estava com medo, se estava pensando numa piadinha estúpida sobre refrigerante de uva, o problema era dele.

Só que Raffa sabia que, daquela conversa toda, a única coisa que ele entendera era que a marca perderia o ar de realeza. Só que Raffa olhou o rosto dele e viu uma sombra de expressão passar rápido como um reflexo na água, viu-o baixar os olhos para o punho da blusa. Só que Raffa não ia deixar isso barato assim.

— De fato ele é Fratelli — disse então, interrompendo seu cunhado no meio da palestra. — Sabe o que eu estava pensando? A gente devia repensar essa história.

Caê se retesou, sem disfarçar a tensão, mas a resposta veio calma.

— Aí já não é assunto pra uma festa de casamento.
— Que assunto? — perguntou Ricardo, interessado. — Repensar que história?
— Não é nada — disse Caê, ao mesmo tempo em que Raffa respondeu:
— Essa história do contrato aí de vocês. Faz dias que estou pra te perguntar sobre isso, Rick. Foi seu pai que negociou, não foi?
— Sim, anos atrás. Qual é o problema?
Ainda sorrindo, ainda simpático, então talvez a subcorrente severa na voz fosse só impressão. Ou — uma ideia *fascinante* — talvez Ricardo estivesse desconfiando dele. Preparando-se para contornar outra situação constrangedora, como acabara de fazer. Afinal de contas, tinha passado anos vendo Caê se desmanchar um pouco mais a cada dia, mas Raffa era uma incógnita.

E seria tão fácil fazer graça. *Se vai mesmo modernizar o logo, se vai mudar tanto assim, devia mexer em tudo, deixar mais divertido, mais colorido, vamos investir em refrigerante e suco em pó e acabar de vez com o legado de uma família.* Seria tão simples, e daí sim seu pai ficaria orgulhoso. Dava para imaginar o brilho em seus olhos vendo o filho humilhar um rival, e era o que Caê estava esperando, mexendo no punho apertado da blusa, tocando o começo de um risco que dividira seu braço ao meio. O sorriso discreto amargurado e, por baixo, um olhar que Raffa conhecia bem, porque tinha sido sua própria expressão por muito, muito tempo. O desalento, o medo conformado. *Bate de uma vez, vamos acabar logo com isso.*

Raffa podia mesmo ser cruel, e Caê estava esperando crueldade. Fazia um bom tempo que não recebia nada de diferente.

Então Raffa se inclinou para frente, os braços sobre a mesa. Afastou um pouco o prato e sorriu para Ricardo.
— Vou te dizer já qual é o problema. Não sou advogado, mas esse contrato é o tipo de coisa que seu pai fazia, mas não representa o seu tipo de gestão.

— Não tem nada de errado nele — disse Ricardo, franzindo a testa.

— Não, não tem. Bom, eu não li, mas com certeza seu pai sabia o que estava fazendo. Mas ninguém com a cabeça no lugar assinaria uma coisa que não só não paga o valor justo, como não coloca prazo, não obriga uma das partes a nada e que impõe um castigo impossível se tentar renegociar. Uma coisa é multa, outra é acabar com a vida de alguém desse jeito. É perverso, e olha que eu trabalho na TV, que é basicamente negociar com tubarões.

Agora Raffa tinha a atenção da mesa toda. Ricardo ainda estava de testa franzida, um rubor começando no rosto, surpreso com o ataque.

Amanda, nem tanto. Calma, o cotovelo na mesa e o punho sustentando o queixo, como se assistisse a uma apresentação de resultados em seu escritório.

Raffa não prestou atenção. Isso tudo era visão periférica, estava olhando só para Ricardo, porque não era justo. Esse era o problema; não era justo que Caê se rebaixasse, que defendesse aquele cara por nada, que ficasse em silêncio, agradecido por não ser humilhado numa porra de uma festa enquanto o dono da mesa explicava o que faria com seu nome, não quando ele estava ali para segurar a mão de um idiota de quem não tinha motivo algum para gostar. Raffa, que nunca tinha perdoado ninguém na vida, não ia deixar passar, porque Caê não merecia isso e não era *justo*.

— Na verdade — disse ele, ainda sorrindo, confortável como se estivesse no palco —, nem é uma crítica. Do jeito que eu entendo, está tudo certo. A falência foi limpa, na medida em que dá pra ser, o leilão também, e essa negociação da marca também, e agora vocês têm tudo. O nome pra usar pelo resto da vida. A casa, as terras, os vinhedos, a vinícola, o maquinário e um legado de mais de cem anos, porque a mãe dele fez merda nos negócios, e ele fez merda assinando sem consultar alguém com cérebro, numa hora em que estava sem condições de pensar.

— Mas assinou — apontou Ricardo. — É assim que as coisas funcionam, você não pode só jogar esse tipo de palavra como... Você fala em perversidade, mas, cara, não tinha nada no contrato que ele não pudesse ler.
— Sabia que seu pai negociou no hospital?
— Sim, ele foi lá pra ver como as coisas estavam, foi um gesto de...
— Ele fechou um contrato na sala de espera de um hospital. Com alguém que tinha acabado de perder a mãe. Você teria feito isso?

Por um momento, Ricardo ficou sem fala. Quando respondeu, sua voz veio diferente.

— Bom, eu entendo a sua frustração, mas olha, vou ter que concordar com o Carlos. E pedir pra falar disso em outro momento.

Isso ele podia tentar, Raffa estava pagando para ver. Com uma doçura firme de irmão mais velho, ele estendeu a mão e segurou o punho de Ricardo sobre a mesa.

— Rick, me escuta. Eu pensei no que a gente conversou ontem, sobre um jeito mais honesto, mais sincero de fazer as coisas. Sobre... bom, sobre legados. Os caminhos que a gente segue. Ou que escolhe não seguir. Seu pai tinha o estilo dele, o meu também, e nós temos o nosso, e porra, o nosso é melhor. É *bem* melhor. Quando é que eles iam conseguir juntar as três famílias assim numa mesa pra uma festa?

— E sem ninguém morrer envenenado — comentou Amanda, sem mudar de posição. Os olhos cintilando.

Raffa a ignorou. Ainda encarando seu cunhado, ele disse:

— A gente não se conhece tão bem ainda, mas minha irmã é a pessoa mais íntegra que eu conheço. E não estaria se casando se você não fosse íntegro também. É por isso que eu fico à vontade pra levantar o assunto aqui, na frente de todo mundo. Se ela acredita que você estava falando sério quando disse que ia jogar limpo, então eu também acredito.

Ricardo olhou para Amanda, confuso demais para contra-atacar. E, na pausa que se seguiu, ela respondeu tranquilamente:

— Lógico que acredito. Eu ponho a mão no fogo.
— Eu penso mesmo assim — murmurou Ricardo então. — De verdade. Dá pra viver sem prejudicar ninguém. Dá pra competir sem massacrar os outros, eu acredito nisso.

Raffa sorriu, adoçando a voz.

— E você foi limpando tanta coisa que seu pai deixou pra trás, só falta isso. — Ele fez uma pausa de efeito, então acrescentou: — Isso e a nossa competição de natação. É o meu próximo tópico.

Ricardo arregalou os olhos.

E então começou a rir. Rir de verdade, com gosto, colocando os cotovelos na mesa. Escondendo o rosto.

— Ah, você *lembra* — disse Raffa, satisfeito.

— Cara. Eu estava torcendo pra *você* ter esquecido. Eu duvidei da sua reputação, sabia? Achei que você era a parte fofinha da família.

— Eu sou. Que reputação?

— Hmmm — fez Amanda, mordendo um docinho com delicadeza. — Não se preocupe com isso.

— Eu amo meu velho — falou Ricardo. — Juro, daria qualquer coisa pra ele estar aqui, mas puta que pariu. Que desgraçado que ele era. Desculpa, juro que não compactuei com nada que ele fez naquele ano. Eu te devolvo a medalha, que tal? Deve estar em algum lugar.

Raffa riu também, um pouco para sua surpresa. Talvez acabasse gostando desse cara. Um dia. Estendeu a mão sobre a mesa e Ricardo a pegou, apertou com sua firmeza amigável de homem de negócios.

— Pode confiar. Você vai ver.

— Eu sei — respondeu Raffa, e pegou a garrafa de vinho branco. — Um brinde pra fechar?

Ricardo estendeu a taça. Raffa serviu a mesa na ordem e só então olhou para Caê.

Que não tinha dito uma palavra. Imóvel na cadeira.

Raffa nunca vira seu rosto tão branco.
Ricardo também notou e segurou seu ombro com carinho.
— Tudo bem aí?
Ele fez que sim. Engoliu em seco, forçou um sorriso, tentou responder. Sua voz não saiu.
Ricardo insistiu:
— Estou falando sério. Vamos conversar depois, vai dar tudo certo. Você vai ver.
— Sim. Perfeito, muito obrigado, Rick. Desculpa, você se importa se eu fumar?
Ainda era surreal vê-lo pedindo permissão. E Ricardo não deu, ainda por cima, respondeu com uma risada:
— Aqui dentro, me importo, sim, mas se sair da área coberta, fique à vontade. O que mais tem é espaço aberto.
Caê se levantou tão rápido que a cadeira balançou. Ele a ajeitou rapidamente e saiu sem olhar nos olhos de ninguém, desviou dos garçons no caminho e dos poucos convidados ainda de pé, e Raffa só percebeu que estava encarando quando Amanda tossiu de leve, chamando sua atenção de volta.
— Um pouquinho da sua atenção, por favor?
Ela já estava se levantando, de modo que Raffa não teve escolha. Levantou também, e ofereceu o braço para ela.

24.

Amanda não disse nada até chegarem ao fim da tenda. Passaram um jarro de alguma planta espigada, vai saber o que era aquilo, e então ela parou de andar. Dali para frente era chão de terra até o jardim e, com o salto fino, ela ia afundar como se fosse areia movediça.

No momento, Raffa não sabia se isso seria tão ruim assim. O céu estava mudando de cor, ganhando tons de vermelho e laranja. Tinha passado tanto tempo naquela festa que já estavam perto do entardecer.

O que significava que precisava achar Caê e levá-lo de volta para o restaurante. Tudo pela escala.

Por que ele tinha saído daquele jeito? Sim, sair era compreensível, mas por que *daquele jeito*?

— Olha, na verdade eu tenho um horário. Ele tem, digo, pro restaurante abrir.

— Dá um minuto pro cara respirar. Ele com certeza precisa.

— É, mas não dá tempo de você brigar comigo.

Amanda o encarou por um momento bem longo.

Então riu.

— Tá. Que porra foi essa?

Raffa encolheu os ombros, aliviado.

— Uma conversa entre amigos. Você disse que hoje era para atividades diplomáticas.

— Diplomático? Me corrige se eu estiver errada, mas você por acaso insinuou que vou me divorciar se meu marido não pagar seu namorado?

— Não falei nada de divórcio. Só disse que não me parece que você se casaria com alguém que fala tanto e não entrega nada, o que é verdade, não é? Ele parece tão legal, então que sustente na prática. — E, depois de um momento, acrescentou: — E ele não é meu namorado.
— Você é tão estranho, Raffa. O que houve, não odeia mais o cara? Vão ser amigos?

Ele ainda estava sentindo a adrenalina da performance, aquele triunfo de sair sob aplausos misturado com o susto de ver o rosto descorado de Caê. A pergunta o obrigou a voltar à Terra. Raffa cruzou os braços, sentindo o frio de repente, tentando se esquentar.

— Não é questão de odiar. Só não quero ir embora sabendo que ele não tem como viver.
— É verdade a história do hospital?
— Claro que é. E ele me contou como se fosse um grande favor. Como se o velho tivesse salvado a vida dele.

Amanda considerou a informação com cuidado, olhando o entardecer ao seu lado.

Com um suspiro, ela disse:
— Eu não me casaria mesmo se achasse que o Rick não banca o que fala. Responde o que eu perguntei: vocês vão mesmo ser amigos?
— Eu e o Rick?
— Não, meu bem. Não você e o Rick.

Raffa deu de ombros então.
— Não. Não sei. Acho que não. São coisas bem... Não sei nem se eu quero, que dirá se *ele* quer, e de qualquer modo estou indo embora da cidade, então nem vai... — Ele deixou a voz sumir, sem saber como terminar. Então forçou um sorriso. — Você me acha muito idiota?

Amanda brincou com algum detalhe de renda da saia, pensativa. Considerando a questão com todo o cuidado.

— Você nunca me contou qual era o problema com ele.
— Não. Não contei.
Ela esperou. E, quando ele não disse nada, esboçou um sorriso.
— Eu acredito em perdão. E também acredito em não ser idiota. Então não sei. Mas lembro que uns anos atrás uma pessoa meio nova no ramo tomou umas decisões que me deixaram irritada. Os detalhes não importam, mas deu uma atravessada bizarra, muito deselegante. Desleal. E eu pensei... nem seria difícil ensinar uma lição pra esse babaca. Mas será que era assim que eu queria ser? Era isso mesmo que eu queria fazer?
— Talvez não seja questão de querer — murmurou ele. — Talvez eu seja assim. Vingativo. Amargo.
— Você é uma fofura — respondeu Amanda com um sorriso.
— Mas sempre é questão de querer. Você é o que você faz, Raffa. No fim chamei o cara pra um café, avisei que ia deixar essa passar, mas que a próxima seria considerada uma declaração de guerra, e foi isso. Acho que não tem como saber quando é hora de perdoar e quando é hora de passar recibo, ou de ir embora, ou de qualquer coisa, então quem sou eu pra criticar? Talvez nem exista uma resposta certa, só decisões que a gente toma. — Ela encolheu os ombros, e completou: — O que é um jeito mais rebuscado de dizer que, se quer perdoar o Fratelli, só você pode dizer se está sendo idiota ou não, até porque eu nem sei o que ele *fez*.

O que era, por sua vez, um jeito torto de dizer que ela não o julgaria, e Raffa não tentou esconder o alívio. Engraçado como, ainda agora, dava mais trabalho fazer isso, deixar que ela percebesse, do que disfarçar. Vulnerabilidade aparelhada tinha esse defeito.

Uma pausa longa, então, os dois ali vendo o céu avermelhando. Ela ajeitou uma mecha de cabelo atrás da orelha e, num impulso, Raffa desfez o arranjo, porque o penteado não era assim. A ousadia fez Amanda rir e empurrar sua mão como se fossem crianças.

— Mas só pra constar — disse ela, como se não tivesse feito pausa nenhuma —, se der merda, eu te ajudo a sumir com o corpo. O Tietê está longe, mas nosso rio aqui tem correnteza.
— Vocês se contam tudo, é?
— Quase tudo. É sério. Estou do seu lado, sempre.
— Eu sei — respondeu Raffa, e era verdade. — Por curiosidade, no que deu a situação com o cara?
— Que cara?
— O que te atravessou. Ele fez isso de novo? Valeu a pena perdoar? O que aconteceu?
— Ah, *esse* cara — disse ela, com uma risada. — Aconteceu que casamos nessa quarta-feira e agora ele está lá me esperando, provavelmente xingando meu irmãozinho de tudo quanto é nome. Certas escolhas têm desdobramentos inesperados.

Raffa também riu, e teve a surpresa de sentir certo tremor na boca.
— Nossa. Como você é otária.

Amanda gargalhou.
— Cala a boca, Raffa. Você não vai ficar até o fim da festa, né?

Ela não parecia magoada. Tinha carinho em seus olhos, uma compreensão muito verdadeira.
— Tenho que voltar pro centro. Ele tem horário. Seu marido é um carrasco.
— É parte do charme dele. Obrigada por ter vindo, apesar da extrema má vontade, dor de cabeça, confusão generalizada e de ter posto meu casamento em risco. Sei que ter olhado seu lindo rostinho abençoará minha união.
— Eu que agradeço a paciência, e desculpa o mau jeito, Amora, mas se cuida. Quem rouba num campeonato de natação é capaz de qualquer coisa.
— Olha só quem fala. Sabe, é um alívio que você não queira disputar o império comigo.

Isso o fez erguer as sobrancelhas.

— Eu teria ganhado?

— De jeito nenhum, mas ia me dar trabalho.

Era *desse* olhar que ele se lembrava, que tinha sentido tanto medo de perder. A admiração que iluminava seu mundo inteiro. Raffa teve que fazer um esforço para soar leve, manter a voz firme.

— Obrigado, vou me lembrar disso se mudar de carreira.

— Não mude. Eu gosto da sua. Ainda que me obrigue a desligar a TV, porque você não para de tirar a roupa.

— Reclama com a minha diretora, eu não tenho nada com isso. Você é brilhante, Manda. Eu não teria a menor chance.

— Ah, vá — começou ela, mas dessa vez Raffa interrompeu. Fez um carinho em seu queixo, como costumava fazer com sua bailarina desastrada tantos anos antes, e disse:

— É verdade. Você leva jeito, e eu sei disso desde os seus estágios na faculdade. Você é incrível, e eu sou seu maior fã.

Ela arregalou os olhos. Então passou o braço em volta de sua cintura e Raffa a abraçou, e dessa vez também não se preocupou em poupar a maquiagem e o cabelo dela.

25.

Procurar Caê deu mais trabalho do que Raffa esperava. Sim, ele provavelmente precisava mesmo de um momento para respirar, mas impossível que tivesse ido embora, impossível que não quisesse mais nem olhar na sua cara. As coisas tinham dado certo, não tinham? Raffa devia ter avisado antes, mas nem ele sabia o que ia fazer até se ver fazendo, e a cena nem fora tão desagradável. Certo?

Ele olhou em volta da área da festa, depois foi obrigado a aumentar o perímetro de busca. Perto da entrada, atrás da casa, onde os vinhedos começavam, depois de novo na tenda, caso ele tivesse voltado para a mesa, e então na varanda outra vez. Parecia um daqueles sonhos irritantes onde nada estava onde deveria e as coisas se distorciam para deixar tudo mais difícil. O que faria caso Caê não aparecesse? Ir embora e procurar na cidade? No restaurante? Na casa dele? Em que buraco o idiota tinha se enfiado?

Devia era voltar para a festa. Ou, quer saber, ir embora de vez, Caê não merecia esse esforço, e era tão insuportavelmente injusto que seu coração estivesse martelando daquele jeito. Culpa, de novo, sempre, o tempo todo, uma acusação que não ia embora, uma voz ecoando em seu ouvido. *O cara levou um susto. Precisava fazer as coisas desse jeito? Você não pensa?*

Mas eu queria ajudar, defendeu-se ele. *Dessa vez não fiz nada!* Parou na varanda — pela terceira vez — e se obrigou a agir com calma. Respirar, pelo menos. Ignorar a acusação, ignorar tudo e raciocinar.

Talvez devesse mesmo ir embora. Se Caê estivesse na estrada, ele o encontraria, podia dar uma carona. Podia passar reto. Podia ir direto para São Paulo e nunca mais voltar, deixar a mala no hotel mesmo, foda-se, que diferença fazia? Raffa desceu de novo os degraus, esfregou os olhos com tanta força que levou alguns segundos para recuperar a visão, cheia de manchinhas brilhantes. Não devia nem ter vindo. Não devia ter dito nada.

Só mais uma volta, então. A última.

Passou pelo estacionamento de novo e dessa vez foi até a cerca baixa que demarcava a plantação. O terreno dos Monteiro ainda ia longe, mas impossível que Caê tivesse seguido além disso, e Raffa estava farto de andar e queria não ter vindo, não ter falado nada, queria nunca ter pisado em Dorateia, e foi até aquela cerca miserável numa última tentativa antes de lavar as mãos de tudo aquilo.

E teve que se obrigar a seguir com calma, sem correr, quando viu uma silhueta mais à frente.

Caê ainda estava fumando, e já devia ter acabado com meio maço. Tinha se sentado na ripa mais alta da cerca, olhando a plantação que, no momento, era mesmo um cenário de cinema, um céu mágico raiado de vermelho. Até seu cabelo parecia diferente refletindo aquela luz.

— Acabou seu show? — disse ele baixinho, sem se virar, assim que Raffa chegou mais perto.

Ele ia responder. Ia xingar e pedir desculpas e dizer que nunca mais fizesse aquilo, tinha pensado em mil acusações antes que seu cérebro se dissolvesse e ia falar todas, mas no fim não saiu nenhuma. Em vez disso, abraçou-o pelas costas, quase desequilibrando-o na cerca, e deixou a cabeça pender, sua testa no ombro coberto pela malha escura. Cheiro forte de cigarro e amaciante de roupa, de colônia barata. Caê estava tenso, dava para sentir, mas Raffa também estava, e o corpo rígido em seus braços era onde podia se agarrar.

— Não teve show nenhum — murmurou, a voz abafada na blusa dele. — Quer ir embora?
— Ah, não? Essa merda toda foi o quê?
— Só um favor de amigo. Vamos pro hotel.
Caê pegou seu pulso, quis afastar sua mão. Raffa relutou, mas ele segurou com força, num gesto tão firme que podia dar em qualquer coisa. Uma cotovelada no estômago, talvez. Caê se desvencilhou do abraço, desceu da cerca, apagou o cigarro na ripa de madeira. Ele jogou a guimba no chão e Raffa quase reclamou. Então Caê se virou e o encarou. Olhos vermelhos, sua expressão gelada. Raffa lambeu os lábios, nervoso de repente. *Terceira vez*, pensou, amortecido. Terceira vez que o fazia chorar.
— Eu estava tentando ajudar.
— Quem te pediu ajuda?
A voz dele soou tão dura que Raffa teve vontade de recuar. Obrigou-se a ficar parado; aquilo era só um eco do passado, a lembrança eriçando sua pele. Nenhum dos dois era criança, não ia apanhar agora. Caê estava diferente.
Ele tinha quase certeza.
— Responde. Quem pediu a sua ajuda?
Aqueles olhos molhados e a voz muito baixa, cada palavra enunciada como se Raffa fosse estúpido demais para entender.
Ele tentou responder:
— Ninguém pediu, mas você precisava, e é justo, e eu pensei... é mais fácil resolver essas coisas assim. Você não quer processar o cara. E funcionou, não foi? É pra isso que serve network, você sabe o tanto de negócios que se fecha na mesa de um bar, eu só quis...
Caê segurou-o pela nuca e o trouxe perto o bastante para Raffa sentir o cheiro de vinho em sua boca.
— Por favor — sussurrou Raffa, as palavras escapando sem querer. — Eu achei que estava ajudando.
— Me responde então, seu filho da puta, quem foi que pediu a porra da sua ajuda? O que você está fazendo comigo? Nós não

somos amigos! Você me odeia, mal consegue ficar do meu lado, não quer nem que eu diga o seu nome, o que aconteceu? Passou a raiva? Mudou de ideia?

Ele piscou com força, lágrimas nos olhos e nos cílios escuros, ferido e magoado, e o medo de Raffa se dissipou como fumaça na brisa. Caê não estava nem pensando em violência, não estava ameaçando, só encarando-o com o rosto molhado e segurando-o com a mão trêmula, porque se acostumara a aguentar todo tipo de insulto e não sabia o que fazer com um gesto de amor.

— Eu não mudei — disse Raffa, atarantado demais para mentir.

Caê o sacudiu, desesperado.

— Então o que foi isso? É pra provar que é melhor do que eu? Que não tenho mais porra nenhuma? É o seu jeito de esfregar na minha cara? Cara, juro que eu sei, não precisa disso! Eu já vivo de caridade, não sou capaz de conversar com ele e não vou processar ninguém, eu sei que sou covarde e sei exatamente o tanto de merda que já fiz, não tem como me pôr mais pra baixo do que já estou, o que você quer?

Raffa segurou os pulsos dele e afastou suas mãos, zonzo o suficiente para responder:

— Queria te ajudar. Só isso.

— Então para — respondeu ele, um tremor soluçado partindo a voz. — Meu Deus do céu. Para. Chega. Você podia acabar com a minha vida, e também pode resolver tudo estalando os dedos, e não tem nada que eu possa fazer em nenhum dos casos além de te pedir por favor pra me deixar em paz. Porra, eu estou pedindo, você ganhou, eu já entendi, me deixa quieto! Vai embora de uma vez e me deixa!

— Não quero ir embora — disse Raffa então. — Não quero te deixar. E não te odeio porra nenhuma, eu queria, eu *tentei*, acho até que tenho todo direito de odiar. Eu tinha tanta certeza de que ia ficar feliz se você se ferrasse. Eu só queria...

— Fala — exigiu Caê, uma ordem naquele mesmo tom frágil, e Raffa sacudiu a cabeça.

— Falar o quê? Eu queria ser seu amigo. Na escola. Eu queria tanto ser seu amigo. Queria não ter medo de você. Queria perdoar e esquecer. Eu queria.

Outra pausa. Caê libertou-se de seu toque, cruzou os braços no peito, talvez para esconder o tremor nas mãos. Ou talvez quisesse se esquentar naquele frio da noite começando, e por um segundo era tão plausível que Raffa fosse abraçá-lo, esfregar suas costas. Oferecer o calor do seu corpo.

Ele também estava com frio.

— Fala — repetiu Caê baixinho. Seus olhos marejados, furiosos.

— Você quer me falar desde que chegou aqui, Monteiro. Então fala.

Raffa queria mesmo. Porra, como ele queria. Como tinha esperado. Doze anos de lixo entalado apodrecendo na garganta. Raffa segurou a cerca com as duas mãos, como se fosse cair. Ou vomitar. E falou.

Era muita coisa. Era cada esbarrão no cotovelo enquanto estava escrevendo fazendo-o riscar o caderno. Cada empurrão na escada, jogando seu corpo contra a parede. Eram os apelidos, as risadas, o copo de plástico em sua boca e o braço em seu pescoço forçando-o a beber, e com sorte Caê teria só cuspido no chocolate aguado da escola. Era o tapa na cabeça e o sangue escorrendo do nariz, o ar faltando depois de um murro no estômago, e mais e mais e mais numa espiral interminável de lembranças, e no meio de tudo aquilo tinha a ameaça sempre presente de seu pai, tinha o terror de que Amanda descobrisse como era sua vida e percebesse como ele era patético, tinha a vontade desesperada de agradar alguém, qualquer pessoa, de achar um motivo, de ter pelo menos a chance de pedir desculpas por existir e prometer melhorar se alguém só fizesse o favor de, pelo menos uma vez, olhar para ele como se Raffa não fosse um estorvo, uma vergonha, um saco de pancadas.

— Eu só queria entender. A gente podia ter se dado tão bem, não precisava muito. Não precisava quase nada, você só tinha que me deixar em paz, era só isso, não precisava nem ser legal comigo. Um pouco de paz e eu teria feito qualquer coisa. Eu queria tanto. Era só ter jogado uma porra duma migalha na minha direção e eu teria ficado de quatro pra você. Por que me tratar daquele jeito? Eu não era nada. Não fazia nada. No que eu te incomodava?

Caê não respondeu. Aquilo não era uma conversa, era uma surra, e ele apanhou quieto por todas as vezes em que Raffa tivera que fazer a mesma coisa. Baixou a cabeça e ouviu, e sua única reação foi enxugar o rosto de vez em quando. Derrota completa e humilhante nas mãos do imbecil de seu inimigo e, quando Raffa silenciou, ele fechou os olhos, cílios cheios de lágrimas e perguntou numa voz muito baixa:

— Para que me ajudar, então? Foi tão bom pra você. Tão divertido, não foi? Passar esses dias esfregando a minha cara em toda a merda que eu já fiz?

Pensa nisso quando quiser se sentir melhor, ele tinha dito no dia anterior. Uma vida atrás.

Caê parecia tão sozinho, recortado no entardecer espetacular da fazenda, naquele vermelho-sangue tomando o céu, e Raffa descobriu que se lembrava disso também. Seus silêncios. Seus rompantes, suas fugas, seus sumiços. Seus acessos de raiva. Aquele desespero implacável que às vezes atravessava seu rosto como uma sombra, ainda naquela época. O menino agressivo e violento e desesperadamente solitário que Caê tinha sido, implorando atenção de qualquer jeito, com um sentimento apavorante crescendo dentro dele, sem palavras para explicar ou ferramentas para entender ou algum adulto para ajudar, ou para ensinar a pedir ajuda, aprendendo italiano para responder a uma carta que não chegava. Tentando, do jeito dele, achar uma forma de sobreviver. Todo molhado, o cabelo escorrendo e a roupa grudando no corpo, soluçando na cadeira ruim da diretoria.

— Porque não funciona — Raffa respondeu. — Nada funciona. Faz doze anos e ainda não te esqueci. Eu penso em você o tempo todo. Sonho com você quase toda noite. Fui atrás de você quase todos os dias desde que cheguei aqui. Eu te vejo mal e isso acaba comigo. Eu queria não ter dito nada que eu falei, não ter feito nada que eu fiz. Queria não ter te machucado.
— A noite no Fontana? — perguntou ele, incrédulo. — Você se sente mal por isso?
— Não foi certo, não importa que você se odeie demais pra perceber, então sim, me sinto mal por isso, mas eu... — Ele tinha que falar. Se podia dizer todo o resto, tinha que dizer isso também. — Aquela noite na piscina. Não foi certo, e se eu tivesse imaginado...
— Você se arrepende daquela noite? De ter me beijado? — A voz dele soou tão frágil, tão pequena, como se Raffa tivesse girado a faca dentro da ferida.
Não era a reação que ele tinha esperado.
— Você não queria — disse Raffa, atordoado. — E o que eu fiz, eu te forcei e acabou com a sua vida, não foi...
Caê riu baixo, engasgado, e era um soluço também. Soltou o ar com força, esfregou os olhos com o punho fechado.
— Meu Deus. Não queria? Vamos fingir que eu não queria te beijar? Que não passei a minha vida inteira querendo te beijar? Você está nessa febre toda de me ajudar pra se redimir porque uma vez tentou devolver o que eu fazia e as coisas saíram do controle? Porque foi meio babaca no restaurante? Não se preocupe, está desculpado, se é isso que quer ouvir, mas você não me deve desculpas.
Ele se encostou na cerca como se precisasse de apoio, tateou nos bolsos, puxou o maço de cigarro. Acendeu com a mão tremendo. Raffa se perguntou quantas vezes tinha se agarrado àquilo para não fazer algo bem pior. Quantas vezes tinha perdido aquela batalha e encostado o braço no isqueiro aceso.

— A minha vida inteira na escola foi uma experiência miserável — disse Caê então, sem olhar para ele. — Eu odiava cada minuto naquele lugar, nessa cidade, nessa merda dessa vida, e a única coisa que lembro com carinho, o único momento em que valeu a pena existir foi esse. Um beijo que você me deu porque, mesmo depois de tudo, mesmo naquela época, não deu conta de se vingar direito e ir até o fim. Porque você não consegue deixar de ser você. Não é que eu me odeie, Monteiro, foi tudo mais do que merecido. Você estava *certo*. Não precisa se desculpar por nada.

Raffa quis responder — contestar, talvez, e não achou palavras. Tudo que ele sempre quisera ouvir, entregue assim numa bandeja. Desatando um nó tão antigo, deixando-o respirar.

Eles sempre tinham se entendido tão bem, de um jeito distorcido e afiado, e talvez Raffa fosse mesmo idiota. Nunca tinha lhe passado pela cabeça que Caê fosse entender melhor do que ninguém aquela noite. Que, de todas as pessoas do mundo, a única que entendia o tanto de dor que ele suportara antes de estourar fosse justo sua vítima. Seu inimigo.

Então os dois ficaram calados, e Raffa só o olhou fumar, um pôr do sol tão vermelho logo atrás das costas dele que os vinhedos pareciam em chamas. Caê puxando um cigarro atrás do outro, abrindo os olhos só para acender o isqueiro.

Quando se animou a falar, sua voz tinha mudado. Vazia. Cuidadosamente neutra.

— Volta pra festa. Vai se divertir um pouco.

Raffa hesitou.

— Eu te levo embora — ofereceu.

— Não.

— Pra sua casa — murmurou ele. — Ou pro restaurante. Como a gente combinou.

Caê baixou o rosto, possivelmente calculando o tempo que levaria se fosse andando. Ou a probabilidade de conseguir carona com outra pessoa.

— Obrigado — sussurrou. Uma admissão de derrota.

Raffa segurou seu braço. Um gesto incontrolável. Era isso ou fazer alguma coisa estúpida, como pegar sua mão, e não o soltou até chegarem no carro.

26.

A volta foi bem mais rápida que a ida.
Ele não pretendia correr, mas a estrada estava vazia. E Caê tinha se encolhido no banco do passageiro, virado para a janela, tão obviamente lutando para não chorar que Raffa não quis demorar um segundo além do necessário.

— Pronto — disse quando pararam na frente da casa escura.
— Tá entregue.

E era isso. Bem possível que não se vissem mais. Raffa sem dúvida não ia voltar para Dorateia, e Caê... Vai saber. Talvez se mudasse de lá quando entrasse mais dinheiro. Talvez fosse para a Itália. Talvez ainda se cruzassem por aí.

Talvez.

Caê hesitou, ofereceu um sorriso frágil, lábios fechados, e abriu a porta do carro. O que acendeu a luz de teto, e Raffa teve um momento para olhar seu rosto na claridade. Muito pálido, os olhos duros como vidro, a boca apertada. Ele não parou para pensar. Agarrou seu braço antes que Caê descesse, deslizou o polegar sobre o pano da blusa, como se assim fosse sentir as cicatrizes.

— Você não vai fazer merda.

Era para ser uma pergunta.

Não foi.

Caê embranqueceu um pouco mais e demorou para reagir, mas então seus olhos suavizaram numa expressão difícil de decifrar. Vergonha e um susto acanhado, como se ainda agora, depois de tudo, a preocupação de Raffa fosse uma surpresa.

Ele assentiu. Desceu do carro e fechou a porta sem bater. Abriu o portão.

Raffa engrenou a ré. Num impulso, deu duas buzinadas curtas antes de sair, numa despedida amigável, e Caê, que já estava destrancando a porta, ergueu o dedo médio sem se virar. O que não devia ter provocado o tanto de alívio que ele sentiu. Amigos de novo. Ou algo assim.

Em dez minutos Raffa já estava entrando no quarto do hotel, as lâmpadas se acendendo automaticamente. Chutou os sapatos para um canto, deixou o terno na mesinha, então mudou de ideia e pendurou-o no armário. O pior que podia acontecer era esquecer de pegar depois, e não faria qualquer diferença.

E agora? Podia fazer a mala e encarar a estrada. Ou sair. Dar uma volta. Achar um cinema — tinha cinema em Dorateia? Ou podia achar uma pessoa. Ele era Raffael Monteiro, só ia dormir sozinho se quisesse. Podia até voltar para a festa, surpreender Amanda.

Ou então poderia ir até a piscina aquecida do hotel e ver o reflexo da água nas paredes. Perder-se no cheiro de cloro e pensar no beijo que implodira sua vida e a de Caê numa noite só.

Raffa se sentou na beira da cama, deixou-se escorregar para o chão e deitou a cabeça no edredom. Fechou os olhos, as mãos espalmadas no tapete macio. Estava em seu quarto de hotel, bem longe do piso molhado do ginásio. Mas também estava na beira da piscina, tremendo inteiro, pingando água. *Você se apaixonou?*, Caê perguntara, os olhos duros, a voz vibrando num ódio imerecido. *Então tira a sunga e dá pra mim.* Isso quando Raffa protestara, sem saber onde tinha achado coragem, incrédulo e magoado, porque Caê o fizera entrar na escola e não tinha deixado ninguém rir. E porque Raffa tinha sonhado a vida inteira em ser seu amigo. E porque tinha acreditado, de verdade, que poderia acontecer. Ele tirou a sunga, o rubor subindo do pescoço até a ponta das orelhas, cobriu seu membro com as duas mãos, e

Caê riu tão alto que ecoou até o teto. Depois jogou suas roupas na piscina, como Raffa já sabia que ele ia fazer, e sua raiva foi maior do que a vergonha.

Ele avançou.

Mais tarde viu, com a equipe gestora da escola, e seus pais e a mãe de Caê — furiosa e elegante, erguendo seu queixo para gritar em seu rosto, querendo saber o que Raffa fizera com seu filho, enfiando as unhas feitas tão fundo que tirou sangue de suas bochechas —, a gravação das câmeras de segurança. Suas costas arrepiadas, a ponta dos dedos tão geladas que doíam, os dentes querendo bater.

Isso vocês veem?, dissera Raffa. *E o que ele faz comigo, não?*

Pois é. Isso eles viam.

Raffa tinha avançado e devolvido cada soco. Caê reagira, não ia apanhar quieto nunca, não naquela época. Dois meninos numa luta silenciosa e violenta, batendo para machucar, tão perto da piscina que ele tinha caído. Ou Raffa o empurrara.

Caê não sabia nadar.

Raffa se levantou, sangue escorrendo do nariz e de um corte na sobrancelha, a cabeça rodando. Pisou na mão dele quando Caê se agarrou na borda. Uma vez, duas. Queria quebrar seus dedos. E riu quando ele afundou se debatendo, espirrando água, gritando. *Quem é que manda nessa porra agora? Pede desculpa e eu te deixo sair.*

Caê mal escutou, desesperado, e Raffa se ajoelhou nos ladrilhos e agarrou a camiseta ensopada dele, mantendo sua cabeça fora d'água.

— Faz o que eu mandei, seu merda! Pede desculpa direito, pede por favor!

Caê agarrou seu braço, segurando-se, e que delícia o ver assim, com a boca estourada e os olhos arregalados, ainda que Raffa estivesse sangrando também. Que momento glorioso, aquela primeira vitória de sua vida.

Então Caê jogou o braço em volta de seu pescoço e Raffa esperou que ele o puxasse para continuarem a briga dentro d'água, mas ele não puxou, nem tentou se içar. Segurou-o daquele jeito, fazendo-o se desequilibrar no azulejo molhado e se curvar mais ainda, e apertou o rosto contra o seu. Tossindo em seu ouvido, engasgado, cuspindo água em seu ombro.

E Raffa parou. O rosto colado no dele, a raiva se esvaindo. A sirene de sua consciência rompendo a lava quente, fazendo-se ouvir. Segurou-o também. Não chegava a ser um abraço nem um salvamento, não dava ângulo para puxá-lo. Mas era alguma coisa, eles ali enlaçados como se não estivessem tentando se matar até meio segundo atrás. Água batendo nas paredes da piscina, a respiração ofegante dos dois.

Desculpa, falou Caê. Claramente. *Me desculpa.*

Tudo bem, respondeu Raffa, e beijou sua boca.

Ele já tinha beijado antes — mais ou menos. Mas não assim. Não como se fosse dono de outra pessoa, não com a língua dentro de sua boca, nem com aquele gosto de cloro e sangue. E Caê, ainda com o braço em volta de seu pescoço, gemeu com tanto alívio, segurando-se só nele, lábios macios e abertos.

Ele tinha chorado depois, na sala do diretor. Cabeça baixa, os ombros para dentro, encolhido na cadeira, enquanto cada um dos adultos na sala esbravejava por uma coisa diferente.

Raffa, não.

Raffa assistira, amargo e horrorizado, tentando desesperadamente se convencer de que estava tudo bem, tomado por um ressentimento borbulhante como ácido e pela culpa que ia carregar pela próxima década. Ali no quarto, deixou a lembrança se expandir como quisesse, sentindo um calor de lágrimas querendo escapar. Sua raiva, sua mágoa, seu medo, sua vergonha, cada sentimento passando por ele, travando sua garganta, embrulhando seu estômago. E aquietando-se depois, como a água da piscina que ia ficando mais calma.

Pela primeira vez, ele era o adulto na sala, vendo dois meninos se debatendo sem ajuda, imaginando o que teria acontecido se alguém tivesse tido a boa vontade de pôr os dois em horários alternados. Se o houvessem ajudado a entender que nada daquilo era sua culpa, talvez não tivesse crescido tão desesperado para agradar a todos.

E se alguém tivesse puxado Caê de lado e *olhado* para ele, pelo menos uma vez. E visto toda a sua raiva, a dor furiosa que aquele garoto não admitia, e o ensinado a lidar com isso sem destruir ninguém. Então talvez ele não tivesse decidido que o certo era destruir a si mesmo.

Raffa queria que aquilo tivesse acontecido.

Engraçada, toda essa certeza. Essa vontade retroativa. A mãe de Caê ou o pai dele surgindo do nada. Um professor mais sensato, a diretora da escola. Seu próprio pai decidindo amar o filho. Alguém com a cabeça no lugar e a boa vontade de agir como um adulto.

Não dava mais tempo, estava tudo no passado. Um filme que já terminara. Mesmo assim, ele queria, nem que fosse a partir de agora, ser para si mesmo essa pessoa. Aprender, de algum jeito. Deixar a raiva ir embora.

E queria vê-lo mais uma vez. Pelo menos mais uma, para se despedir direito. Ali, sozinho no chão de seu quarto, o que Raffa mais queria era isso, com uma certeza absoluta: deixar aquela ferida cicatrizar e ver Caê de novo.

27.

A feira da praça era o lugar ideal para encontrar alguém. O único, na verdade, a não ser que contassem os restaurantes. Luminosa e cheia de turistas, com fileiras de barracas serpenteando por todo o passeio, oferecendo artesanato e comida de rua.

Raffa passeou com calma, explorando cada uma. Joias de prata e bijuterias, pulseiras de couro e de miçangas. Agasalhos de lã, jaquetas de couro. Vestidos indianos bordados à mão. Queijos. Salames. Chocolate artesanal. E vinho por toda parte, claro. Nomes familiares escritos em placas de madeira que Raffa leu sem atenção, as palavras flutuando como poeira num raio de luz. Merlot, Tempranillo, Cabernet Sauvignon. Fabricação local, os melhores da cidade, safras especiais. Lista de preços, lista de prêmios.

Antigamente, ele saberia o nome de cada vendedor. Quem trabalhava com seu pai, quem trabalhava com os Fratelli, quem vendia os dois, quem não negociava com nenhum. Poderia discorrer sobre toda a cadeia de produção, dos tipos de uva até o tempo nas barricas, qual vinho tinha aroma de baunilha ou de ameixa, qual deixava um sabor aveludado na boca, o que tomar com queijo Emmental, o que harmonizava com carne vermelha.

Puxa-saco de merda, ria Caê naquela época. *Tanto esforço pra nada, quem você acha que está impressionando?* Uma lembrança vazia. Sem raiva.

Além da feira, não tinha muito para ver. O coreto vazio, o museu fechado, as mesas de jogos de tabuleiro. Podia ligar para

Caê. Até pegara o celular várias vezes. E em todas o guardara de novo, sem saber o que dizer. De qualquer forma, Caê podia ligar também, se quisesse.

Raffa voltou para a feira a passos lentos, sem direção. Uma vendedora lhe estendeu um copinho de degustação, ele agradeceu com um sorriso que a deixou paralisada. Logo o burburinho ia começar, os cochichos que eram a trilha sonora da sua vida. Era vinho quente, e ele bebeu de uma vez, canela e gengibre queimando sua garganta. Descartou o copo vazio numa lata de lixo, deu outra volta na praça, comprando por impulso. Um par de brincos, uma pulseirinha de prata. Uma barra de chocolate meio amargo. Uma blusa de tricô cor de vinho — sempre, a vida inteira no mesmo tema — com pontos de corda torcida. Justa e confortável, envolvendo seu peito num abraço de lã.

Estava sendo idiota, sabia, mas se queria uma blusa que o favorecesse, o problema era seu.

O Fontana estava aberto, a fila de espera ocupando a calçada e o banco de madeira ao lado da entrada. Raffa passou reto, ignorou as outras cantinas, entrou numa farmácia e comprou um calmante para dormir. E, num impulso, gel lubrificante. Preservativos. *Vai que*, pensou.

Vai que.

Voltou para a praça, mas a vontade de andar tinha passado. Ele achou uma barraca com mesinhas de madeira, não muito diferentes da que Caê tinha em sua cozinha, e pediu uma porção de qualquer coisa, mais para justificar sua presença do que por fome genuína, então esperou.

O tempo passou ao seu redor, como um rio se desviando de uma pedra. A praça encheu, esvaziou. Encheu de novo. Ele pediu outra taça de vinho. Outra porção de frios. Foi abordado para tirar fotos, dar autógrafos, responder perguntas. Foi convidado a sair dali e visitar algum canto mais privativo da cidade. Raffa sorriu para todos, atendeu seus fãs, recusou o convite. Tentou não olhar o relógio, tentou se distrair. Tentou ignorar o arrependimento correndo gelado pelas suas costas. Se partisse agora, podia estar em São Paulo no começo da madrugada. Retomar sua vida. Esquecer aquela indignidade.

Ele o viu antes que Caê o visse.

Uma figura solitária e deslocada, distraída com o chão. Elegante no uniforme de trabalho, os ombros caídos, o ar de cansaço. Tão bonito que doía.

Seus olhares se encontraram e Raffa mordeu a boca, alívio queimando mais do que o vinho quente. Ergueu os dedos num aceno contido e Caê esboçou um sorriso sem surpresa, veio até a mesa. Puxou uma cadeira para si.

— Estava me esperando, bebê?

Nos seus sonhos, pensou Raffa, mas a provocação não saiu. Sim, estava, e sim, viera encontrá-lo. Perda de tempo negar. Então deu de ombros.

Caê não insistiu. Olhou sua tábua de frios, considerando. Pegou uma rodela de salame e Raffa se viu dizendo:

— Come alguma coisa. Eu pago.

Caê hesitou, mas então pegou o cardápio. Leu a primeira página, não disse nada quando o garçom veio até a mesa. Em vez disso, olhou para Raffa de novo, esperando alguma orientação. O que era ridículo; ainda que pedisse o prato mais caro, que diferença fazia?

— Escolhe o que quiser — disse Raffa, sem conter a irritação.
— Pelo amor de Deus. Que inferno.

Para sua surpresa, alguma coisa aqueceu os olhos de Caê. O sorriso ficou um tantinho mais genuíno. O pedido foi um hambúrguer com batata frita e um refrigerante, e saiu mais barato que a tábua de frios.

O garçom se afastou com o cardápio e os dois ficaram sozinhos.

Tinha música vindo de algum ponto da praça, retalhos de frases e conversas. Risadas, vez por outra o motor de um carro na avenida. Caê pegou mais salame enquanto esperavam, e Raffa teve um vislumbre de... vai saber, uma fantasia, uma ideia estúpida de que poderia aproximar a cadeira até as pernas dos dois se encostarem, oferecer os petiscos da tábua. Caê ia rir de verdade, aceitar um pedaço de queijo de sua mão ou afastar seu braço, os olhos de gato refletindo a luz da feira, a boca perfeita aberta num sorriso.

O garçom trouxe o lanche, o que serviu para cobrir um pouco do silêncio. Caê começou pelo sanduíche e empurrou as batatas para o centro da mesa numa oferta.

Raffa fez que não. Seu estômago estava apertado.

Acenou para o garçom quando Caê terminou, pagou sem conferir o valor. Deixou uma boa gorjeta, e só então pensou em perguntar se Caê estava satisfeito, mas agora ficaria estranho. Mais do que já estava.

Era isso, pensou ele, não tinha mais nada para fazer ali, nada além de dizer adeus. Raffa desviou o rosto, prendendo um suspiro um pouco trêmulo, e começou a desenhar as nervuras da mesinha de madeira. Ergueu os olhos quando Caê cobriu sua mão, interrompendo o gesto.

Caê também parecia surpreso, olhando seu rosto com atenção, medindo sua reação. Esperando que Raffa se afastasse.

Ele não se afastou. Então Caê segurou de verdade, dobrando os dedos em sua palma, o polegar deslizando num carinho em seu pulso. Os olhos nos dele.

— Deixa eu te falar. Sobre hoje. Minha reação não foi nem remotamente a que você merecia.

— Não começa — disse Raffa, rapidamente, mas Caê insistiu:

— Tem umas coisas que são injustificáveis, nem eu consigo explicar o que... enfim, foi o susto. O que eu *devia* ter dito era obrigado.

— O prazer foi meu.

Caê apertou sua mão, mas soltou em seguida, e Raffa teve que se forçar a não reagir. Não segurar de volta.

— O que eu te disse depois — falou Raffa então, com esforço —, tudo aquilo, não sei se devia ter...
— Devia. Não se preocupa. Devia, sim.
— Não foi justo. Não é justo jogar tudo isso em cima de alguém assim, eu só...
— Monteiro — interrompeu ele, a voz gentil. — Relaxa. O que eu te falei sobre a escola, sobre aquela noite, eu... também se aplica a esses dias, sabe? Foi bom te ver. De verdade, foi *muito* bom te ver.
— Eu fui bem desagradável — Raffa replicou, tentando forçar um sorriso, mas Caê insistiu:
— Independente do que acontecer agora com essa história do contrato. O Rick revendo os termos ou não, as coisas dando certo ou não, foi... eu vivi daquele beijo por tanto tempo. E com esses dias agora, eu... garanto que não vou nem me lembrar de nada desagradável. Vai ficar tão bonito na minha cabeça. Um beijo doze anos atrás e uma semana do seu lado. As únicas vezes em que a minha vida fez algum sentido.

Um meio sorriso triste e sinceridade nos olhos, como se não tivesse acabado de mudar a órbita dos planetas. Raffa assentiu, sua boca apertada. Levantou, e Caê o acompanhou, limpando a ponta dos dedos na calça.

— Quer dar uma volta? Não tem muita coisa, mas podemos passear um pouco.

Fácil, casual. Raffa o encarou, e sua voz soou rouca:
— Não, já vi tudo aqui. Prefiro ir pro hotel.
— Ah — fez Caê, um pouco desconcertado. — Nesse caso, boa noite. E boa viagem amanhã.
— Com você. Quero ir pro hotel com você.

Caê ergueu os olhos. Quando respondeu, aquela calma morna tinha sumido da voz.
— Mesmo? A viela está mais perto.
— Eu sei.

— Minha casa também.
— Eu sei.
Caê desviou o rosto primeiro.
— Monteiro... você não *precisa* fazer... Se for uma questão de...
Pena, ele não disse, mas Raffa sabia que era o que estava pensando, porque ele podia ser idiota, mas Caê era muito mais.
— Vem comigo — disse então, quase com doçura, e dessa vez Caê não discutiu. Não se afastou, não recusou, e o acompanhou em silêncio quando Raffa começou a andar.

28.

Caê ergueu as sobrancelhas quando viu o hall de entrada. Admirou as poltronas estofadas e as paredes de vidro fosco enquanto Raffa pegava a chave, depois o acompanhou até o elevador. Tudo parecia tão importante — seu olhar, seu silêncio, se estava surpreso, se já tinha entrado na recepção antes, se subira até os quartos. Se tinha gostado da decoração.

Raffa trancou a porta. Largou a chave na mesinha.

— Fica à vontade. Quer pegar algo no frigobar? Tomar um banho?

Caê tinha ido até a janela admirar a vista, mas olhou para ele de novo.

— Você quer que eu tome?

Raffa sentiu o rosto esquentar.

— Claro que não, só estou oferecendo. Você ainda está sem energia, não está? Aqui tem água quente. Hidromassagem.

— Ah. Não, obrigado. Água fria faz bem para a cabeça.

Raffa não insistiu. Tirou a blusa e a camiseta ao mesmo tempo e jogou na poltrona. Ia tirar a calça também, mas, para sua surpresa, Caê foi até ele. Um pouco hesitante, seus olhos de fogo-fátuo esperando permissão.

Então Raffa segurou sua cintura, os dedos entre o jeans e a pele quente, e puxou-o para mais perto pelo cós da calça. Devia ser o gesto menos romântico do universo, mas Caê sorriu. Tocou seu peito, as mãos espalmadas para sentir os músculos, com aquela admiração que o aquecia inteiro, e, se estivesse com qualquer outra pessoa, Raffa teria rido quando ele deixou as mãos escorregarem, teria se inclinado. Beijado sua boca.

Mas não estava com outra pessoa, e ficou parado enquanto Caê desabotoava sua calça, descia o zíper. Era um contato tão leve, não justificava o jeito como seu corpo respondeu, o pau endurecendo como se o olhar dele fosse afrodisíaco. Mas quando ele fez menção de se ajoelhar, Raffa o segurou pelos braços. Ainda não, pensou, ignorando a breve confusão nos olhos verdes.

Em vez disso, desabotoou o colete escuro. Sentiu Caê enrijecer, a tensão travando o corpo dele. Mas não veio nenhuma recusa, nem quando Raffa interrompeu o processo, investigando seu rosto, esperando a negativa. Pedindo permissão também.

Três botões ao lado do corpo, mais um na parte interna do colete, mantendo o tecido ajustado. Era como desembrulhar um presente. Raffa segurou o pulso dele e soltou o botão do punho. A mão esquerda primeiro, a direita depois. Num impulso, deu um beijo em sua palma, segurou-a contra o rosto.

Caê tentou um sorriso que não convenceu nenhum dos dois. Uma incerteza imensa nos olhos. Então Raffa desabotoou a camisa dele, começando de cima, descobrindo as marcas de beijos e mordidas decorando a pele clara. Círculos arroxeados onde tinha apertado o pescoço dele sem querer. Tocou-as com cuidado, num jogo de ligar pontos do peito para o ombro.

Caê estava atento demais para não perceber sua expressão.
— Relaxa — murmurou ele. — Eu marco fácil.

Raffa envolveu a nuca dele com a mão como se fosse puxá-lo, o polegar desenhando a curva da garganta, passando com muita leveza pelas manchas que tinha deixado. A boca descansando um momento em seu pescoço, e então no ombro descoberto.

Caê ergueu o queixo, oferecendo a garganta, e Raffa disse:
— Dói?
— Não. Mas não tem importância se doer.
— Desculpa. De verdade. Se eu fizer essa graça de novo, pode me dar um soco na cara.

Era para ser uma brincadeira, mas Caê fechou os olhos, seu rosto desmanchando. Encostou a testa na sua, a boca quente e entreaberta, tão perto que chegava a doer e, tão rápido quanto se aproximara, ele se afastou, e dessa vez se desvencilhou do toque também. Juntou as duas partes da camisa como se fosse abotoar de novo, pegou o colete como se fosse vestir, e não fez uma coisa nem outra. Sentou-se na cama com as costas curvadas.

Devagar, Raffa se sentou ao lado dele.

— Ei. Foi só uma piada. Não quer dizer nada.

— Só uma piada. Desde que você chegou, já me pediu desculpas umas quatro vezes, sabia?

Raffa não tinha contado, mas devia ser mais ou menos isso mesmo.

— Bom — murmurou ele —, você não aceitou nenhuma, então...

— Não. Não aceitei. — Caê se endireitou o encarou sem disfarce, sem rodeios. — Você está indo embora.

— Estou.

— Imagino que não vai mais voltar.

Raffa hesitou.

— É. Imagino que não.

Caê torceu os lábios, mas não tinha como chamar aquilo de sorriso.

— A primeira vez que eu quis pedir desculpas foi naquela noite mesmo. Você me obrigou e me beijou e depois saiu da cidade, e tudo que eu conseguia pensar era que talvez, se eu te escrevesse e pedisse de verdade, tinha chance de você aceitar.

— Não precisa disso — disse Raffa, mas Caê continuou:

— Não escrevi, óbvio. Nem sabia pra onde ia mandar uma carta, porque na minha cabeça tinha que ser carta, mas também não tinha seu e-mail, se fosse usar a alternativa lógica, nem telefone, nem contato nenhum. Podia ter achado, se fizesse um esforço. Tanto o e-mail quanto o endereço. Mas não fiz.

Raffa ficou quieto. Caê estava apertando o colete entre os dedos, e seguiu falando com a mesma calma:

— Eu sabia exatamente o que ia dizer. Ia explicar que queria conversar direito, que tinha me arrependido, que não queria ter feito nada do que eu fiz. Um monte de merda assim, como se fosse ajudar em alguma coisa. Como se fosse fácil. Na minha cabeça, ia ser como foi na piscina. Eu ia dizer que sentia muito por foder com a sua vida, e você ia dizer que tudo bem e a gente ia se beijar de novo, e sei lá o que ia acontecer depois... a cidade inteira ia dançar debaixo de um arco-íris e todo mundo ia viver feliz para sempre. — A voz dele vacilou, tropeçando sob um desprezo tão amargo que quase fez Raffa se encolher.

— Você tinha quinze anos — murmurou ele.

— Você também. E isso não justifica nada. E, de qualquer modo, não escrevi porra nenhuma, no fim não tive coragem. Eu só pensei, eu sabia no detalhe o que ia acontecer. Pensei nisso por anos. Por tanto tempo. Você ia voltar pra uma festa de Natal, pra algum evento, a gente ia se cruzar por acaso. Você ia viajar de férias e eu também, e, por coincidência, era pro mesmo hotel. Cada vez que fui pra São Paulo, pensei que ia te encontrar na rua e você ia ter superado, ia estar feliz e talvez eu nem precisasse falar nada, porque você não ia nem se lembrar de mim. Eu me imaginava me apresentando. Ou, tá, você ia estar bravo ainda, mas ia me dar uma chance e me ouvir.

Ele forçou um sorriso, os olhos sem nenhum calor.

— Fui refinando o discurso, aliás. Você teria gostado. Cada ano que passava, melhorava um pouco. E cada ano que passava, eu percebia melhor o tanto de merda que fiz, e cada ano que passava menos coragem eu tinha de falar. E daí veio a falência, e nessas alturas você estava tão bem e eu pensei que agora não dava mais, você ia achar que eu queria algum favor. Dinheiro emprestado. Mas, na real, o problema é que sou covarde, Monteiro, só isso. Tive doze anos pra te procurar e não procurei, e no fundo eu sabia que nada ia ser como estava imaginando. E então você chegou, e óbvio que não tinha esquecido nada, e eu entendi que não tinha mesmo o que falar.

Os dois ficaram quietos. Caê quis segurar a manga da camisa, do jeito que fazia às vezes para brincar com o punho, mas o gesto ficou incompleto, frouxo no botão aberto. Sem olhar para Raffa, ele disse:

— Daí pensei que seria mais... fácil, acho, mais aceitável, se você visse que eu tinha mudado, mas não é assim que funciona, é? Porque numa coisa você estava certo: é tudo tão patético. E a pessoa que está te pedindo desculpas não é a pessoa que fez tudo aquilo com você, então que valor tem? Sabe o que eu imaginava?

Raffa não conseguiu nem responder. Caê torceu a boca num sorriso amargo.

— Eu ficava pensando em como seria se você não soubesse da falência. Nem me passou pela cabeça que você não sabia mesmo. Pra mim, você teria ouvido da sua irmã e feito uma festa, mas eu ficava pensando... se não soubesse. Se eu tivesse aproveitado a chance e te achado em São Paulo, ou no Rio, nem sei onde você estava. Todo mundo colando a sua foto sem camisa na parede, mas a minha fantasia era aparecer na cidade e te pagar um café e despejar essa merda toda em cima de você, e sumir de novo em seguida. Num mundo em que você queria ouvir, e que eu teria coragem de abrir a boca e pedir desculpas direito.

— Mas eu teria gostado de saber — respondeu Raffa. Sua voz quase não saiu, sua garganta muito seca. — Em qualquer um desses momentos, eu teria... tudo podia ter sido tão diferente.

Caê encolheu um pouco os ombros, um ar derrotado.

— Nem sei se acho certo pedir alguma coisa. Não sei se é justo. Mas é isso. Você não tem a menor obrigação de me desculpar, eu fui um filho da puta e sinto muito. Sinto muito faz um bom tempo e não tive coragem de te falar. Eu só queria que você soubesse que me arrependi bem antes de você voltar.

Raffa pegou a mão dele e segurou-a entre as suas. Não foi o suficiente, não para o tanto que ele queria tocar, então segurou Caê pela nuca, os dedos num carinho em seu cabelo.

— Não é questão de coragem. Eu não teria pedido também, não com o jeito que te tratei. Ninguém teria.

Isso surpreendeu Caê, como se fosse uma generosidade enorme. E o fez sorrir, um pouco trêmulo.

— Você não mudou mesmo, sabia?

Raffa o puxou, a outra mão ainda apertando a dele, e o beijo foi doce, cuidadoso. O tanto que um toque possessivo, autoritário daqueles podia ser. Caê gemeu alto, um som faminto, e segurou seu ombro descoberto, entregando-se num beijo inescapável, que era também um abraço e um pedido e uma oferta, era a água da piscina e o gosto de vinho e de sangue, eram duas pessoas em rota de colisão por muito, muito tempo, era uma explosão anunciada, era cada palavra que ele estava murmurando no espaço entre duas bocas.

— Me perdoa — dizia ele. — Por favor, eu sinto tanto, me desculpa, se você puder me perdoar, me dar só uma chance, eu...

Raffa se afastou só o suficiente para responder:

— Não precisa pedir desse jeito, não precisa mais nada, eu só queria saber *isso*. Eu não consigo te deixar em paz mesmo sem desculpa nenhuma, não consigo ir embora, não consigo te esquecer. Eu só queria saber que você se importa, que queria acertar as coisas, que não tinha me esquecido também. Que você me quer.

Caê segurou seu rosto, então, ofegante, sua boca úmida, um pouco inchada, falando quase contra seus lábios.

— Porra, Monteiro, você...

— Raffa — interrompeu ele. — Me chama de Raffa.

Caê o encarou, surpresa enchendo seu rosto.

Então abriu um sorriso tímido, incrédulo e luminoso, e nunca, em toda a sua vida, alguém ficara tão feliz, tão agradecido, só pela permissão de dizer seu nome. Raffa quis fechar os olhos, sem forças para sustentar o momento, mas obrigou-se a abri-los de novo. Ia ter a vida inteira para se esconder e só essa hora para sorrir de volta e inclinar a cabeça e beijar a boca dele outra vez, porque já tinha esperado tempo demais.

E, quando se afastou, Caê disse, ainda sorrindo, os olhos brilhando:

— Porra, Raffa. Você tinha alguma dúvida?

29.

Raffa o ajudou a tirar a camisa, os dois ainda sentados na cama, perto o suficiente para o gesto virar um abraço. Teria colocado em algum lugar, nem que fosse por cortesia, mas Caê largou no chão mesmo, junto com o colete, e Raffa não estava com cabeça para pensar. Era um alívio tão grande fazer isso, beijar seus lábios e o canto da boca, sentir a mão dele em seu cabelo e depois nas costas nuas, puxando-o para mais perto ainda.

Caê não era agressivo, nem se impunha como Raffa. Não precisava. Sua mão era firme naturalmente, quando não estava se anulando de propósito. Um resquício daquela sua segurança magnética, e onde ele tocava eletrificava sua pele de um jeito que Raffa quis interromper, ou as coisas iam acabar antes mesmo de começarem. O que não tinha importância, porque não havia pressa — e isso era mágico também, uma ideia que revirou sua cabeça com mais força do que vinho. Não precisavam aproveitar a loucura do momento antes que voltassem a raciocinar direito.

Mesmo assim, Raffa se afastou devagar, em etapas. Distanciando o beijo, prendendo, por um momento, o lábio dele entre os dentes, sem força, sem machucar. Então, ergueu o braço de Caê e pressionou os lábios contra o pulso, descendo devagar, sentindo primeiro o coração dele disparado, depois o relevo cruel das cicatrizes contra a boca. Cada uma de um jeito, cada uma de um tamanho. Uma trilha de beijos cobrindo os cortes, olhando direto nos olhos dele, como se fosse um desafio. Ou outro pedido de desculpas.

Caê estremeceu inteiro, mas não tentou se esquivar. Talvez seu lábio tremesse um pouco. Talvez fosse só impressão.

Depois, sem soltar os pulsos dele, Raffa guiou seu corpo até mudarem de posição, com Caê deitado de costas na cama e ele sobre sua virilha, vendo-o de cima. Olhos verdes como água, a boca inchada, entregue e feliz.

— Muito mais fácil numa cama de casal — disse Caê. — Menos chance de você cair.

— Eu não caí na outra também. Me fala o que você quer.

— O que eu quero? — Ele dobrou a perna com cuidado, pressionando sua ereção, o sorriso aumentando com o gemido que Raffa deu.

— Até agora fui eu que... Você fez tudo do meu jeito.

— Ah, sim — replicou ele —, eu me sacrifiquei pra caramba. Está bem óbvio o que você quer — disse ele, envolvendo seu cabelo com a mão, puxando-o para si, e Raffa escondeu o rosto no pescoço dele.

— Talvez, mas eu estou perguntando generosamente, então me fala.

— Mas eu me preparei pra generosamente fazer o que você quisesse.

— Se preparou? Como?

Caê riu de verdade, o peito nu colado ao seu, a boca em seu ouvido, a risada cobrindo sua pele como uma manta quente.

— Psicologicamente, bebê. O resto você que se vire.

— Só por causa disso vou te obrigar a pedir com jeito. Não esperei quase seis horas nessa pracinha pra você fazer isso comigo.

— Não, esperou só pra me comer — respondeu Caê. — Patético.

E beijou-o mais uma vez, lambendo o sal da pele logo abaixo da linha do maxilar, a boca aberta numa sucção que com certeza ia deixar marca, e que nenhuma gola alta ia esconder. A língua dele explorando a sua, tomando conta, como se Raffa lhe pertencesse.

Caê desceu sua calça sem interromper o beijo, empurrando o tecido para baixo — e até isso era fantástico, o leve esforço para descer a cueca também e libertar seu pau —, e segurou sua bunda com força, trazendo-o para ainda mais perto, fazendo-o esfregar o membro no tecido áspero da calça dele.

Raffa gemeu, deliciado, e segurou o rosto dele com as duas mãos.

— Pra deixar claro, eu ainda quero mesmo te comer — disse, ofegante.

— É claro que quer.

— É sério. Passei na farmácia e tudo.

— É claro que passou — respondeu ele.

Uma confusão para tirar as calças sem pararem de se tocar, sem interromperem aquele beijo. Então Raffa pousou a boca no peito dele, sobre o coração acelerado. Explorando com calma, lambendo o mamilo rijo, sentindo-o estremecer. Caê era sensível a isso, percebeu Raffa, encantado. Caê tentou soltar as mãos, sem muita força, só o suficiente para se sentir preso, e se contorceu como uma cobra quando Raffa envolveu seu mamilo de novo com os lábios e chupou com força.

Então Raffa teve que soltá-lo para descer mais a boca, riscar uma trilha na barriga dele até chegar na virilha. Caê agarrou seu cabelo, mãos firmes segurando sua cabeça, guiando o movimento, e Raffa ergueu os olhos, sorriu para ele.

— Pede.

— O que você quiser, Raffa.

Tanto carinho na voz, tanta doçura em seu nome, que ele ficou sem fôlego. Seu sorriso aumentou.

— Eu sei. Agora pede.

Caê hesitou, olhando-o como se quisesse ler seus pensamentos, como se quisesse entender um jogo novo. O rubor em seu rosto aumentou.

— Me chupa então. Se você...

Raffa não o deixou terminar. Inclinou a cabeça e lambeu o pau dele com uma firmeza que o fez estremecer. Então tomou-o na boca de uma vez.

Caê xingou, um fio de palavrões que Raffa ignorou completamente, concentrado em se acostumar com suas dimensões generosas. Tomou uns segundos antes de mover a língua com cuidado enlouquecedor, estendendo o momento, deixando-o sentir o calor de sua boca. Sentindo o tremor no corpo sob o seu.

Num impulso, segurou as coxas de Caê, que entendeu na hora e mudou de posição, erguendo as pernas sobre seu ombro. Raffa deu uma lambida firme em seu pau e tirou-o da boca, ignorando o protesto. Primeiro porque não queria que ele gozasse ainda, e segundo porque queria brincar um pouco com as coxas dele também, morder a pele aveludada, ouvir seus gemidos. Deixar uma marca que ninguém além dos dois ia ver.

Então deu um beijo apertado em sua perna e se endireitou. As mãos de Caê afrouxaram em seu cabelo, o rosto vermelho confuso, os olhos embaçados.

— Só um segundo — disse Raffa, saindo da cama.

Ele revirou o bolso da calça em um movimento bem mais desastrado do que pretendia. Suas pernas não queriam funcionar, suas mãos tinham se esquecido de como segurar coisas. Voltou já abrindo a camisinha e o gel numa pressa desesperada.

Caê sorriu abertamente, assistiu com olhos semicerrados enquanto Raffa colocava a camisinha em si mesmo, como se fosse um show particular. Lambeu os lábios num gesto tão espontâneo que Raffa teve que fazer uma pausa, recuperar um resquício de controle, que quase evaporou de novo quando Caê se virou de bruços, dobrando os joelhos sob o corpo.

Uma imagem de tirar o fôlego, ele deitado daquele jeito, os quadris erguidos, as pernas abertas sem cuidado, o rosto enfiado no travesseiro. Quando teria imaginado, nos anos todos de desespero... não, quando teria imaginado até *anteontem* que ia ter essa chance? Que ia se ajoelhar atrás dele e emplastrar os dedos de gel lubrificante, ver Caê esconder a face e agarrar o lençol com as duas mãos, e se oferecer assim?

Cuidado, então. Toda a delicadeza do mundo para lubrificar os músculos numa massagem circular, deslizar os dedos bem, bem devagar. Sentiu o corpo dele em torno de seus dedos, tão apertado que Raffa mordeu a boca, teve que fechar os olhos. Fez uma pausa até que ele se acostumasse, então moveu a mão de leve.

— Respira — disse ele, e Caê respondeu alguma coisa que o travesseiro abafou. Um gemido longo ou, muito mais provável, estava lhe dizendo onde enfiar suas ordens, mas pressionou a bunda contra sua mão, buscando mais contato, e Raffa não conseguiu controlar o sorriso.

— Como é?

Caê ergueu o rosto do travesseiro, só o suficiente para sua voz sair clara, um pouco mais alta que o normal.

— Eu *disse*: me come de uma vez, seu filho de uma puta!

Raffa caiu na risada.

— Ainda vou te ensinar a pedir direito.

Inclinou-se sobre ele, beijou suas costas molhadas de suor, e depois atendeu ao pedido tão amável. Penetrou-o devagar, em parte para não machucar, mesmo que Caê não tivesse senso de autopreservação — ou não usasse o que tinha —, e em parte para torturá-lo. Segurou seus quadris, obrigando-o a aceitar seu ritmo, aproveitando cada milímetro de um calor apertado. Movimento, então, os gemidos seus e dele se misturando. Caê estava se tocando, Raffa via os músculos das costas dele retesados, e uma coisa boba dessas, as escápulas de uma pessoa se movendo, não devia causar a ternura que causou.

Não devia, mas não teve como controlar a onda de carinho. Inclinou-se sobre ele, a mão na cabeceira da cama, e envolveu-o com o braço livre, segurando-o contra o peito como se Caê fosse lhe escapar. Beijou a pele úmida entre os ombros dele e então o pescoço, e, quando gozou dentro dele, foi uma avalanche de calor e sensação que desligou o mundo. Tudo que existia era a explosão e a delícia alucinante de ter seu inimigo amado em seus braços.

30.

O universo demorou um pouco para voltar ao eixo. Raffa não tinha ideia de quanto tempo os dois ficaram inertes, corpos relaxados na cama encaixados um no outro. Uma vida inteira. Quando se levantou, Caê abriu os olhos com esforço, como se o movimento fosse incompreensível. Estava tão atordoado que Raffa sentiu orgulho de si mesmo.

— Gostou, bebê?

A resposta foi um gemido inarticulado, a cabeça loira afundando no travesseiro. Raffa fez um carinho em seu cabelo, então foi até o banheiro se livrar da camisinha. Em seguida, caçou uma toalha de rosto no armário, molhou na água quente e voltou para a cama.

Sentou-se entre as pernas abertas de Caê e começou a limpar suas coxas. Passou a toalha com delicadeza na pele macia, nos pelos anelados cor de mel escuro. Ouro-sujo, como gostava de pensar. Na barriga depois, deixando sua virilha por último. Quase carinho, quase massagem.

Caê abriu os olhos de novo, fascinado.

— Eu já vou — murmurou ele. — Já levanto, só um...

Raffa riu baixinho. Quem mais na face do universo ia interpretar o gesto desse jeito?

— Não estou te mandando embora. Só deu vontade de cuidar de você.

Isso o pegou de surpresa. Seu rosto vulnerável, desguardado.

— Certeza que não prefere que eu vá pra casa e pare de dar trabalho?

— Se preferisse, não teria passado doze horas plantado naquela feira vendo se você aparecia.
— Aposto que foram uns quinze minutos. Só o tempo de comprar uma blusa bonita.

Isso deixou Raffa ridiculamente satisfeito.

— Obrigado por notar, ficou mesmo boa em mim.

Caê riu também, contido, engasgado. E mordeu a boca, as pálpebras fremindo e a respiração dando uma cortada, quando sentiu a toalha morna envolver seu pau.

— Acho que preciso de uns dez minutos.

Considerando o movimento involuntário que tinha sentido na mão, mesmo através da toalha, talvez fosse menos. Mesmo assim, Raffa respondeu:

— Temos bastante tempo.

Jogou a toalha no chão ao lado da cama, então se deitou de novo. Envolveu a cintura dele com o braço frouxo, e Caê se deitou de lado, as costas em seu peito. Aceitando seu abraço e fugindo de seu olhar ao mesmo tempo.

Era tão fácil. Tão confortável, tão gostoso ficar assim. Como um casal. Sem história, sem travas, sem ressentimento. Duas pessoas que por acaso se gostavam.

Raffa deixou a mão passear numa exploração tranquila, com calma, considerando cada detalhe com a merecida atenção. As costelas fáceis de achar, desenhando sombras na pele clara. Os ossos do quadril. Uma magreza sem músculo, resultado de não comer, e não de passar tempo numa academia com um personal trainer. Permitiu-se brincar um pouco naquele toque lento, preguiçoso, conhecendo-o com a palma, com os dedos, com os lábios. Mapeando seu corpo. A barriga macia, o peito firme, a rigidez inesperada do mamilo.

Caê não disse uma palavra, preso na cerca de seus braços. Estremecendo de leve, deixando-se tocar. A excitação voltando aos poucos, construída peça por peça. Raffa sentiu a ereção dele e aproximou-se mais ainda, a carne macia da bunda dele se oferecendo, os corpos dos dois colados.

Dez minutos era uma estimativa otimista. Se ele fizesse qualquer movimento, em cinco segundos Raffa estaria duro de novo. Era, portanto, a hora certa para tratar de negócios. Raffa lhe deu um beijo no rosto, a mão espalmada em seu peito, e disse:

— Pensei numa coisa, me diz o que você acha. Eu fico mais uns dias, em vez de ir embora amanhã. Vejo... sei lá, vinhedos, o que mais tiver por aqui.

— O lago de carpas sem as carpas. Eu gosto de lá.

— E depois você pensa com calma e, se quiser... hipoteticamente falando, se achar que vale a pena ir pra São Paulo, eu te ajudo.

Estavam tão perto que não deu para não sentir a tensão repentina, o coração de Caê acelerando. Raffa começou, um pouco sem querer, a contar cada batida.

— Te arrumo um emprego, ou uma entrevista, essas coisas. Se quiser mexer com isso agora. Talvez nem precise, depois que tudo se... O que estou dizendo é mais sobre... você teria onde ficar. Eu te ensino a se virar por lá. Te dou a mão pra atravessar a rua, essas coisas. Só uma ideia. Pra você pensar.

O coração dele batendo, batendo, um relógio acelerado sob sua palma. Caê disse:

— Mas você já me ajudou tanto. Muito mais do que... eu não fiz nada pra merecer...

— E quem está falando de merecer? Estou oferecendo.

Uma pausa, então, o silêncio correndo. Raffa apertou a boca contra o ombro dele, e completou:

— E não é questão de ajudar. Não só. Quero você comigo.

Caê lutou para achar resposta. Por fim sussurrou, quase inaudível:

— Por quê?

— Porque você é meu.

A única verdade que os dois sabiam. A pedra fundamental.

Caê se virou na cama, olhando para ele sem desmanchar o abraço. Fez um carinho em sua bochecha, a ponta dos dedos percorrendo sua sobrancelha, a curva de sua face. Um anseio imenso no rosto, um brilho molhado nos olhos verdes.

— Me faz um favor, apaga a luz — murmurou ele.

— Hum? Por quê?

— *Porque*, bebê, nem todo mundo aqui é uma estrela cheia de músculos, por isso. Apaga.

Raffa sorriu e não comentou o tremor na voz dele. Ergueu o corpo até alcançar o interruptor sobre a cama, diminuiu a luz do teto para um dourado ameno. As vantagens inegáveis de um hotel caro.

— Meio-termo — informou ele. — Gosto de te ver.

Caê enfiou os dedos em seu cabelo, a outra mão um pouco áspera em suas costas nuas, trazendo-o mais perto. Raffa se deixou levar até as testas se tocarem, a respiração quente entre seus lábios e os dele, beijou-o sem pressa e, quando deu por si, estava sorrindo no meio do beijo. Pura alegria borbulhando, densa como vinho, e tudo podia esperar, porque era o começo da noite e o começo da vida e eles tinham um atraso de doze anos para tirar.

Epílogo

Seis meses depois

As gravações em Recife tinham terminado no meio da tarde. O plano era que Raffa descansasse um pouco, jantasse fora ou fosse dormir cedo, como quisesse, porque embarcaria para o Rio de Janeiro na manhã seguinte para começar a trabalhar no filme.

Raffa não estava seguindo o plano.

No momento, estava descendo do táxi numa calçada da Vila Madalena, na frente de uma cervejaria artesanal – trinta e duas torneiras de chope! Marcas belgas, alemãs e holandesas! – e se perguntando se não estava começando a perder a linha.

Em sua defesa, Raffa não pretendia estar ali. Era só que, por acaso, estava consultando passagens, e por acaso tinha uma para São Paulo, e por acaso quando dera por si estava embarcando.

O lugar era bem simpático. Pretensioso pra caramba, com um ar de taverna medieval, o que significava paredes de madeira escura, mesas rústicas e uma decoração composta por réplicas de espadas e, por alguma razão, plantas. E lanternas. Elétricas, pelo menos, não tinham se comprometido o suficiente para encher o lugar de velas.

Raffa, que gostava de lugares pretensiosos, e mais ainda desse especificamente, sentiu aquela ponta de alegria meio aleatória, inesperada, com a qual ainda não tinha se acostumado.

Agora sua presença estava sendo notada, podia sentir os olhares, ouvir os murmúrios de costume, os cochichos, a surpresa. Quando viu os flashes, ele entrou na pequena área de recepção. Não que fosse sair mal nas fotos. Tinha se ajeitado no aeroporto, ainda na área de desembarque. Era a primeira coisa que fazia depois de uma viagem longa, justamente para o caso de ser fotografado. Ainda que não tivesse muita importância se parecesse cansado. Se Caê concordasse com seu plano, era capaz até de parecer romântico, só pelo esforço que estava fazendo.

Vulnerabilidade aparelhada, pensou ele com um sorriso. Ou, como Caê comentara, depois de ouvir com atenção suas teorias: um jeito controlador de ser sincero.

Tinha fila de espera, mas não levou dois segundos para a recepcionista ir recebê-lo. Tratamento VIP para a estrela da casa. Ela o conduziu para um saguão até que bem iluminado, considerando o aconchego sombrio daquela madeira toda, e quis acomodá-lo, mas Raffa dispensou a mesa. Queria ficar no balcão.

E queria fazer uma surpresa. A moça se afastou com um sorriso, deixando-o mais à vontade, e Raffa parou um pouco antes de chegar no banco alto, olhando sem ser visto.

Depois de ir para São Paulo, Caê tinha aguentado meia semana antes de procurar um emprego. Podia ter esperado bem mais, como Raffa explicara várias vezes, mas a ansiedade dele não permitia, seu orgulho também não, e o desespero de depender de alguém, menos ainda.

Raffa não tinha arrumado o trabalho para ele, no sentido estrito da palavra, mas tinha dado uma força, apontando um lugar conhecido, onde ia trabalhar com gente legal. Caê fizera o resto e agora estava ali, manejando as tais das trinta e tantas torneiras de verdade, junto com uma moça e outro sujeito.

Com o novo contrato sobre os direitos de uso da marca Fratelli, ele nem precisava trabalhar, se não quisesse. Desde que não fizesse muita questão de luxo. E sempre haveria uma disparidade enorme entre os ganhos dos dois, mas foda-se isso, o importante é que Caê podia bancar casa e comida.

Raffa se lembrava bem da negociação que se seguira, do esforço para confessar que gostaria muito se continuassem morando juntos assim mesmo. Do esforço que Caê fizera, talvez até maior do que o dele, para admitir que também queria ficar. Era uma experiência tão nova, dividir a vida com outra pessoa. Ter com quem conversar e querer conversar com alguém. Às vezes chegava a dar medo, o tanto que ele queria.

De qualquer modo, Caê não tinha largado o emprego, mesmo depois de ajeitar a vida. Estava usando um avental preto, que era o único uniforme do lugar e, num contraste com uma moça e outro sujeito de regata, ele vestira uma camisa fechada no punho, a gola aberta descobrindo o pescoço que Raffa gostava de beijar. Era, sem esforço, a pessoa mais elegante ali, o cabelo loiro meio despenteado, bonito de um jeito que fazia seu coração apertar.

Uma semana só, pensou ele. Não justificava aquela saudade toda.

De onde estava, Raffa não podia ouvir a conversa. Só vê-lo tirar uma caneca de chope, gesticulando com a mão livre no que parecia ser uma argumentação acalorada. A moça riu, alcançou um misturador atrás de Caê sem desviar, os braços contornando a cintura dele de um jeito que Raffa considerou desnecessário. Caê riu também, sacudindo a cabeça, serviu a um dos clientes ainda falando, indicando uma das torneiras como se fizesse alguma diferença. Então ergueu o rosto e o viu ali parado.

E congelou como estava, a boca ainda aberta no meio de uma frase. Os olhos arregalados.

Raffa ergueu a mão, acenou de leve.

Caê se atrapalhou todo; primeiro quis sair, lembrou que estava trabalhando, depois disse qualquer coisa para seus colegas, que, àquela altura, estavam olhando também, junto com o cliente com quem Caê estivera conversando. Que, aliás, engasgara com a cerveja. Por fim, ele sinalizou para os colegas, levantando um dedo para indicar um minuto, e deu a volta no balcão.

O sorriso iluminava seu rosto inteiro e ele chegou a erguer as mãos antes de travar o gesto, lembrar que estavam em público. Então pegou o braço de Raffa, os olhos fixos em seu rosto.

— Eu pensei... você chegou. Se soubesse, tinha trocado o dia, imaginei que... O que aconteceu? Eles não tinham dito... — Ele parou, riu de si mesmo, segurando-o com um pouco mais de força. — Você chegou mesmo. Oi. Bom te ver.

— Bom te ver — devolveu Raffa, e o abraçou.

Caê retribuiu imediatamente, envolvendo sua cintura sem reservas, a mão em suas costas, a outra em seu cabelo. Um suspiro trêmulo, repuxado, escapando em seu ouvido.

Ele raramente iniciava demonstrações públicas de afeto. Raffa não tinha proibido, mas Caê sabia com que mão de ferro ele controlava a própria imagem, e não queria causar nenhum boato.

Nem sempre funcionava. Como Blanca dissera, o jeito como eles se olhavam já criava boatos.

Era em parte por isso que Raffa estava ali.

Ele se permitiu mais um momento segurando Caê contra o peito, então se afastou.

— Vai até que horas hoje? Pensei em esperar por aqui, e a gente volta junto. Se você não tiver outros planos.

— Não. Não tenho, quero dizer, sim, podemos fazer isso, fechamos meia-noite, tem... — Ele segurou a mão de Raffa, virou seu pulso para ver o relógio. — Uma hora ainda. Você aguenta?

— Claro que aguento. Só me acha um lugar pra sentar, pra eu poder ver esse povo dando em cima de você.

O sorriso de Caê aumentou.

— De mim, é? A sua sorte é ser bonito, porque bom senso está em falta.

— Você me acha bonito?

Ele riu e o empurrou para um dos banquinhos. Raffa se sentou, satisfeito, e descansou os cotovelos sobre o balcão de madeira.

Caê deu a volta e pegou uma caneca de metal com uma capa de couro, ou imitação de couro, cheio de expectativa.

E, depois de um momento, deu um suspiro conformado, carinhoso.

— Não quer pelo menos me dar *alguma* preferência, bebê? Aceito qualquer coisa. Gosto. Cor. Teor alcoólico. Amargor. Compatibilidade com o seu signo. Se quer gelada ou não.

— Você quer me dar cerveja quente?

— Pro seu governo, algumas ficam melhores se não estiverem geladas. O que você vai comer? Me fala, que eu harmonizo.

E, quando Raffa o encarou, ele explicou pacientemente:

— Varia dependendo de o prato ser pesado ou não. Ou gorduroso, digo. Não é qualquer coisa que vai bem. Você gosta mais se harmonizar por contraste ou por semelhança?

Raffa estreitou os olhos. Estendeu o braço, enganchou o dedo na alça do avental preto e puxou-o para si, fazendo-o se inclinar sobre o balcão.

Caê se deixou levar, inclinando a cabeça para ouvir. Quando estava bem perto, Raffa falou, os lábios roçando em seu ouvido:

— Foda-se, não tenho *ideia* do que você está falando. Me dá um copo de água.

Caê riu. Deu um beijo impulsivo em seu rosto e se afastou, deixando-o ali, sem reação, calor tomando seu corpo inteiro. E não voltaria com água, porque ele nunca pegava água, mas tudo bem. Geralmente aparecia com alguma cerveja de que, na cabeça dele, Raffa ia gostar. Na prática, todas eram bem parecidas, mas a verdade era que, até agora, ele não tinha errado nenhuma vez.

Algumas horas depois, Caê anunciou que podiam ir embora. Tinha sido dispensado de ajudar a fechar, para não deixar seu amigo esperando.

Raffa teria mesmo esperado, mas não contestou. Tinha passado seu tempo mandando fotos para Blanca (*lindo entornando o caneco*, ela dissera) e com metade da atenção numa conversa que já estava bem embaralhada antes de começar a beber, indo das gravações recém-encerradas para as que começariam no dia seguinte. O filme era com Berlioz, que *também* estava mandando mensagens sem parar, mas teria que aguardar, porque no momento o número de pessoas que Raffa atendia imediatamente tinha passado apenas de um – sua agente – para dois – sua agente e sua irmã.

Seriam três, mas Caê quase não usava celular.

Ele tinha sido o foco da outra metade de sua atenção, mesmo que estivesse só servindo cerveja, lavando copos e tentando convencer seus colegas de que o técnico de algum time fizera uma boa escolha contratando alguma pessoa para alguma posição. Raffa ouvira o discurso antes, no mesmo tom defensivo. Dali a pouco começaria a discordar, só para ver o que acontecia.

Os dois falaram pouco no caminho de volta. Caê sempre ficava mais silencioso ao sair do trabalho, mas se estivesse tenso de verdade, teria parado para fumar. Era como Raffa sabia se precisava se preocupar ou não. E, no meio do trajeto, sem dizer nada, ele segurou sua mão sobre o banco. Simples, discreto.

Raffa segurou de volta.

Vinte minutos depois, os dois estavam no quarto, no beijo que tivera que aguardar. Raffa abraçou os ombros dele, suas mãos erguendo a camiseta de Caê e procurando a pele das costas. Ainda precisava falar, mas era tão, tão difícil se concentrar em qualquer coisa que não fosse a boca dele na sua.

– Uma semana é tempo demais – murmurou Caê, falando contra seus lábios. – Você voltou mesmo?

– Ainda não – respondeu Raffa, ofegante. – Desculpa, tenho que ir amanhã cedo. É só essa noite.

Sem afrouxar o abraço, Caê franziu a testa.

— Aconteceu alguma coisa?

Às vezes, ele podia ser bem idiota.

— Aconteceu que eu quis te ver, bebê. E a gente precisa conversar, antes que... — Antes que o rosto de Caê o distraísse, com aquela alegria encabulada nos olhos, como se ainda fosse uma surpresa, como se Raffa fosse um presente, como se saber disso fosse a melhor parte da noite. Ele fez um carinho em seu cabelo. — Deixa eu me concentrar. Isso é importante.

— Estou ouvindo — respondeu Caê, segurando sua cintura por baixo da camisa solta, e Raffa não resistiu. Beijou sua boca de novo, permitindo-se mais um momento, e então se obrigou a pelo menos afastar o rosto.

— Pronto, agora sim. Certo. O que eu ia dizer mesmo?

— Que sentiu minha falta?

— Não. Senti, mas não. Escuta. Você sabe que a gente disfarça mal.

— Sei, mas não se preocupa, prometo que vou...

— Me escuta. Eu estava pensando, caso você não se importe... mas pode me falar, não tem problema. Eu entendo perfeitamente. Foi só uma ideia.

Isso fez Caê piscar algumas vezes, possivelmente repassando a conversa. Raffa respirou fundo.

— Sobre nós dois. Não quero fazer um grande anúncio, não teria nada a ver com o meu jeito, nem com o seu. Então pensei numa abordagem mais discreta, que seria só parar de esconder e deixar o pessoal falar. A gente é mesmo *péssimo* pra disfarçar. Então não vamos mais tentar.

Ele esperou. Caê o encarou, os olhos imensos.

— Espera. Espera um pouco. Só... deixar todo mundo saber?

Era o que Raffa e Blanca tinham discutido, e o que ele propusera em um momento roubado às pressas nos últimos dias, tomando café preto e falando numa pausa entre gravações. Blanca aceitara, um pouco pelo potencial de marketing e um pouco por achar a situação engraçada. *É a sua cara*, ela tinha dito, *e você não está sendo NADA discreto, então vamos aproveitar. Assume o rapaz e daí não precisa se preocupar se vão descobrir, e podemos controlar a narrativa do nosso jeito.*

A questão agora era só ver se a pessoa mais interessada no assunto estava de acordo.

— Pode pensar com calma — disse Raffa, quando terminou de explicar. — Sei que vai ter um impacto na sua vida, e que não é fácil, e ainda temos que conversar direito sobre as implicações disso tudo e algumas estratégias que...

— E daí eu posso te beijar em público? — interrompeu ele, um sorriso lento, maravilhado, se abrindo em seu rosto. — Você vai me beijar em público?

— Caê. Presta atenção. Isso vai te colocar sob os holofotes também e é bom pensar direito antes de fazer...

— Já pensei. Quando a gente começa?

Raffa riu, deitou no ombro dele, aliviado demais para admitir. Caê inclinou a cabeça sobre a sua, o rosto em seu cabelo, e respondeu baixinho a pergunta que ele não estava fazendo.

— Vale a pena, Raffa. Vale muito a pena.

Raffa abraçou-o com mais força.

E depois, com um pouco de esforço para firmar direito a voz, ele disse:

— Acho que o momento pede uma celebração.

— Hmm — fez Caê. — Uma taça de vinho?

— Mais ou menos isso.

Num gesto casual, sem muita firula, ele se soltou do abraço, tirou a camiseta e largou no chão do quarto. Então — agora, sim, lentamente, agora, sim, olhando nos olhos dele, agora, sim, provocando — foi até a cama, deitou-se de costas. Esperando.

Caê abriu mais os olhos. As preferências de Raffa eram tão demarcadas que qualquer variação causava aquela surpresa carinhosa, divertida. Mas ele superou rápido e então subiu na cama

também, olhando-o de cima, e segurou seus braços num gesto que foi todo um processo, as mãos começando sobre os ombros e deslizando até prender seus pulsos perto da cabeceira da cama. Depois se inclinou sobre ele, perto o suficiente para um beijo. Que não veio. Em vez disso, Caê murmurou em seu ouvido:
— Não sei se entendi, bebê: o que você tem em mente?

Raffa gemeu.
— Não acredito que você vai fazer isso. Eu passei horas num avião. Tenho que levantar cedo.
— Quer descansar?

Agora ele estava mordiscando de leve o lóbulo de sua orelha, e Raffa estremeceu num arrepio delicioso. Aqueles jogos nunca iam muito longe, e os dois sabiam disso. Caê ia ficar com pena dele mais cedo ou mais tarde, mas até lá ia atormentá-lo, tirar sua roupa peça a peça, levá-lo até um ponto em que não conseguisse pensar. Só então se despiria também — sempre a última coisa que ele fazia —, e só quando Raffa já estivesse bem perto de implorar, Caê daria o que ele queria. Sem pressa, porque era assim que gostava de fazer as coisas. Com amor e com cuidado, e com todo o tempo do mundo.

— De jeito nenhum — respondeu Raffa então, e Caê riu baixinho. As palmas dele nas suas, os dedos dos dois entrelaçados.
— Então relaxa e deixa eu cuidar de você.

Caê beijou sua boca e depois seu queixo, e Raffa ergueu o rosto, oferecendo a garganta para beijos ou mordidas, como ele quisesse, seu corpo arqueando por reflexo.

Depois — muito, muito depois — já não ia dar tempo de dormir direito, mas ele se acomodou sob as cobertas, o corpo frouxo na cama, a cabeça aninhada no ombro de Caê. Fechou os olhos, pensando em cochilar um pouco antes de sair para o aeroporto.

Pegou no sono em seguida, sentindo a mão dele em seu cabelo num passeio distraído e, naquela noite, aquele carinho em sua cabeça foi a única coisa que apareceu em seus sonhos.

Agradecimentos

Primeiro, como sempre: obrigada, Deus, por este presente. Foram anos de sonho e trabalho até chegar aqui.

Segundo: em algum momento dos distantes idos de 2018, contratei leitura crítica para outro livro que (ainda) não foi publicado. Uma certa Lívia Martins leu meu texto, apresentou para as meninas da agência e me chamou para ser parte da Increasy. Lívia, quase não tivemos tempo de trabalhar juntas, mas tudo começou ali, com o seu e-mail que li dez vezes para ter certeza de que estava entendendo. Onde quer que você esteja agora, espero que saiba que sou muito grata.

Falando em Increasy: Mari, Grazi, Guta e Alba, vocês são maravilhosas e um exemplo de generosidade e profissionalismo. Alba, minha agente linda que me salva de passar vergonha com cenas eróticas (e com todas as outras também), obrigada pelo seu trabalho carinhoso e dedicado, e por não desistir de mim. Te amo tanto que seu nome vem duas vezes.

Também não posso deixar de agradecer a toda a equipe da Rocco, por cuidar para que meu livrinho seja o melhor possível. Bia D'Oliveira, obrigada pela oportunidade e por me conduzir nesse processo caótico e maravilhoso que é ver um livro nascer.

Júlia e Violeta, que compõem o Alto Conselho: obrigada pelo encorajamento, apoio moral, dicas de gramática, por torcerem por mim e celebrarem comigo.

Vovô e papai: vocês não estão mais ao meu lado (e, se estivessem, eu não deixaria ler o livro) (pelo menos não algumas partes), mas meu amor por histórias começou com vocês e, nesse sentido, estarão comigo eternamente. Mamãe, Mizinha e David, obrigada pela torcida, por acreditarem que eu chegaria aqui e por todo o apoio inabalável desses anos. Débora, *my princess*, obrigada pelas conversas, leituras, palpites, *calls* de seis horas, leituras-beta, gama e delta, e pela Ordem do Lápis, que viverá eternamente.

E, por último: este livro nasceu de uma novela, que nasceu de um comentário de alguém que foi mesmo atendido em um restaurante pelo bully da escola. Portanto, obrigada, pessoa aleatória, pela inspiração, e parabéns por ter perdoado logo de cara. Você é uma pessoa bem mais iluminada do que o Raffa.

Impressão e Acabamento:
BARTIRA GRÁFICA